Η ακολουθία της Οξφόρδης

Γκιγέρμο Μαρτίνες

Η ακολουθία της Οξφόρδης

ΔΕΚΑΤΗ ΕΚΔΟΣΗ

Μετάφραση:
Ελισώ Λογοθέτη

ΕΚΔΟΣΕΙΣ
ΠΑΤΑΚΗ

ΣΥΓΧΡΟΝΗ ΞΕΝΗ ΛΟΓΟΤΕΧΝΙΑ

Εκδόσεις Πατάκη – Ξένη λογοτεχνία
Σύγχρονη ξένη λογοτεχνία – 154
Γκιγέρμο Μαρτίνες, *Η ακολουθία της Οξφόρδης*
Τίτλος πρωτοτύπου: *Crimenes imperceptibles*
Μετάφραση: Ελισώ Λογοθέτη
Διορθώσεις: Ελένη Γεωργοστάθη
Σχεδιασμός εξωφύλλου: Βασιλική Καρμίρη
Σελιδοποίηση: Κατερίνα Σταματοπούλου
Φιλμ: Παναγιώτης Καπένης
Μοντάζ: Παναγιώτης Σαράτσης
Copyright© Guillermo Martínez, 2003
Copyright© για την ελληνική γλώσσα Σ. Πατάκης Α.Ε.
(Εκδόσεις Πατάκη), Αθήνα 2003
Πρώτη έκδοση στην ελληνική γλώσσα από τις Εκδόσεις Πατάκη,
Αθήνα, Ιούνιος 2004
Ακολούθησαν οι ανατυπώσεις Ιουλίου 2004, Ιουλίου 2004,
Σεπτεμβρίου 2004, Νοεμβρίου 2004, Δεκεμβρίου 2004, Μαρτίου 2005,
Οκτωβρίου 2005, Απριλίου 2008
Η παρούσα είναι η δέκατη εκτύπωση, Οκτώβριος 2014
ΚΕΤ 4109 ΚΕΠ 826/14
ISBN 978-960-16-1212-6

ΕΚΔΟΣΕΙΣ
ΠΑΤΑΚΗ

ΠΑΝΑΓΗ ΤΣΑΛΔΑΡΗ (ΠΡΩΗΝ ΠΕΙΡΑΙΩΣ) 38, 104 37 ΑΘΗΝΑ,
ΤΗΛ.: 210.36.50.000, 210.52.05.600, 801.100.2665 - FAX: 210.36.50.069
ΚΕΝΤΡΙΚΗ ΔΙΑΘΕΣΗ: ΕΜΜ. ΜΠΕΝΑΚΗ 16, 106 78 ΑΘΗΝΑ, ΤΗΛ.: 210.38.31.078
ΥΠΟΚΑΤΑΣΤΗΜΑ: ΝΕΑ ΜΟΝΑΣΤΗΡΙΟΥ 122, 563 34 ΘΕΣΣΑΛΟΝΙΚΗ,
ΤΗΛ.: 2310.70.63.54, 2310.70.67.15 - FAX: 2310.70.63.55
Web site: http://www.patakis.gr • e-mail: info@patakis.gr, sales@patakis.gr

Στη μνήμη του πατέρα μου

ΚΕΦΑΛΑΙΟ 1

ΤΩΡΑ ΠΟΥ ΠΕΡΑΣΑΝ τα χρόνια κι έχουν όλα ξεχαστεί, τώρα που έλαβα από τη Σκοτία, μέσω ενός λακωνικού ηλεκτρονικού μηνύματος, τη θλιβερή είδηση του θανάτου του Σέλντομ, νομίζω ότι μπορώ να παραβώ την υπόσχεση που ούτως ή άλλως δε μου είχε ζητήσει να δώσω και να πω την αλήθεια σχετικά με τα γεγονότα που δημοσιεύτηκαν το καλοκαίρι του '93 στις αγγλικές εφημερίδες, με τίτλους που κυμαίνονταν από την ωμότητα ως τον εντυπωσιασμό, αλλά στα οποία ο Σέλντομ κι εγώ πάντα αναφερόμασταν, ίσως λόγω της συμπαραδήλωσης, απλώς με το χαρακτηρισμό ακολουθία, ή ακολουθία της Οξφόρδης. Οι θάνατοι συνέβησαν όλοι, πράγματι, μέσα στα όρια του Όξφορντσάιρ, στο ξεκίνημα της παραμονής μου στην Αγγλία, και είχα το δυσάρεστο προνόμιο να δω από πολύ κοντά τον πρώτο.

Ήμουν είκοσι δύο χρονών, ηλικία στην οποία σχεδόν όλα ακόμα συγχωρούνται· μόλις είχα πάρει το πτυχίο μου στα μαθηματικά από το Πανεπιστήμιο του Μπουένος Άιρες και πήγαινα στην Οξφόρδη με υποτροφία για ένα χρόνο, με κρυφή φιλοδοξία να στραφώ προς τη Λογική, ή τουλάχιστον να παρακολουθήσω το περίφημο σεμινάριο του Άγκους Μακιντάιρ. Η εκεί επιβλέπουσα των σπου-

δών μου, η Έμιλυ Μπρόνσον, είχε προετοιμάσει την άφι-
ξή μου με σχολαστική φροντίδα, προσέχοντας όλες τις λε-
πτομέρειες. Ήταν καθηγήτρια και fellow* στο St. Anne's,
όμως, στα e-mail που είχαμε ανταλλάξει πριν το ταξίδι,
μου είχε προτείνει, αντί να μείνω στα κάπως αφιλόξενα
δωμάτια του κολεγίου, εφόσον το επιθυμούσα και, αν μου
το επέτρεπαν τα χρήματα της υποτροφίας μου, να νοι-
κιάσω ένα δωμάτιο με αυτόνομο μπάνιο, μια μικρή κου-
ζίνα και ανεξάρτητη είσοδο στο σπίτι της κυρίας Ίγκλε-
τον, μιας γυναίκας, όπως μου είπε, πολύ συμπαθητικής
και διακριτικής, χήρας ενός παλιού καθηγητή της. Έκανα
τους υπολογισμούς μου, ως συνήθως με κάπως υπερβο-
λική αισιοδοξία, και έστειλα ένα τσεκ με την προκατα-
βολή για το ενοίκιο του πρώτου μήνα, τη μοναδική εγ-
γύηση που ζητούσε η ιδιοκτήτρια. Δεκαπέντε μέρες αρ-
γότερα βρέθηκα να πετάω πάνω απ' τον Ατλαντικό, με
κείνο το σκεπτικισμό που με πιάνει πάντα μπροστά σε
κάθε ταξίδι: όπως όταν πηδάει ο ακροβάτης χωρίς προ-
στατευτικό δίχτυ, μου φαίνεται πολύ πιο πιθανό, και επι-
πλέον, θεωρητικά τουλάχιστον, πιο οικονομικό –το ξυρά-
φι του Όκκαμ**, θα έλεγε ο Σέλντομ–, να με γυρίσει πίσω
εκεί απ' όπου ξεκίνησα ένα ατύχημα της τελευταίας στιγ-
μής, ή να με ρίξει στον πάτο της θάλασσας, προτού μια
ολόκληρη χώρα και ο τεράστιος μηχανισμός που προϋπο-
θέτει το ξεκίνημα μιας καινούριας ζωής εμφανιστεί επιτέ-
λους σαν απλωμένη χείρα σωτηρίας εκεί κάτω. Και, παρ'

---

* Σ.τ.Μ.: Ανώτατο μέλος του διδακτικού προσωπικού κολεγίου ή
πανεπιστημίου.
** Σ.τ.Μ.: *Το ξυράφι του Όκκαμ* είναι η αρχή που πρότεινε ο θεολό-
γος και μαθηματικός Γουλιέλμος του Όκκαμ το 14ο αιώνα: «Plura-
litas non est ponenda sine neccesitate» (ή με απλά λόγια: «η α-
πλούστερη απάντηση είναι συνήθως και η σωστή»).

όλα αυτά, με απόλυτη ακρίβεια, στις εννιά το πρωί την επόμενη μέρα, το αεροπλάνο διαπέρασε ήρεμα την ομίχλη και εμφανίστηκαν οι πράσινοι λόφοι της Αγγλίας, αναμφισβήτητα αληθινοί, κάτω από ένα φως που ξαφνικά είχε εξασθενίσει, ή, θα έλεγα, ίσως είχε λιγοστέψει, γιατί αυτή ήταν η εντύπωσή μου: ότι το φως γινόταν τώρα, καθώς κατεβαίναμε, όλο και πιο αβέβαιο, σαν να εξασθένιζε και να έφθινε, περνώντας μέσα από ένα λεπτό φίλτρο.

Η επιβλέπουσά μου μου είχε δώσει λεπτομερείς οδηγίες για το λεωφορείο που θα έπαιρνα από το Χίθροου και θα με πήγαινε κατευθείαν στην Οξφόρδη και μου είχε ζητήσει πολλές φορές συγγνώμη που δεν είχε μπορέσει να έρθει να με παραλάβει κατά την άφιξή μου: θα βρισκόταν στο Λονδίνο όλη εκείνη τη βδομάδα για ένα συνέδριο άλγεβρας. Αυτό, αντί να με ανησυχήσει, μου φάνηκε ιδανικό: θα είχα μερικές μέρες για να διαμορφώσω μόνος μου άποψη για την περιοχή και για να γυρίσω την πόλη, πριν ξεκινήσουν οι υποχρεώσεις μου. Δεν είχα πάρει μαζί μου πολλά πράγματα, έτσι, όταν σταμάτησε επιτέλους το λεωφορείο στο σταθμό, δε δυσκολεύτηκα να διασχίσω την πλατεία με τις βαλίτσες μου για να πάρω ένα ταξί. Ήταν αρχές Απριλίου, όμως χάρηκα που δεν είχα βγάλει το παλτό μου: φυσούσε ένας αέρας παγωμένος, διαπεραστικός, και ο πολύ χλωμός ήλιος δε βοηθούσε ιδιαίτερα. Παρ' όλα αυτά, παρατήρησα ότι σχεδόν όλοι όσοι βρίσκονταν στην υπαίθρια αγορά της πλατείας, όπως και ο Πακιστανός ταξιτζής που μου άνοιξε την πόρτα, φορούσαν κοντομάνικα. Του έδωσα τη διεύθυνση της κυρίας Ίγκλετον και, καθώς ξεκινούσε, τον ρώτησα αν κρύωνε. «Όχι, όχι: ήρθε η άνοιξη» μου είπε και έδειξε χαρούμενος, σαν ατράνταχτη απόδειξη, εκείνο τον αδύναμο ήλιο.

Το μαύρο ταξί προχώρησε με μεγαλοπρέπεια προς τον

κεντρικό δρόμο. Όταν έστριψε αριστερά, είδα και στις δυο πλευρές του δρόμου, μέσα από μισάνοιχτες ξύλινες πόρτες και σιδερένιους φράχτες, τους πεντακάθαρους κήπους και το απάτητο και γυαλιστερό γρασίδι των κολεγίων. Περάσαμε από ένα μικρό νεκροταφείο, δίπλα σε μια εκκλησία, που οι πλάκες του ήταν καλυμμένες με βρύα. Το αυτοκίνητο ανέβηκε την Μπάνμπερυ Ρόουντ και έστριψε μετά από λίγο στην Κάνλιφ Κλόουζ, στην οδό που είχα σημειώσει. Ο δρόμος έκανε τώρα ζιγκ ζαγκ μέσα από ένα επιβλητικό πάρκο· πίσω από τους φράχτες, όπου φύτρωναν γκι, διακρίνονταν μεγάλα πέτρινα σπίτια με μια γαλήνια κομψότητα, φέρνοντας αμέσως στο μυαλό βικτωριανά μυθιστορήματα με απογευματινά τσάγια, παρτίδες κροκέ και περιπάτους στους κήπους. Κοιτάζαμε τα νούμερα στο πλάι του δρόμου, αν και μου φαινόταν αδύνατον, με το τσεκ που είχα στείλει, το σπίτι που έψαχνα να ήταν κάποιο απ' αυτά. Είδαμε τελικά, στο τέρμα του δρόμου, μερικά πανομοιότυπα σπίτια, πολύ πιο ταπεινά, που όμως δεν έπαυαν να είναι συμπαθητικά, με ξύλινα ορθογώνια μπαλκόνια και καλοκαιρινό στιλ. Το πρώτο απ' αυτά ήταν το σπίτι της κυρίας Ίγκλετον. Έβγαλα τις βαλίτσες μου, ανέβηκα τα σκαλάκια της εισόδου και χτύπησα το κουδούνι. Ήξερα, χάρη στις ημερομηνίες της διδακτορικής της διατριβής και των πρώτων της δημοσιεύσεων, ότι η Έμιλυ Μπρόνσον πρέπει να ήταν γύρω στα πενήντα πέντε και αναρωτιόμουν πόσων χρονών μπορούσε να είναι η χήρα ενός παλιού καθηγητή της. Όταν άνοιξε η πόρτα, βρέθηκα αντιμέτωπος με το οστεώδες πρόσωπο και τα σκούρα γαλάζια μάτια μιας κοπέλας ψηλής και αδύνατης, όχι πολύ μεγαλύτερής μου, που μου έδωσε χαμογελαστή το χέρι. Κοιταχτήκαμε, ευχάριστα ξαφνιασμένοι κι οι δυο, αν και μου φάνηκε πως εκείνη σαν να οπισθοχώρησε επιφυλακτικά όταν ελευθερώθηκε το χέρι της, που πιθανώς να το κράτησα λίγο παραπάνω απ' όσο συνηθίζεται. Μου είπε το όνομά της, Μπεθ, και προσπάθησε να επαναλάβει το δικό μου χωρίς να τα καταφέρνει πολύ καλά, καθώς με οδηγούσε σε ένα πολύ φιλόξενο σαλόνι, με ένα χαλί με κόκκινους και γκρίζους ρόμβους. Καθισμένη σε μια εμπριμέ πολυθρόνα, η κυρία Ίγκλετον μου άνοιγε την αγκαλιά της χαμογελώντας μου πλατιά για να με καλωσορίσει. Ήταν μια ηλικιωμένη γυναίκα με σπινθηροβόλα μάτια και ζωηρές κινήσεις, με κατάλευκα φουντωτά μαλλιά, χτενισμένα προσεκτικά σε έναν περίτεχνο κότσο προς τα πάνω. Παρατήρησα, διασχίζοντας το σαλόνι, ένα κλειστό αναπηρικό καροτσάκι ακουμπισμένο στην πλάτη της πολυθρόνας και την καρό σκοτσέζικη κουβέρτα που σκέπαζε τα πόδια της. Έσφιξα το χέρι της κι ένιωσα τα εύθραυστα δάχτυλά της να τρέμουν ελαφρά. Κράτησε το χέρι μου για λίγο με θέρμη και το χτύπησε μερικές φορές με το άλλο της χέρι, καθώς με ρωτούσε πώς ήταν το ταξίδι μου κι αν ήταν η πρώτη φορά που ερχόμουν στην Αγγλία. Είπε έκπληκτη:

«Δεν περιμέναμε να είστε τόσο νέος, έτσι δεν είναι, Μπεθ;».

Η Μπεθ, που είχε σταθεί δίπλα στην είσοδο, χαμογέλασε σιωπηλά· είχε ξεκρεμάσει ένα κλειδί απ' τον τοίχο και, αφού περίμενε να απαντήσω σε τρεις τέσσερις ερωτήσεις ακόμα, πρότεινε ήρεμα:

«Δε νομίζεις, γιαγιά, ότι θα 'πρεπε να του δείξω τώρα το δωμάτιό του; Θα είναι τρομερά κουρασμένος».

«Μα φυσικά» είπε η κυρία Ίγκλετον «η Μπεθ θα σας εξηγήσει τα πάντα. Κι αν δεν έχετε άλλα σχέδια για το βράδυ, θα χαρούμε πολύ να φάτε μαζί μας».

Ακολούθησα την Μπεθ έξω απ' το σπίτι. Η ίδια σκαλίτσα της εισόδου συνεχιζόταν ελικοειδώς προς τα κάτω και έβγαζε σε μια μικρή πόρτα. Έσκυψε λίγο το κεφάλι ανοίγοντας και με άφησε να περάσω σ' ένα πολύ ευρύχωρο και τακτοποιημένο δωμάτιο, κάτω απ' την επιφάνεια του εδάφους, που δεχόταν ωστόσο αρκετό φως από δυο πολύ ψηλά παράθυρα, κοντά στο ταβάνι. Άρχισε να μου εξηγεί όλες τις μικρές λεπτομέρειες, καθώς γύριζε γύρω γύρω, άνοιγε συρτάρια και μου έδειχνε ντουλάπια, μαχαιροπίρουνα και πετσέτες, σαν να απάγγελλε ένα κείμενο που έμοιαζε να το έχει επαναλάβει πολλές φορές. Εγώ έμεινα ικανοποιημένος εντοπίζοντας το κρεβάτι και την ντουσιέρα κι απόμεινα να την κοιτάζω. Το δέρμα της ήταν ξηρό, ψημένο, τραβηγμένο, σαν να είχε μείνει εκτεθειμένο για καιρό στον αέρα, πράγμα που, ενώ την έκανε να φαίνεται υγιής, ταυτόχρονα σου έδινε την εντύπωση ότι σύντομα θα τσάκιζε. Παρ' ότι νωρίτερα είχα υπολογίσει ότι πρέπει να ήταν γύρω στα είκοσι τρία με είκοσι τέσσερα, τώρα που την έβλεπα από άλλη οπτική, μου φαινόταν γύρω στα είκοσι εφτά με είκοσι οχτώ. Ιδίως τα μάτια της, ήταν πολύ παράξενα: είχαν ένα πολύ όμορφο και βαθύ γαλάζιο χρώμα, αν και έμοιαζαν κάπως πιο αδιάφορα από τα υπόλοιπα χαρακτηριστικά της, σαν να αργούσε να φτάσει σ' αυτά η εκφραστικότητα και η λάμψη. Το φόρεμα που φορούσε, μακρύ και φαρδύ, με στρογγυλή λαιμόκοψη, σαν φόρεμα αγρότισσας, δεν άφηνε να καταλάβει κανείς πολλά για το σώμα της, εκτός απ' το ότι ήταν αδύνατη, αν και, κοιτάζοντας πιο προσεκτικά, είχε το περιθώριο να υποθέσει κανείς ότι, ευτυχώς, δεν ήταν κοκαλιάρα. Η πλάτη της σε έκανε να θες να την αγκαλιάσεις· είχε εκείνο τον αέρα του ανυπεράσπιστου κοριτσιού που χαρακτηρίζει τις ψηλές κοπέλες. Με ρώτησε, γυρίζοντας και κοιτάζοντάς με στα μάτια, αν και χωρίς ειρωνεία, νομίζω, αν υπήρχε κάτι άλλο που θα ήθελα να ρωτήσω, κι εγώ απέφυγα το βλέμμα της ντροπιασμένος και της είπα βιαστικά ότι όλα ήταν τέλεια. Πριν φύγει, τη ρώτησα, με πολύ πλάγιο τρόπο, αν πίστευε ότι πράγματι έπρεπε να θεωρήσω πως ήμουν καλεσμένος για δείπνο το ίδιο βράδυ και μου είπε γελώντας ότι φυσικά και ήμουν και πως με περίμεναν στις έξι και μισή.

Έβγαλα απ' τις βαλίτσες μου τα λιγοστά πράγματα που είχα φέρει μαζί μου, άφησα λίγα βιβλία και μερικές κόπιες της διπλωματικής μου πάνω στο γραφείο και έβαλα μέσα σε κάνα δυο συρτάρια τα ρούχα μου. Μετά βγήκα να κάνω μια βόλτα στην πόλη. Εντόπισα αμέσως, στην αρχή της Σαιντ Τζάιλς, το Μαθηματικό Ινστιτούτο: ήταν το μοναδικό τετράγωνο, απαίσιο κτίριο. Είδα τα σκαλιά της εισόδου, με τη γυάλινη περιστρεφόμενη πόρτα, και αποφάσισα πως εκείνη την πρώτη μέρα μπορούσα να το προσπεράσω. Αγόρασα ένα σάντουιτς κι έκανα ένα μοναχικό και κάπως αργοπορημένο πικνίκ στην όχθη του Τάμεση, παρακολουθώντας την προπόνηση της ομάδας λεμβοδρομίας. Μπήκα σε διάφορα βιβλιοπωλεία, σταμάτησα για να χαζέψω τις τερατόμορφες υδρορροές στο γείσο ενός θεάτρου, ακολούθησα μια ομάδα από τουρίστες στους διαδρόμους ενός κολεγίου και διέσχισα αργά το τεράστιο Πανεπιστημιακό Πάρκο. Σ' ένα σημείο περικυκλωμένο από δέντρα, μια μηχανή έκοβε σύρριζα το γκαζόν σε μεγάλα παραλληλόγραμμα κι ένας άντρας ζωγράφιζε με ασβέστη τις γραμμές ενός γηπέδου του τένις. Έμεινα να κοιτάζω με νοσταλγία εκείνη τη μικρή ατραξιόν και όταν έκαναν διάλειμμα τους ρώτησα πότε θα έβαζαν το φιλέ. Είχα εγκαταλείψει το τένις στο δεύτερο έτος του πανεπιστημίου και, παρ' ότι δεν είχα φέρει μαζί

μου τις ρακέτες μου, υποσχέθηκα στον εαυτό μου να α-
γοράσω μια και να βρω έναν παρτενέρ για να ξαναρχί-
σω να παίζω.

Στο γυρισμό, μπήκα σε ένα σούπερ μάρκετ για να πά-
ρω μερικά πράγματα και καθυστέρησα λίγο μέχρι να βρω
μια κάβα, όπου διάλεξα σχεδόν στην τύχη ένα μπουκάλι
κρασί για το δείπνο. Όταν έφτασα στην Κάνλιφ Κλόουζ,
ήταν μόλις περασμένες έξι, όμως είχε σχεδόν σκοτεινιάσει
για τα καλά και τα παράθυρα σε όλα τα σπίτια ήταν φω-
τισμένα. Μου έκανε εντύπωση το ότι κανείς δε χρησιμο-
ποιούσε κουρτίνες· αναρωτήθηκα αν αυτό οφειλόταν σε
μια πιθανώς υπερβολική εμπιστοσύνη στη διακριτικότητα
των Άγγλων, που δε θα καταδέχονταν να κατασκοπεύ-
σουν τη ζωή των άλλων, ή ίσως στην επίσης αγγλική βε-
βαιότητα ότι δεν έκαναν τίποτα στην ιδιωτική τους ζωή
που να αξίζει τον κόπο να τους κατασκοπεύσει κανείς.
Ούτε κάγκελα υπήρχαν πουθενά· είχες την εντύπωση ότι
πολλές πόρτες δεν είχαν καν κλειδαριά.

Έκανα ένα ντους, ξυρίστηκα, διάλεξα το πουκάμισο
που είχε τσαλακωθεί λιγότερο μέσα στη βαλίτσα και α-
κριβώς στις έξι και μισή ανέβηκα τη σκαλίτσα και χτύ-
πησα το κουδούνι με το μπουκάλι μου. Το δείπνο κύλη-
σε μέσα σ' εκείνο το κάπως επιφανειακά εγκάρδιο κλίμα
με τα χαμόγελα και τους καλούς τρόπους, που θα 'πρεπε
να συνηθίσω σιγά σιγά. Η Μπεθ είχε σουλουπωθεί λιγά-
κι, αν και δεν είχε μπει στον κόπο να βαφτεί. Φορούσε
μια μαύρη μεταξωτή μπλούζα και τα μαλλιά της, που τα
είχε χτενίσει όλα στο πλάι, έπεφταν σαγηνευτικά στη μια
πλευρά του λαιμού της. Εν πάση περιπτώσει, τίποτα απ'
όλα αυτά δεν είχε γίνει για μένα: σύντομα έμαθα ότι έ-
παιζε βιολοντσέλο στην ορχήστρα δωματίου του θεά-
τρου Σελντόνιαν, εκείνου του ημικυκλικού θεάτρου με τις

τερατόμορφες υδρορροές στα γείσα που είχα δει νωρίτερα στον περίπατό μου. Εκείνο το βράδυ είχαν γενική πρόβα, και κάποιος τυχερός Μάικλ θα πέρναγε σε μισή ώρα για να την πάρει. Δημιουργήθηκε μια πολύ σύντομη στιγμή αμηχανίας όταν ρώτησα, θεωρώντας το σχεδόν δεδομένο, αν ήταν ο φίλος της· κοιτάχτηκαν μεταξύ τους και, αντί απάντησης, η κυρία Ίγκλετον με ρώτησε αν ήθελα κι άλλη πατατοσαλάτα. Κατά τη διάρκεια του υπόλοιπου δείπνου η Μπεθ ήταν κάπως αφηρημένη και κατέληξα να μιλάω σχεδόν αποκλειστικά με την κυρία Ίγκλετον. Όταν χτύπησε το κουδούνι κι έφυγε η Μπεθ, η οικοδέσποινά μου ζωήρεψε αρκετά, σαν να είχε απομακρυνθεί ένα αόρατο πέπλο έντασης. Έβαλε μόνη της ένα δεύτερο ποτήρι κρασί και για αρκετή ώρα άκουγα τις περιπέτειες μιας πραγματικά συναρπαστικής ζωής. Ήταν μια από τις πολλές γυναίκες που κατά τη διάρκεια του πολέμου συμμετείχαν αφελώς σε έναν εθνικό διαγωνισμό σταυρόλεξου, για να μάθουν τελικά ότι το βραβείο ήταν η στρατολόγηση και ο εγκλεισμός όλων τους σ' ένα απόλυτα απομονωμένο χωριουδάκι, με σκοπό να βοηθήσουν τον Άλαν Τούριγκ και την ομάδα των μαθηματικών του να αποκρυπτογραφήσουν τους κώδικες της κρυπτογραφικής μηχανής Enigma των ναζί. Εκεί είχε γνωρίσει το σύζυγό της. Μου διηγήθηκε πολλές ιστορίες απ' τον πόλεμο κι επίσης όλα τα γεγονότα που σχετίζονταν με την περιβόητη δηλητηρίαση του Τούριγκ. Από τότε που είχε εγκατασταθεί στην Οξφόρδη, μου είπε, είχε εγκαταλείψει τα σταυρόλεξα για χάρη του σκραμπλ, το οποίο έπαιζε όποτε μπορούσε με μια παρέα από φίλες της. Τσούλησε ενθουσιασμένη το καροτσάκι της μέχρι ένα χαμηλό τραπεζάκι στο σαλόνι και μου ζήτησε να την ακολουθήσω και να μην ασχοληθώ με τα πιάτα: θα τα μάζευε η Μπεθ όταν θα γύριζε. Είδα με αγωνία να βγάζει μέσα από ένα κουτί ένα ταμπλό και να το ανοίγει πάνω στο τραπεζάκι. Δεν μπόρεσα να της αρνηθώ. Κι έτσι πέρασα το υπόλοιπο της πρώτης μου νύχτας: προσπαθώντας να σχηματίσω λέξεις στα αγγλικά απέναντι σε εκείνη τη σχεδόν μουσειακή γιαγιά, η οποία, κάθε δυο τρεις γύρους, γελούσε σαν κοριτσάκι, χρησιμοποιούσε όλα της τα γράμματα και μοίραζε τα εφτά γράμματα της επόμενης παρτίδας.

ΚΕΦΑΛΑΙΟ 2

ΤΙΣ ΕΠΟΜΕΝΕΣ ΜΕΡΕΣ παρουσιάστηκα στο Μαθηματικό Ινστιτούτο, όπου μου έδωσαν ένα γραφείο στο τμήμα των επισκεπτών, ένα λογαριασμό ηλεκτρονικής αλληλογραφίας και μια κάρτα για να μπαίνω οποιαδήποτε ώρα στη βιβλιοθήκη. Μοιραζόμουν το τμήμα μόνο με άλλον ένα φοιτητή, ένα Ρώσο που τον έλεγαν Ποντόροφ, με τον ο- ποίο ίσα που χαιρετιόμασταν. Περπατούσε καμπουρια- στός πέρα δώθε, έσκυβε πότε πότε πάνω απ' το γραφείο του για να μουντζουρώσει κάποιον τύπο σε ένα μεγάλο τόμο με σκληρό εξώφυλλο που θύμιζε βιβλίο με ψαλμούς κι έβγαινε κάθε μισή ώρα για να καπνίσει στη μικρή λι- θόστρωτη αυλή κάτω απ' το παράθυρό μας.

Στις αρχές της επόμενης βδομάδας είχα την πρώτη μου συνάντηση με την Έμιλυ Μπρόνσον: ήταν μια μικροκα- μωμένη γυναίκα, με ολόισια και κατάλευκα μαλλιά, πια- σμένα πίσω απ' τα αυτιά με κοκαλάκια, σαν μαθήτρια. Ερχόταν στο ινστιτούτο πάνω σ' ένα ποδήλατο υπερβολι- κά μεγάλο γι' αυτήν, έχοντας στο τιμόνι ένα καλάθι με τα βιβλία και το φαγητό της. Θύμιζε συνεσταλμένη κα- λόγρια, ανακάλυψα όμως με τον καιρό ότι μερικές φορές διέθετε οξύ και σκληρό χιούμορ. Παρά τη μετριοφροσύνη της, πιστεύω ότι της άρεσε που η διατριβή μου είχε τον τίτλο *Τα διαστήματα της Μπρόνσον*. Στην πρώτη μας συνάντηση μου έδωσε αντίγραφα από τις δυο τελευταίες μελέτες της για να αρχίσω να τις διαβάζω και μια σειρά από φυλλάδια και χάρτες για να επισκεφτώ τα αξιοθέατα της Οξφόρδης, πριν −όπως μου είπε− αρχίσει το καινούριο εξάμηνο και μείνω χωρίς ελεύθερο χρόνο. Με ρώτησε αν υπήρχε κάτι το ιδιαίτερο που θα μου έλειπε απ' τη ζωή μου στο Μπουένος Άιρες και, όταν ανέφερα ότι θα ήθελα να ξαναρχίσω να παίζω τένις, με διαβεβαίωσε, με ένα χαμόγελο που σήμαινε ότι είχε συνηθίσει σε πολύ πιο εκκεντρικά αιτήματα, ότι αυτό μπορούσε να ρυθμιστεί εύκολα.

Δυο μέρες αργότερα βρήκα στη θυρίδα μου ένα σημείωμα που με προσκαλούσε σ' ένα διπλό παιχνίδι στη λέσχη της Μάρστον Φέρρυ Ρόουντ. Το γήπεδο ήταν στρωμένο με κοκκινόχωμα και απείχε μόλις λίγα λεπτά με τα πόδια από την Κάνλιφ Κλόουζ. Η ομάδα απαρτιζόταν από τον Τζον, ένα Αμερικάνο φωτογράφο με μακριά χέρια που έπαιζε καλά κοντά στο φιλέ· τον Σάμμυ, έναν Καναδό βιολόγο, δραστήριο και ακούραστο, που ήταν σχεδόν αλμπίνος, και τη Λόρνα, μια κοκκινομάλλα νοσοκόμα που δούλευε στο νοσοκομείο Ράντκλιφ, καταγόταν από την Ιρλανδία και είχε πράσινα λαμπερά και σαγηνευτικά μάτια.

Στη χαρά μου που ξαναπατούσα το χώμα του γηπέδου προστέθηκε η δεύτερη ανέλπιστη χαρά τού να αντιμετωπίζω, στο πρώτο μου παιχνίδι, μια κοπέλα που δεν ήταν απλώς πανέμορφη, αλλά επιπλέον οι βολές της ήταν σίγουρες και κομψές και που απέκρουε όλες μου τις μπαλιές περνώντας τες σύρριζα πάνω απ' το φιλέ. Παίξαμε τρία σετ, αλλάζοντας ζευγάρια, και με τη Λόρνα αποτελούσαμε ένα ζευγάρι χαμογελαστό και γεμάτο δύναμη, και κατά τη διάρκεια όλης της επόμενης βδομάδας μετρούσα τις μέρες μέχρι να ξαναμπώ στο γήπεδο και τότε πια όλα τα γκέιμ μέχρι να βρεθεί για άλλη μια φορά στο πλευρό μου.

Με την κυρία Ίγκλετον συναντιόμουν σχεδόν κάθε πρωί· κάποιες φορές την έβρισκα να περιποιείται τον κήπο, πρωί πρωί, καθώς εγώ έφευγα για το ινστιτούτο, και ανταλλάσσαμε μερικές κουβέντες. Άλλες φορές την έβλεπα στην Μπάνμπερυ Ρόουντ, στο δρόμο για την αγορά, την ώρα που έκανα διάλειμμα για να πάω να πάρω κάτι να φάω. Χρησιμοποιούσε ένα μηχανοκίνητο καροτσάκι με το οποίο γλιστρούσε στο πεζοδρόμιο σαν να βρισκόταν πάνω σε ένα γαλήνιο πλοίο και χαιρετούσε τους φοιτητές που της άνοιγαν δρόμο σκύβοντας ευγενικά το κεφάλι. Αντιθέτως, έβλεπα πολύ σπάνια την Μπεθ, και της είχα ξαναμιλήσει μόνο μια φορά, κάποιο απόγευμα που γύριζα από έναν αγώνα τένις. Η Λόρνα είχε προσφερθεί να με αφήσει με το αυτοκίνητό της στην αρχή της Κάνλιφ Κλόουζ και την ώρα που τη χαιρετούσα είδα την Μπεθ να κατεβαίνει απ' το λεωφορείο κουβαλώντας το βιολοντσέλο της. Πλησίασα για να τη βοηθήσω να πάει μέχρι το σπίτι. Ήταν μια από τις πρώτες μέρες που έκανε πραγματικά ζέστη και φαντάζομαι ότι το πρόσωπο και τα χέρια μου θα πρέπει να είχαν πάρει χρώμα μετά από ένα ολόκληρο απόγευμα κάτω απ' τον ήλιο. Χαμογέλασε επιτιμητικά βλέποντάς με.

«Μάλιστα, βλέπω ότι εγκλιματίστηκες στο περιβάλλον. Δε θα 'πρεπε όμως να διαβάζεις μαθηματικά, αντί να παίζεις τένις και να βολτάρεις με διάφορα κορίτσια;»

«Έχω την άδεια της επιβλέπουσάς μου» είπα γελώντας και έκανα την κίνηση της άφεσης αμαρτιών.

«Σε πειράζω: για να είμαι ειλικρινής, σε ζηλεύω».

«Με ζηλεύεις; Γιατί;»

«Δεν ξέρω· δίνεις την εντύπωση ότι είσαι τόσο ελεύθερος: αφήνεις την πατρίδα σου, τη ζωή σου, τα παρατάς όλα· και δυο βδομάδες αργότερα σε βλέπω ευχαριστημένο, μαυρισμένο, να παίζεις τένις».

«Πρέπει να το δοκιμάσεις: το μόνο που χρειάζεται είναι να κάνεις αίτηση για υποτροφία».

Κούνησε το κεφάλι θλιμμένη.

«Το επιχείρησα, το επιχείρησα ήδη, αλλά φαίνεται ότι για μένα είναι πια αργά. Φυσικά, δεν πρόκειται να το παραδεχτούν ποτέ, αλλά προτιμούν να τις δίνουν σε νεαρότερες κοπέλες. Κοντεύω να πατήσω τα είκοσι εννιά» μου είπε, λες κι αυτή η ηλικία ήταν η ταφόπλακά της, και πρόσθεσε μ' ένα ύφος που ξαφνικά είχε γίνει πικρόχολο: «Καμιά φορά θα έδινα τα πάντα για να ξεφύγω από δω».

Κοίταξα πέρα μακριά το πράσινο γκι που σκέπαζε τα σπίτια, τις κορυφές των μεσαιωνικών τρούλων, τις ορθογώνιες πολεμίστρες των οδοντωτών πύργων.

«Να φύγεις από την Οξφόρδη; Εγώ δεν μπορώ να σκεφτώ πιο όμορφο μέρος στον κόσμο».

Μια παλιά στενοχώρια φάνηκε για μια στιγμή να σκοτεινιάζει το πρόσωπό της.

«Ίσως... ναι, αν δεν είχες να προσέχεις συνέχεια μια παράλυτη και να κάνεις κάθε μέρα κάτι που εδώ και καιρό δε σημαίνει τίποτα για σένα».

«Δε σ' αρέσει να παίζεις βιολοντσέλο;» Αυτό με ξάφνιασε και μου φάνηκε ενδιαφέρον. Την κοίταξα σαν να μπορούσα για μια στιγμή να διαπεράσω την ακίνητη επιφάνεια των ματιών της και να φτάσω σε ένα δεύτερο επίπεδο.

«Το μισώ» μου είπε και τα μάτια της σκοτείνιασαν· «κάθε μέρα το μισώ όλο και περισσότερο, και κάθε μέρα μού είναι όλο και πιο δύσκολο να το κρύβω. Καμιά φορά φοβάμαι ότι είναι ορατό όταν παίζουμε, ότι ο διευθυντής ή κάποιος από τους συναδέλφους μου θα καταλάβει πόσο απεχθάνομαι την κάθε νότα που παίζω. Όμως τελειώνουμε τις συναυλίες και ο κόσμος χειροκροτάει και κανείς δε φαίνεται να το παρατηρεί. Δεν είναι αστείο;»

«Εγώ θα έλεγα ότι δε διατρέχεις κίνδυνο. Δεν πιστεύω ότι το μίσος μπορεί να παράγει τέτοιου είδους δονήσεις. Απ' αυτή την άποψη, η μουσική είναι εξίσου αφηρημένη με τα μαθηματικά: δεν μπορεί να διακρίνει ηθικές κατηγορίες. Όσο ακολουθείς την παρτιτούρα, δε φαντάζομαι ότι υπάρχει τρόπος να το διακρίνει κανείς».

«Να ακολουθώ την παρτιτούρα... αυτό έκανα σ' όλη μου τη ζωή» αναστέναξε. Είχαμε φτάσει μπροστά στην πόρτα και ακούμπησε το χέρι της στο χερούλι. «Μη μου δίνεις σημασία» μου είπε. «Πέρασα δύσκολη μέρα».

«Μα η μέρα δεν έχει τελειώσει ακόμα» είπα. Θα μπορούσα να κάνω κάτι για να γίνει καλύτερη;»

Με κοίταξε με ένα θλιμμένο χαμόγελο και σήκωσε το βιολοντσέλο της.

«*Oh, you are such a Latin man**» μουρμούρισε, λες κι έπρεπε να φυλάγεται από μένα, όμως, παρ' όλα αυτά, προτού κλείσει την πόρτα, με άφησε να ρίξω μια τελευταία ματιά στα γαλάζια της μάτια.

Πέρασαν δυο βδομάδες ακόμα. Το καλοκαίρι άρχισε σιγά σιγά να κάνει αισθητή την παρουσία του, με γλυκά και αργόσυρτα δειλινά. Την πρώτη Τετάρτη του Μαΐου, στο δρόμο του γυρισμού από το ινστιτούτο, πήρα από ένα αυτόματο μηχάνημα ανάληψης τα λεφτά για να πλη-

---

* Σ.τ.Μ.: «Είσαι τόσο Λατινοαμερικάνος!» (αγγλικά)

ρώσω το νοίκι του δωματίου μου. Χτύπησα το κουδούνι της κυρίας Ίγκλετον και, καθώς περίμενα να μου ανοίξουν, στο δρομάκι που ανέβαινε μέχρι το σπίτι είδα να πλησιάζει με μεγάλα βήματα ένας ψηλός άντρας με σοβαρό και αποφασιστικό ύφος. Τον κοίταξα λοξά καθώς σταμάτησε δίπλα μου· το μέτωπό του ήταν φαρδύ και μεγάλο και τα μάτια του μικρά και βυθισμένα στις κόγχες τους, και είχε μια βαθιά ουλή στο πιγούνι· θα ήταν γύρω στα πενήντα πέντε, αν και οι ζωηρές κινήσεις του τον έκαναν να φαίνεται νεότερος. Για μια στιγμή επικράτησε αμηχανία καθώς περιμέναμε κι οι δυο μαζί έξω απ' την κλειστή πόρτα, μέχρι που αποφάσισε να με ρωτήσει, με βαριά και τραγουδιστή σκοτσέζικη προφορά, αν είχα ήδη χτυπήσει το κουδούνι. Του απάντησα πως ναι και χτύπησα για δεύτερη φορά. Είπα ότι ίσως το πρώτο χτύπημα να ήταν πολύ σύντομο και τα χαρακτηριστικά του άντρα, με το που με είδε, χαλάρωσαν κι εκείνος χαμογέλασε εγκάρδια, ρωτώντας με αν ήμουν Αργεντινός.

«Τότε» μου είπε, μιλώντας μου τώρα σε τέλεια ισπανικά με μια αστεία προφορά απ' το Μπουένος Άιρες, «θα πρέπει να είστε ο φοιτητής της Έμιλυ».

Του απάντησα ξαφνιασμένος πως πράγματι ήμουν, και τον ρώτησα πού είχε μάθει ισπανικά. Τα φρύδια του έσμιξαν σαν να κοίταζε στο μακρινό παρελθόν και μου είπε ότι είχαν περάσει πολλά χρόνια από τότε.

«Η πρώτη μου σύζυγος ήταν απ' το Μπουένος Άιρες» είπε και μου έδωσε το χέρι. «Λέγομαι Άρθουρ Σέλντομ».

Λίγοι άνθρωποι είχαν καταφέρει να μου γεννήσουν μεγαλύτερο θαυμασμό εκείνη την εποχή. Ο άντρας με τα μικρά και διαυγή μάτια που μου έδινε το χέρι ήταν ήδη θρύλος στο χώρο των μαθηματικών. Είχα μελετήσει επί μήνες, στο πλαίσιο ενός σεμιναρίου, το πιο διάσημο από τα θεωρήματά του: τη φιλοσοφική προέκταση της υπόθεσης του Γκέντελ από τη δεκαετία του '30. Θεωρείτο ένας από τους τέσσερις κορυφαίους της Λογικής και αρκούσε να ρίξει κανείς μια ματιά στην ποικιλία των τίτλων των εργασιών του για να καταλάβει πως ήταν μια από εκείνες τις σπάνιες περιπτώσεις μαθηματικής ιδιοφυΐας: πίσω από εκείνο το πλατύ και γαλήνιο πρόσωπο είχαν αμφισβητηθεί και αναδιατυπωθεί οι σημαντικότερες ιδέες αυτού του αιώνα. Στη δεύτερη εξόρμησή μου στα βιβλιοπωλεία της πόλης είχα προσπαθήσει να βρω το τελευταίο του βιβλίο, ένα εκλαϊκευμένο έργο σχετικά με τις λογικές ακολουθίες, και είχα μάθει, προς μεγάλη μου έκπληξη, ότι είχε εξαντληθεί εδώ και δυο μήνες. Κάποιος μου είχε πει ότι από τότε που εκδόθηκε εκείνο το βιβλίο ο Σέλντομ είχε εξαφανιστεί από το κύκλωμα των συναδέλφων του και προφανώς κανείς δεν τολμούσε να μαντέψει τι μελετούσε εκείνη την εποχή. Παρ' όλα αυτά, εγώ δεν ήξερα καν ότι ζούσε στην Οξφόρδη και, φυσικά, δεν περίμενα ότι θα τον συναντούσα έξω απ' την πόρτα της κυρίας Ίγκλετον. Του είπα ότι είχα αναπτύξει το θεώρημά του σε ένα σεμινάριο και ο ενθουσιασμός μου φάνηκε να τον ευχαριστεί. Αντιλαμβανόμουν, όμως, ότι κάτι τον απασχολούσε και ότι, χωρίς να το θέλει, η προσοχή του ήταν στραμμένη στην πόρτα.

«Η κυρία Ίγκλετον θα 'πρεπε να είναι στο σπίτι» μου είπε· «έτσι δεν είναι;».

«Φαντάζομαι πως ναι» είπα. «Το καροτσάκι της είναι εδώ. Εκτός κι αν πέρασαν να την πάρουν με αυτοκίνητο...»

Ο Σέλντομ ξαναχτύπησε το κουδούνι, πλησιάζοντας το αυτί του στην πόρτα, και πήγε μέχρι το παράθυρο που έβλεπε στο διάδρομο προσπαθώντας να δει μέσα.

«Ξέρετε αν υπάρχει άλλη είσοδος από πίσω;» Και πρόσθεσε στα αγγλικά: «Φοβάμαι μήπως της έχει συμβεί κάτι».

Είδα στην έκφραση του προσώπου του ότι ανησυχούσε πραγματικά, σαν να ήξερε κάτι που δεν του επέτρεπε να σκεφτεί παρά μόνο εκείνο το ενδεχόμενο.

«Αν θέλετε» του είπα «μπορούμε να δοκιμάσουμε να ανοίξουμε την πόρτα: νομίζω ότι δεν την κλειδώνουν κατά τη διάρκεια της μέρας».

Ο Σέλντομ ακούμπησε το χέρι του στο χερούλι κι η πόρτα άνοιξε απαλά. Μπήκαμε μέσα αμίλητοι· τα βήματά μας έκαναν τις σανίδες του σπιτιού να τρίξουν. Από μέσα, σαν πνιχτό καρδιοχτύπι, ακουγόταν η αθόρυβη ταλάντευση ενός εκκρεμούς. Μπήκαμε στο σαλόνι και σταματήσαμε δίπλα στο τραπέζι που βρισκόταν στο κέντρο. Έκανα μια κίνηση προς τον Σέλντομ δείχνοντάς του τη σεζλόνγκ δίπλα στο παράθυρο που έβλεπε στον κήπο. Η κυρία Ίγκλετον ήταν ξαπλωμένη εκεί κι έμοιαζε να κοιμάται βαθιά, με το κεφάλι ακουμπισμένο στην πλάτη της σεζλόνγκ. Ένα από τα μαξιλάρια είχε πέσει στο χαλί, σαν να της είχε γλιστρήσει κατά τη διάρκεια του ύπνου. Το λευκό στεφάνι των μαλλιών της ήταν προστατευμένο μέσα σε ένα φιλέ και τα γυαλιά της ήταν ακουμπισμένα σε ένα τραπεζάκι, δίπλα στο ταμπλό του σκραμπλ. Ήταν λες κι έπαιζε μόνη της, γιατί δυο βάσεις με γράμματα βρίσκονταν δίπλα της. Ο Σέλντομ πλησίασε και, όταν την ακούμπησε ελαφρά στον ώμο, το κεφάλι της έγειρε βαρύ στο πλάι. Είδαμε ταυτόχρονα τα ανοιχτά και τρομαγμένα μάτια της και δυο παράλληλες γραμμούλες από αίμα που ξεκινούσαν απ' το ύψος της μύτης, κυλούσαν στο πιγούνι κι ενώνονταν τελικά στο λαιμό. Έκανα χωρίς να το καταλάβω ένα βήμα προς τα πίσω και κρατήθηκα για να μη φωνάξω. Ο Σέλντομ, που είχε συγκρατήσει το κεφάλι της με το χέρι, βόλεψε όπως όπως το πτώμα και ψιθύρισε ταραγμένος κάτι που δεν κατάφερα ν' ακούσω. Έπιασε το μαξιλάρι και, καθώς το σήκωνε απ' το χαλί, αποκαλύφθηκε ένας μεγάλος κόκκινος λεκές που είχε σχεδόν στεγνώσει στο κέντρο του. Έμεινε για μια στιγμή με το χέρι κολλημένο στο πλευρό, κρατώντας το μαξιλάρι, βυθισμένος σε σκέψεις, σαν να μελετούσε τις διακλαδώσεις ενός περίπλοκου υπολογισμού. Φαινόταν βαθιά προβληματισμένος. Εγώ ήμουν εκείνος που πρότεινε να φωνάξουμε την αστυνομία, πρόταση στην οποία συγκατένευσε μηχανικά.

ΚΕΦΑΛΑΙΟ 3

«Μογ ΖΗΤΗΣΑΝ ΝΑ περιμένουμε έξω απ' το σπίτι» είπε ο Σέλντομ λακωνικά αφού έκλεισε το τηλέφωνο. Βγήκαμε στη μικρή αυλή της εισόδου χωρίς να αγγίξουμε τίποτα στο πέρασμά μας. Ο Σέλντομ ακούμπησε με την πλάτη στο κάγκελο της σκάλας και έστριψε σιωπηλά ένα τσιγάρο. Τα χέρια του σταματούσαν κάθε τόσο σε μια τσάκιση του χαρτιού ή επαναλάμβαναν συνεχώς την ίδια κίνηση, σαν να ακολουθούσαν τις παύσεις και τους δισταγμούς μιας αλυσίδας από σκέψεις που έπρεπε να ακολουθήσει προσεκτικά. Η αρχική συντριβή είχε αντικατασταθεί τώρα από μια επίμονη προσπάθεια να βρεθεί νόημα ή λογική σε κάτι το ακατανόητο. Είδαμε να εμφανίζονται δυο αστυνομικοί, που σταμάτησαν σιωπηλοί μπροστά στο σπίτι. Ένας ψηλός, γκριζομάλλης άντρας με σκούρο μπλε κοστούμι και διαπεραστικό βλέμμα μάς πλησίασε, μας έσφιξε βιαστικά το χέρι και ρώτησε τα ονόματά μας. Είχε πεταχτά ζυγωματικά, λες και τα χρόνια έσκαβαν ακόμα περισσότερο τα μάγουλά του, και ήρεμο ύφος, που όμως απέπνεε κύρος, σαν να ήταν συνηθισμένος να μονοπωλεί τη σκηνή όπου εμφανιζόταν.

«Είμαι ο επιθεωρητής Πίτερσεν» είπε κι έδειξε έναν

άντρα με πράσινη ολόσωμη ποδιά που, περνώντας, μας κούνησε ελαφρά το κεφάλι· «αυτός είναι ο ιατροδικαστής μας. Περάστε, παρακαλώ, ένα λεπτό μέσα μαζί μας: έχουμε να σας κάνουμε δυο τρεις ερωτήσεις».

Ο ιατροδικαστής φόρεσε ένα ζευγάρι χειρουργικά γάντια κι έσκυψε πάνω από τη σεζλόγκ· τον παρατηρήσαμε από μακριά να εξετάζει προσεκτικά για μερικά λεπτά το πτώμα της κυρίας Ίγκλετον, να παίρνει δείγματα από αίμα και δέρμα και να τα δίνει σε έναν απ' τους βοηθούς του. Το φλας ενός φωτογράφου άστραψε μερικές φορές πάνω στο άψυχο πρόσωπο.

«Λοιπόν» είπε ο ιατροδικαστής και μας έκανε νόημα να πλησιάσουμε. «Σε ποια ακριβώς στάση τη βρήκατε;»

«Το πρόσωπο ήταν ακουμπισμένο στην πλάτη της σεζλόγκ» είπε ο Σέλντομ· «το σώμα ήταν γυρισμένο στο πλάι... λίγο ακόμα... Τα πόδια ήταν τεντωμένα, το δεξί χέρι λυγισμένο. Ναι, νομίζω ότι έτσι ήταν». Με κοίταξε για να επιβεβαιώσω κι εγώ τα λόγια του.

«Κι εκείνο το μαξιλάρι ήταν στο πάτωμα» πρόσθεσα εγώ.

Ο Πίτερσεν σήκωσε το μαξιλάρι κι έδειξε στον ιατροδικαστή το λεκέ από αίμα στο κέντρο.

«Θυμάστε πού ακριβώς;»

«Πάνω στο χαλί, στο ύψος του κεφαλιού, έμοιαζε σαν να της είχε πέσει ενώ κοιμόταν».

Ο φωτογράφος τράβηξε δυο τρεις φωτογραφίες ακόμα.

«Θα έλεγα» είπε ο ιατροδικαστής στον Πίτερσεν «πως είχαν σκοπό να την πνίξουν χωρίς να αφήσουν ίχνη, την ώρα που κοιμόταν. Το πρόσωπο που το έκανε τράβηξε με προσοχή το μαξιλάρι κάτω απ' το κεφάλι, χωρίς να χαλάσει το φιλέ στα μαλλιά, ή μπορεί και να βρήκε το μαξιλάρι πεσμένο στο πάτωμα. Όμως, καθώς το πίεζε πάνω στο πρόσωπό της, η γιαγιά ξύπνησε και ίσως να προσπάθησε να παλέψει. Εδώ ο άνθρωπός μας τρόμαξε περισσότερο απ' όσο έπρεπε, χρησιμοποίησε λοιπόν την ανάστροφη του χεριού του ή ίσως ακόμα και το γόνατό του για να βάλει περισσότερη δύναμη κι έσπασε χωρίς να το καταλάβει τη μύτη κάτω απ' το μαξιλάρι. Το αίμα δεν είναι τίποτ' άλλο απ' αυτό: λίγο αίμα απ' τη μύτη· οι φλέβες σ' αυτήν την ηλικία σπάνε πολύ εύκολα. Όταν τράβηξε το μαξιλάρι, είδε ότι το πρόσωπο ήταν γεμάτο αίματα. Πιθανώς να τρόμαξε ξανά και να το άφησε να πέσει στο χαλί χωρίς να προσπαθήσει να ξαναβάλει τίποτα στη θέση του. Ίσως να σκέφτηκε ότι δεν είχε σημασία πια κι έφυγε όσο γρηγορότερα γινόταν. Θα έλεγα πως είναι κάποιος που σκοτώνει για πρώτη φορά, μάλλον δεξιόχειρας». Άπλωσε και τα δυο του χέρια πάνω απ' το πρόσωπο της κυρίας Ίγκλετον για να μας κάνει μια επίδειξη: «Η τελική θέση του μαξιλαριού πάνω στο χαλί αντιστοιχεί με αυτή τη στροφή, που θα ήταν η πιο φυσική για ένα δεξιόχειρα».

«Άντρας ή γυναίκα;» ρώτησε ο Πίτερσεν.

«Αυτό είναι ενδιαφέρον» είπε ο ιατροδικαστής. «Θα μπορούσε να είναι ένας δυνατός άντρας που την τραυμάτισε αυξάνοντας απλώς την πίεση στις παλάμες του, ή και μια γυναίκα που ένιωθε αδύναμη και, για να διατηρήσει την πίεση, έριξε όλο το βάρος του σώματός της».

«Ώρα θανάτου;»

«Μεταξύ δύο και τρεις το απόγευμα». Ο ιατροδικαστής απευθύνθηκε σε μας. «Τι ώρα ήρθατε εσείς;»

Ο Σέλντομ με συμβουλεύτηκε αμέσως με το βλέμμα.

«Στις τεσσερισήμισι». Και πρόσθεσε μετά, κοιτάζοντας τον Πίτερσεν: «Εγώ θα έλεγα ότι πιθανότερο είναι να τη σκότωσαν γύρω στις τρεις».

Ο επιθεωρητής τον κοίταξε με ενδιαφέρον.

«Αλήθεια; Πώς το ξέρετε αυτό;»

«Δεν ήρθαμε μαζί» είπε ο Σέλντομ. «Ο λόγος που ήρθα μέχρι εδώ ήταν ένα σημείωμα, ένα αρκετά παράξενο μήνυμα που βρήκα στη θυρίδα μου στο Κολέγιο Μέρτον. Δυστυχώς, αρχικά δεν του έδωσα μεγάλη σημασία, αν και φαντάζομαι ότι ήταν ήδη αργά».

«Τι έλεγε;»

«*Η πρώτη της ακολουθίας*» είπε ο Σέλντομ. «Μόνο αυτό. Με μεγάλα γράμματα γραμμένα με το χέρι. Από κάτω υπήρχε η διεύθυνση της κυρίας Ίγκλετον και η ώρα, σαν να επρόκειτο για κάποιο ραντεβού: 3 μ.μ.».

«Μπορώ να το δω; Το φέρατε μαζί σας;»

Ο Σέλντομ κούνησε αρνητικά το κεφάλι.

«Όταν το βρήκα στη θυρίδα μου, ήταν σχεδόν τρεις και πέντε κι είχα καθυστερήσει να πάω στη διάλεξή μου. Το διάβασα καθώς πήγαινα στο γραφείο μου και ειλικρινά σκέφτηκα πως ήταν άλλο ένα μήνυμα από κάποιον ψυχοπαθή. Πριν λίγο καιρό δημοσίευσα ένα βιβλίο σχετικά με τις λογικές ακολουθίες και είχα δυστυχώς την ιδέα να συμπεριλάβω ένα κεφάλαιο σχετικά με τους κατά συρροή δολοφόνους. Από τότε δέχομαι διάφορα γράμματα στα οποία μου εξομολογούνται κάθε είδους φόνους... τέλος πάντων, το πέταξα στο καλάθι των αχρήστων μόλις μπήκα στο γραφείο μου».

«Μπορεί, λοιπόν, να είναι ακόμα εκεί;» είπε ο Πίτερσεν.

«Φοβάμαι πως όχι» είπε ο Σέλντομ· «όταν βγήκα απ' την αίθουσα, ξαναθυμήθηκα το μήνυμα. Η διεύθυνση στην Κάνλιφ Κλόουζ με είχε ανησυχήσει λίγο: θυμήθηκα την ώρα του μαθήματος ότι εκεί ζούσε η κυρία Ίγκλετον, αν και δεν ήμουν σίγουρος για τον αριθμό. Θέλησα να το ξαναδιαβάσω, για να επιβεβαιώσω τη διεύθυνση, όμως το παιδί που κάνει τα θελήματα είχε καθαρίσει το γραφείο μου και το καλάθι των αχρήστων ήταν άδειο. Γι' αυτό αποφάσισα να έρθω».

«Μπορούμε παρ' όλα αυτά να κάνουμε μια προσπάθεια» είπε ο Πίτερσεν και φώναξε έναν από τους άντρες του. «Ουίλκι: πήγαινε στο Κολέγιο Μέρτον και μίλα, σε παρακαλώ, με το παιδί για τα θελήματα... πώς λέγεται;»

«Μπρεντ» είπε ο Σέλντομ. «Όμως δε νομίζω ότι θα βγει κάτι: τέτοια ώρα θα πρέπει να 'χει ήδη περάσει το απορριμματοφόρο».

«Αν δεν το βρούμε, θα σας φωνάξουμε για να δώσετε στο σκιτσογράφο μας μια περιγραφή των γραμμάτων· για την ώρα, θα το κρατήσουμε μυστικό: ζητώ κι απ' τους δυο σας τη μέγιστη εχεμύθεια. Μπορείτε να θυμηθείτε καμία άλλη λεπτομέρεια στο μήνυμα; Το είδος του χαρτιού, το χρώμα του μελανιού, κάτι που να σας τράβηξε την προσοχή;»

«Το μελάνι ήταν μαύρο, θα έλεγα από στιλό διαρκείας. Το χαρτί ήταν λευκό, κοινό, σε μέγεθος επιστολόχαρτου. Τα γράμματα ήταν μεγάλα και ευανάγνωστα. Το μήνυμα ήταν διπλωμένο προσεκτικά στα τέσσερα μέσα στη θυρίδα μου. Και, ναι, υπήρχε μια περίεργη λεπτομέρεια: κάτω απ' το κείμενο είχαν χαράξει με μεγάλη επιμέλεια έναν κύκλο. Ένα μικρό τέλειο κύκλο, επίσης με μαύρο μελάνι».

«Έναν κύκλο» επανέλαβε ο Πίτερσεν σκεπτικός· «σαν υπογραφή; Η σφραγίδα; Ή μήπως εσάς σας λέει κάτι άλλο;».

«Ίσως να έχει να κάνει με εκείνο το κεφάλαιο στο βιβλίο μου που ασχολείται με τους φόνους κατά συρροήν» είπε ο Σέλντομ· «αυτό που υποστηρίζω εκεί είναι ότι, με εξαίρεση τις ταινίες και τα αστυνομικά μυθιστορήματα, η λογική που κρύβεται πίσω από τους φόνους κατά συρροήν –τουλάχιστον σε όσους έχουν τεκμηριωθεί παλιότερα– είναι γενικά πολύ υποτυπώδης κι έχει να κάνει κυρίως με πνευματικές διαταραχές. Τα μοντέλα που ακολουθούνται είναι πολύ χοντροκομμένα, το χαρακτηριστικό τους είναι η μονοτονία και η επανάληψη, και στη συντριπτική τους πλειονότητα εδράζονται σε κάποια τραυματική εμπειρία ή σε κάποια εμμονή από την παιδική ηλικία. Δηλαδή, είναι μάλλον περιπτώσεις κατάλληλες για ψυχιατρική ανάλυση παρά πραγματικά λογικά αινίγματα. Το συμπέρασμα του κεφαλαίου ήταν ότι ο φόνος που έχει εγκεφαλικά κίνητρα, για λόγους καθαρής ματαιοδοξίας της λογικής, για παράδειγμα το είδος του φόνου που διαπράττει ο Ρασκόλνικοφ ή η λογοτεχνική παραλλαγή του Τόμας ντε Κουίνσυ, δε φαίνεται να ανήκει στον πραγματικό κόσμο. Ή ίσως, προσέθετα αστειευόμενος, οι συγγραφείς να ήταν τόσο έξυπνοι, που ακόμα δεν τους έχουμε ανακαλύψει».

«Κατάλαβα» είπε ο Πίτερσεν· «πιστεύετε ότι κάποιος αναγνώστης του βιβλίου σας δέχτηκε την πρόκληση. Και, σ’ αυτή την περίπτωση, ο κύκλος θα ήταν...»

«Ίσως το πρώτο σύμβολο μιας λογικής ακολουθίας» είπε ο Σέλντομ. «Θα ήταν μια καλή επιλογή: είναι το σύμβολο που ιστορικά επιδέχτηκε τις περισσότερες ερμηνείες, τόσο στα μαθηματικά όσο και έξω απ’ αυτά. Μπορεί να συμβολίζει σχεδόν οτιδήποτε. Είναι, εν πάση περιπτώσει, ένας πανέξυπνος τρόπος για να ξεκινήσει κανείς μια ακολουθία: με ένα τελείως αόριστο σύμβολο στην αρχή, πράγμα που δε μας διαφωτίζει όσον αφορά την πιθανή συνέχεια».

«Θα λέγατε ότι αυτό το πρόσωπο θα μπορούσε να είναι μαθηματικός;»

«Όχι, σε καμία περίπτωση. Στους εκδότες μου προκάλεσε έκπληξη ακριβώς το ότι το βιβλίο είχε απήχηση σε ένα ευρύτερο κοινό. Κι ακόμα δεν μπορούμε καν να πούμε ότι το σύμβολο πρέπει πραγματικά να ερμηνευτεί ως κύκλος· θέλω να πω ότι εγώ νωρίτερα δεν είδα τίποτα περισσότερο από έναν κύκλο, πιθανώς λόγω της μαθηματικής μου παιδείας. Όμως θα μπορούσε να είναι κάποιο αποκρυφιστικό σύμβολο ή σύμβολο κάποιας αρχαίας θρησκείας, ή κάτι εντελώς διαφορετικό. Μια αστρολόγος πιθανόν να έβλεπε μια πανσέληνο, και ο σκιτσογράφος σας το περίγραμμα ενός προσώπου...»

«Μάλιστα» είπε ο Πίτερσεν. «Ας γυρίσουμε για την ώρα στην κυρία Ίγκλετον. Τη γνωρίζατε καλά;»

«Ο Χάρρυ Ίγκλετον ήταν ο υπεύθυνος σπουδών μου και κάποιες φορές με είχαν καλέσει εδώ σε συγκεντρώσεις και σε δείπνα μετά την αποφοίτησή μου. Επίσης ήμουν φίλος του Τζόννυ, του γιου τους, και της γυναίκας του της Σάρα. Πέθαναν κι οι δυο σε ένα δυστύχημα, όταν η Μπεθ ήταν μικρή. Η Μπεθ έμεινε από τότε με την κυρία Ίγκλετον. Τελευταία, τις έβλεπα και τις δυο πολύ αραιά. Ήξερα ότι η κυρία Ίγκλετον πάλευε εδώ και καιρό με τον καρκίνο και ότι είχε μπει πολλές φορές στο νοσοκομείο... τη συνάντησα μερικές φορές στο νοσοκομείο Ράντκλιφ».

«Κι αυτή η κοπέλα, η Μπεθ, μένει ακόμα εδώ; Τι ηλικία έχει τώρα;»

«Πρέπει να είναι είκοσι οχτώ, ή ίσως και τριάντα... Ναι, ζούσαν μαζί».

«Πρέπει να μιλήσουμε αμέσως μαζί της, θα ήθελα να κάνω και σε κείνη μερικές ερωτήσεις» είπε ο Πίτερσεν. «Ξέρει κανείς απ' τους δυο σας πού θα μπορούσαμε να τη βρούμε αυτή τη στιγμή;»

«Πρέπει να είναι στο θέατρο Σελντόνιαν» είπα εγώ. «Στην πρόβα της ορχήστρας».

«Είναι στο δρόμο μου» είπε ο Σέλντομ· «αν δε σας πειράζει, θα σας ζητούσα, ως οικογενειακός φίλος, να μου επιτρέψετε να της μεταφέρω εγώ αυτή την είδηση. Πιθανόν να χρειάζεται επίσης βοήθεια και με τα διαδικαστικά της κηδείας».

«Ασφαλώς, κανένα πρόβλημα» είπε ο Πίτερσεν· «αν και η κηδεία θα χρειαστεί να καθυστερήσει λίγο: πρέπει να κάνουμε πρώτα τη νεκροψία. Πείτε, παρακαλώ, στη δεσποινίδα Μπεθ ότι την περιμένουμε εδώ. Πρέπει να πάρει αποτυπώματα και η σήμανση, θα είμαστε πιθανώς εδώ για μερικές ώρες ακόμα. Εσείς ήσασταν αυτός που μας ειδοποίησε τηλεφωνικώς, έτσι δεν είναι; Θυμάστε αν ακουμπήσατε και τίποτ' άλλο;»

Κουνήσαμε κι οι δυο το κεφάλι αρνητικά. Ο Πίτερσεν φώναξε έναν απ' τους άντρες του κι εκείνος πλησίασε κρατώντας ένα μικρό κασετόφωνο.

«Τότε, θα σας ζητήσω μόνο να κάνετε μια σύντομη κατάθεση στον υπαστυνόμο Σακς σχετικά με τις ενέργειές σας από το μεσημέρι κι ύστερα. Είναι τυπικό το θέμα, αμέσως μετά μπορείτε να φύγετε. Αν και φοβάμαι ότι πιθανώς να χρειαστεί να σας ξαναενοχλήσω με μερικές ερωτήσεις ακόμα τις επόμενες μέρες».

Ο Σέλντομ απάντησε για δυο τρία λεπτά στις ερωτήσεις του Σακς και παρατήρησα ότι, όταν ήρθε η σειρά μου, περίμενε διακριτικά στην άκρη μέχρι να τελειώσω. Σκέφτηκα ότι πιθανώς να ήθελε να με χαιρετήσει από κοντά, όμως, όταν γύρισα προς το μέρος του, μου έκανε νόημα να φύγουμε μαζί.

ΚΕΦΑΛΑΙΟ 4

«ΣΚΕΦΤΗΚΑ ΟΤΙ ΙΣΩΣ να μπορούσαμε να περπατήσου-
με μαζί μέχρι το θέατρο» είπε ο Σέλντομ, αρχίζοντας να
στρίβει ένα τσιγάρο. «Θα ήθελα να μάθω...» και φάνη-
κε να διστάζει, σαν να μην μπορούσε να βρει τη σωστή
έκφραση. Είχε σκοτεινιάσει τελείως και δεν μπορούσα
να διακρίνω μέσα στο σκοτάδι την έκφραση του προσώ-
που του. «Θα ήθελα να βεβαιωθώ» είπε τελικά «ότι κι
οι δυο είδαμε τα ίδια πράγματα εκεί μέσα. Θέλω να πω,
πριν έρθει η αστυνομία, πριν απ' όλες τις εικασίες και τις
ερμηνείες: την πρώτη σκηνή που είδαμε. Με ενδιαφέρει η
δική σας εντύπωση, που ήσασταν εντελώς απροετοίμα-
στος».

Έμεινα για λίγο σκεπτικός, προσπαθώντας να θυμη-
θώ και να ανασυνθέσω όλες τις λεπτομέρειες· επίσης συ-
νειδητοποίησα ότι ήθελα να φανώ σχετικά οξυδερκής για
να μην απογοητεύσω τον Σέλντομ.

«Νομίζω» είπα επιφυλακτικά «ότι θα συμφωνούσα
σχεδόν απόλυτα με την ερμηνεία του ιατροδικαστή, εκτός
ίσως από μια λεπτομέρεια στο τέλος. Είπε ότι, βλέποντας
το αίμα, ο δολοφόνος πέταξε το μαξιλάρι κι έφυγε όσο
πιο γρήγορα γινόταν, χωρίς να προσπαθήσει να ξαναβά-
λει τίποτα στη θέση του...».

«Κι εσείς δεν πιστεύετε ότι έγιναν έτσι τα πράγματα;»

«Πιθανώς να αληθεύει το ότι δεν έβαλε τίποτα στη θέση του, έκανε πάντως κάτι ακόμα προτού φύγει: έστρεψε το πρόσωπο της κυρίας Ίγκλετον και το ακούμπησε στην πλάτη της σεζλόγκ. Έτσι ήταν όταν το βρήκαμε».

«Έχετε δίκιο» συμφώνησε ο Σέλντομ κουνώντας ελαφρά το κεφάλι. «Και τι δείχνει αυτό, κατά την άποψή σας;»

«Δεν ξέρω: μπορεί να μην άντεχε να βλέπει τα ανοιχτά μάτια της κυρίας Ίγκλετον. Αν πρόκειται, όπως είπε ο ιατροδικαστής, για κάποιον που σκοτώνει για πρώτη φορά, ίσως, όντας ασυνήθιστος στο να βλέπει αυτά τα μάτια, να συνειδητοποίησε τι είχε κάνει και να θέλησε, με κάποιον τρόπο, να τα αποφύγει».

«Θα λέγατε ότι γνώριζε από πριν την κυρία Ίγκλετον ή ότι τη διάλεξε σχεδόν στην τύχη;»

«Δε νομίζω ότι το έκανε εντελώς στην τύχη. Μου τράβηξε την προσοχή αυτό που είπατε μετά... ότι η κυρία Ίγκλετον είχε καρκίνο. Πιθανόν να το ήξερε αυτό: ότι έτσι κι αλλιώς σύντομα θα πέθαινε. Αυτό φαίνεται να ταιριάζει με την ιδέα της κατά βάση εγκεφαλικής πρόκλησης, σαν να ήθελε να κάνει όσο το δυνατόν λιγότερο κακό. Επίσης, ο τρόπος που διάλεξε να τη σκοτώσει θα μπορούσε να θεωρηθεί, αν εκείνη δεν είχε ξυπνήσει, αρκετά ευσπλαχνικός. Μπορεί αυτό που ήξερε –σκέφτηκα– να ήταν ότι εσείς γνωρίζατε την κυρία Ίγκλετον και ότι αυτό θα σας υποχρέωνε να εμπλακείτε».

«Είναι πιθανόν» είπε ο Σέλντομ· «και επίσης συμφωνώ ότι θέλησε να σκοτώσει με όσο το δυνατόν πιο ανώδυνο τρόπο. Ακριβώς αυτό αναρωτιόμουν όση ώρα ακούγαμε τον ιατροδικαστή: πώς θα είχαν εξελιχθεί τα πράγματα αν όλα τού είχαν πάει καλά και η μύτη της κυρίας Ίγκλετον δεν είχε ματώσει».

«Μόνο εσείς θα ξέρατε, μέσω του μηνύματος, ότι δεν επρόκειτο για ένα μη φυσιολογικό θάνατο».

«Ακριβώς» είπε ο Σέλντομ· «η αστυνομία αρχικά δε θα είχε εμπλακεί. Πιστεύω πως αυτή ήταν η πρόθεσή του: μια προσωπική πρόκληση».

«Ναι, όμως σ' αυτή την περίπτωση...» είπα γεμάτος αβεβαιότητα «δεν ξεκαθαρίζεται το πότε σας έγραψε το μήνυμα, πριν τη σκοτώσει ή μετά».

«Μάλλον το μήνυμα το είχε γράψει πριν τη σκοτώσει» είπε ο Σέλντομ· «και, παρ' ότι ένα μέρος του σχεδίου είχε πάει στραβά, αποφάσισε να προχωρήσει και να το αφήσει ούτως ή άλλως στη θυρίδα μου».

«Τι πιστεύετε ότι θα κάνει στη συνέχεια;»

«Τώρα που το ξέρει η αστυνομία; Δεν ξέρω. Φαντάζομαι ότι θα προσπαθήσει να είναι πιο προσεκτικός την επόμενη φορά».

«Δηλαδή, άλλος ένας φόνος που κανείς δε θα τον θεωρήσει φόνο;»

«Ναι» είπε ο Σέλντομ, σχεδόν ψιθυριστά. «Αυτό ακριβώς. Φόνοι που κανείς δε θα τους θεωρεί φόνους. Νομίζω ότι τώρα αρχίζω και καταλαβαίνω: φόνοι που περνάνε απαρατήρητοι».

Μείναμε για λίγο σιωπηλοί. Ο Σέλντομ έμοιαζε να έχει βυθιστεί στις σκέψεις του. Είχαμε σχεδόν φτάσει στο ύψος του Πανεπιστημιακού Πάρκου. Στο απέναντι δρομάκι σταμάτησε μια μεγάλη λιμουζίνα μπροστά από ένα εστιατόριο. Είδα να βγαίνει μια νύφη, που έσερνε βαριεστημένα την ουρά του νυφικού της και που προσπαθούσε να συγκρατήσει με το χέρι πάνω στο κεφάλι της μια κομψή κόμμωση στολισμένη με λουλούδια. Δημιουργήθηκε ένα μικρό πανδαιμόνιο απ' τον κόσμο και τα φλας που άστραφταν γύρω της. Πρόσεξα ότι ο Σέλντομ δε φαινόταν να έχει αντιληφθεί τη σκηνή: περπατούσε με άδειο βλέμμα και ήταν αφηρημένος, απολύτως βυθισμένος στις σκέψεις του. Παρ' όλα αυτά, αποφάσισα να τον διακόψω, για να του κάνω μια ερώτηση σχετικά με το σημείο που με είχε παραξενέψει περισσότερο απ' όλα.

«Σχετικά μ' αυτό που είπατε στον επιθεωρητή, για τον κύκλο και τη λογική ακολουθία: δεν πιστεύετε ότι θα πρέπει να υπάρχει κάποια σχέση ανάμεσα στο σύμβολο και στην επιλογή του θύματος ή ίσως και στον τρόπο που επέλεξε να τη σκοτώσει;»

«Ναι, ασφαλώς» είπε ο Σέλντομ κάπως αδιάφορα, σαν να το είχε ήδη σκεφτεί πολύ νωρίτερα. «Όμως το πρόβλημα είναι, όπως είπα και στον Πίτερσεν, ότι δεν είμαστε καν σίγουροι πως ήταν πράγματι ένας κύκλος και όχι, για παράδειγμα, ο όφις των γνωστικών, που τρώει την ουρά του, ή το κεφαλαίο Ο από τη λέξη «Omertà». Αυτή είναι η δυσκολία όταν ξέρει κανείς μόνο τον πρώτο όρο μιας ακολουθίας: το να αποφασίσει ποιο θα είναι το πλαίσιο μέσα στο οποίο πρέπει να γίνει η ανάγνωση του συμβόλου. Θέλω να πω, αν πρέπει να μελετηθεί από καθαρά γραφική άποψη, ας πούμε, στο συντακτικό επίπεδο, απλώς ως ένα σχήμα, ή στο σημειολογικό επίπεδο, μέσω κάποιας από τις πιθανές εκδοχές της έννοιάς του. Υπάρχει μια αρκετά γνωστή ακολουθία, την οποία χρησιμοποιώ ως πρώτο παράδειγμα στην αρχή του βιβλίου μου για να εξηγήσω αυτή την αντίφαση... μισό λεπτό...» είπε κι έψαξε στις τσέπες του να βρει ένα στιλό κι ένα μικρό σημειωματάριο. Έσκισε ένα φύλλο, το ακούμπησε στο σημειωματάριο και, χωρίς να σταματήσει να περπατάει, σχεδίασε προσεκτικά τρία σχήματα και μου έδωσε το χαρτί για να τα δω. Είχαμε φτάσει στη Μάγκνταλεν Ρόουντ κι έτσι μπόρεσα να μελετήσω τα σχήματα χωρίς δυσκολία κάτω από το κίτρινο, άπλετο φως της λάμπας του δρόμου. Το πρώτο ήταν αναμφισβήτητα ένα κεφαλαίο Μ, το δεύτερο έμοιαζε με μια καρδιά πάνω σε μια γραμμή και το τρίτο ήταν ο αριθμός οχτώ.

Μ ♡ 8

«Ποιο θα λέγατε εσείς ότι είναι το τέταρτο σχήμα;» με ρώτησε ο Σέλντομ.

«Μι, καρδιά, οχτώ...» είπα, προσπαθώντας να βγάλω νόημα. Ο Σέλντομ περίμενε, μάλλον διασκεδάζοντάς το, να σκεφτώ λίγα λεπτά ακόμα.

«Είμαι σίγουρος ότι θα μπορέσετε να το λύσετε όταν το σκεφτείτε λίγο απόψε το βράδυ στο σπίτι σας» μου είπε. «Ήθελα απλώς να σας δείξω ότι αυτή τη στιγμή είναι σαν να μας έχουν δώσει μόνο το πρώτο σύμβολο» συνέχισε κι έβαλε το χέρι του πάνω στην καρδιά και στο οχτώ. «Αν είχατε δει μόνο αυτό το σχήμα, αυτό το Μ, τι είναι το πιθανότερο που θα είχατε σκεφτεί;»

«Ότι πρόκειται για μια ακολουθία από γράμματα ή για την αρχή μιας λέξης που αρχίζει από Μ».

«Ακριβώς» είπε ο Σέλντομ. «Θα είχατε δώσει σ' αυτό το σύμβολο την έννοια όχι μόνο ενός γράμματος γενικά, αλλά και ενός πολύ συγκεκριμένου γράμματος, του κεφαλαίου Μ. Όμως, μόλις είδατε το δεύτερο σύμβολο της ακολουθίας, τα πράγματα άλλαξαν, έτσι δεν είναι; Ξέρετε, για παράδειγμα, ότι δεν μπορείτε πια να περιμένετε μια λέξη. Αυτό το σύμβολο, απ' την άλλη πλευρά, είναι αρκετά διαφορετικό απ' το πρώτο, ανήκει σε άλλη κατηγορία, θυμίζει, για παράδειγμα, τα γαλλικά τραπουλόχαρτα. Εν πάση περιπτώσει, αυτό έχει ως αποτέλεσμα να αμφισβητήσουμε μέχρι ενός σημείου την αρχική έννοια που είχαμε αποδώσει στο πρώτο σύμβολο. Μπορούμε α-κόμα να σκεφτούμε ότι πρόκειται για ένα γράμμα, όμως πλέον δε φαίνεται τόσο σημαντικό το αν θα είναι συγκε-κριμένα το μι. Και, όταν βάλουμε στο παιχνίδι και το τρί-το σύμβολο, γι' άλλη μια φορά η πρώτη μας παρόρμηση είναι να τα οργανώσουμε σύμφωνα με όσα ξέρουμε: αν το ερμηνεύσουμε ως τον αριθμό οχτώ, τείνουμε να σκε-φτούμε μια ακολουθία που αρχίζει με ένα γράμμα, συνε-χίζεται με μια καρδιά και μετά με έναν αριθμό. Προσέξ-τε όμως ότι όλη αυτή την ώρα αναπτύσσουμε τους συλ-λογισμούς μας βασιζόμενοι σε έννοιες που αποδώσαμε –σχεδόν αυτόματα– σε κάτι που αρχικά δεν ήταν παρά μόνο σχέδια, γραμμές πάνω σ' ένα χαρτί. Αυτό είναι το μικρό ύπουλο παιχνίδι της ακολουθίας: ότι είναι δύσκολο να ξεχωρίσει κανείς αυτά τα τρία σχήματα από την πιο προφανή και άμεση ερμηνεία τους. Τώρα λοιπόν, αν κα-ταφέρετε να κοιτάξετε για μια στιγμή τα σύμβολα γυμνά, απλώς και μόνο ως σχήματα, θα δείτε τη σταθερά που ανατρέπει όλες τις προηγούμενες έννοιες και που θα σας δώσει το κλειδί για τη συνέχεια».

Περάσαμε έξω από το φωτισμένο παράθυρο της παμπ *The Eagle and Child*. Μέσα, ο κόσμος στριμωχνόταν δίπλα στο μπαρ και, όπως στο βωβό κινηματογράφο, γελούσαν αθόρυβα κρατώντας ποτήρια με μπίρα. Προσπεράσαμε και στρίψαμε αριστερά, πλησιάζοντας σε ένα μνημείο. Εί-δα να εμφανίζεται μπροστά μας ο κυκλικός τοίχος του θεάτρου.

«Αυτό που θέλετε να πείτε είναι ότι, στη δική μας πε-ρίπτωση, για να καθορίσουμε το πλαίσιο, χρειαζόμαστε τουλάχιστον έναν ακόμα όρο...»

«Ναι» είπε ο Σέλντομ· «με τον πρώτο όρο παραμένουμε βυθισμένοι στο σκοτάδι· δεν μπορούμε καν να λύσουμε αυτό το πρώτο δίλημμα: αν πρέπει να θεωρήσουμε ότι το σύμβολο είναι ένα σημάδι πάνω στο χαρτί ή αν πρέπει να προσπαθήσουμε να του αποδώσουμε κάποια έννοια. Δυστυχώς, δεν έχουμε άλλη επιλογή από το να περιμένουμε».

Καθώς μου μιλούσε, είχε ανέβει τις σκάλες του θεάτρου κι εγώ τον ακολούθησα μέσα στον προθάλαμο, χωρίς να παίρνω την απόφαση να τον αφήσω να φύγει. Η είσοδος ήταν έρημη, όμως ήταν εύκολο να προσανατολιστεί κανείς ακολουθώντας τον ήχο της μουσικής, που ήταν ανάλαφρη και χαρούμενη σαν μουσική χορού. Ανεβήκαμε μια από τις σκάλες προσπαθώντας να μην κάνουμε θόρυβο και προχωρήσαμε στο στρωμένο με μοκέτα διάδρομο. Ο Σέλντομ μισάνοιξε μια από τις πλαϊνές πόρτες, που ήταν ντυμένη με ένα αφράτο υλικό με ρόμβους, και μπήκαμε σ' ένα θεωρείο, απ' το οποίο φαινόταν η μικρή ορχήστρα στο κέντρο της σκηνής. Έκαναν πρόβα ένα κομμάτι που έμοιαζε με ουγγαρέζικη τσάρντα. Τώρα ακούγαμε καθαρά και δυνατά τη μουσική. Η Μπεθ ήταν σκυμμένη μπροστά στην καρέκλα της, με σφιγμένο το σώμα, και το δοξάρι ανεβοκατέβαινε με μανία πάνω στο βιολοντσέλο· άκουσα τις νότες να ξεχύνονται με ιλιγγιώδη ταχύτητα, σαν μαστίγια πάνω σε άλογα, και η αντίθεση ανάμεσα στην ελαφρότητα και στην ευθυμία της μουσικής και στην προσπάθεια των εκτελεστών μού θύμισε αυτό που μου είχε πει λίγες μέρες νωρίτερα. Το πρόσωπό της ήταν παραμορφωμένο απ' την προσπάθειά της να ακολουθήσει την παρτιτούρα. Τα δάχτυλα κινούνταν ταχύτατα πάνω στις χορδές και, παρ' όλα αυτά, υπήρχε κάτι το απόμακρο στα μάτια της, λες και μόνο ένα κομμάτι του εαυτού της βρισκόταν εκεί. Ξαναβγήκαμε με τον Σέλντομ στο διάδρομο. Το ύφος του είχε ξαναγίνει σοβαρό και συγκρατημένο. Κατάλαβα ότι είχε αγωνία: είχε αρχίσει να στρίβει άλλο ένα τσιγάρο, το οποίο δεν μπορούσε να ανάψει εκεί μέσα. Μουρμούρισα κάτι για να τον αποχαιρετίσω και ο Σέλντομ μού έσφιξε δυνατά το χέρι και με ευχαρίστησε που τον είχα συνοδεύσει.

«Αν είστε ελεύθερος την Παρασκευή το μεσημέρι» είπε «θα ήθελα να σας καλέσω να φάμε μαζί στο Μέρτον· πιθανόν να σκεφτούμε κάτι καινούριο στο μεταξύ».

«Φυσικά και είμαι ελεύθερος την Παρασκευή» είπα.

Κατέβηκα τη σκάλα και ξαναβγήκα στο δρόμο. Έκανε κρύο κι είχε αρχίσει να ψιλοβρέχει. Όταν βρέθηκα ξανά κάτω από τα φώτα του δρόμου, έβγαλα απ' την τσέπη μου το χαρτί στο οποίο είχε ζωγραφίσει ο Σέλντομ τα τρία σχήματα, προσπαθώντας να προστατεύσω το μελάνι από τις σταγόνες της βροχής. Κόντεψα να βάλω τα γέλια όταν, στα μισά της διαδρομής, κατάλαβα πόσο απλή ήταν η λύση.

ΚΕΦΑΛΑΙΟ 5

ΑΦΗΝΟΝΤΑΣ ΠΙΣΩ την τελευταία στροφή του δρόμου και πλησιάζοντας στο σπίτι, είδα ότι οι αστυνομικοί ήταν α-κόμα εκεί· είχε έρθει επίσης ένα ασθενοφόρο και ένα μπλε φορτηγάκι με το λογότυπο των *Oxford Times*. Ένας ξερα-κιανός άντρας με γκρίζες τούφες στο μέτωπο με σταμά-τησε καθώς πήγαινα να κατέβω τη σκαλίτσα για το δω-μάτιό μου· κρατούσε ένα μικρό κασετόφωνο κι ένα ση-μειωματάριο. Πριν προλάβει να μου συστηθεί, ο επιθεω-ρητής Πίτερσεν βγήκε στο παράθυρο που έβλεπε στο διά-δρομο και μου έκανε νόημα να πλησιάσω.

«Θα προτιμούσα να μην αναφέρετε τον Σέλντομ» μου είπε χαμηλόφωνα. «Δώσαμε μόνο το δικό σας όνομα στον Τύπο, σαν να ήσαστας μόνος όταν βρήκατε το πτώμα».

Συμφώνησα και ξαναγύρισα στη σκάλα. Την ώρα που απαντούσα στις ερωτήσεις, είδα να σταματάει ένα ταξί. Κατέβηκε η Μπεθ με το βιολοντσέλο της και πέρασε πο-λύ κοντά μας χωρίς να μας δει. Χρειάστηκε να πει το όνο-μά της στον αστυνομικό που στεκόταν στην είσοδο για να την αφήσει να περάσει. Η φωνή της ήταν αδύναμη και κάπως πνιχτή.

«Ώστε αυτή είναι η κοπέλα» είπε ο δημοσιογράφος κοιτάζοντας το ρολόι του. «Πρέπει να μιλήσω και μαζί της, μου φαίνεται ότι απόψε θα το χάσω το βραδινό φαγητό. Μια τελευταία ερώτηση: Τι σας είπε ο Πίτερσεν πριν λίγο, όταν σας ζήτησε να πάτε κοντά του;»

Δίστασα για μια στιγμή πριν απαντήσω.

«Ότι ίσως χρειαστεί να με ενοχλήσουν αύριο με μερικές ακόμα ερωτήσεις» είπα.

«Μην ανησυχείτε» μου είπε. «Δεν υποπτεύονται εσάς».

Γέλασα.

«Και ποιον υποπτεύονται;» τον ρώτησα.

«Δεν ξέρω: φαντάζομαι, την κοπέλα. Θα ήταν το πιο φυσικό, έτσι δεν είναι; Σ' αυτή θα μείνουν τα λεφτά και το σπίτι».

«Δεν ήξερα ότι η κυρία Ίγκλετον είχε λεφτά».

«Είχε την τιμητική σύνταξη των ηρώων πολέμου. Δεν είναι και καμιά περιουσία, αλλά για μια γυναίκα μόνη...»

«Επίσης δεν ήταν ήδη στην πρόβα η Μπεθ την ώρα του φόνου;»

Ο άντρας γύρισε προς τα πίσω τις σελίδες του σημειωματάριού του.

«Για να δούμε: ο θάνατος επήλθε μεταξύ δύο και τρεις, σύμφωνα με την έκθεση του ιατροδικαστή. Κάποια γειτόνισσα τη συνάντησε όταν έβγαινε για να πάει στο Σελντόνιαν λίγο μετά τις δύο. Τηλεφώνησα στο θέατρο πριν λίγο: η κοπέλα έφτασε ακριβώς στην ώρα της για την πρόβα, στις δύο και μισή. Όμως, είναι εκείνα τα λεπτά προτού φύγει. Άρα, ήταν στο σπίτι, μπορούσε να το κάνει και είναι η μοναδική κληρονόμος».

«Θα αφήσετε να εννοηθεί κάτι τέτοιο στο άρθρο σας;» είπα, και νομίζω ότι ακούστηκα κάπως εκνευρισμένος.

«Γιατί όχι; Είναι πιο ενδιαφέρον απ' το να το αποδώσουμε σε έναν κλέφτη και να συστήσουμε στις νοικοκυρές να κλειδώνουν τις πόρτες τους. Θα προσπαθήσω να μιλήσω τώρα μαζί της» είπε και μου χαμογέλασε χαιρέκακα. «Διαβάστε αύριο το άρθρο μου».

Κατέβηκα στο δωμάτιό μου και, χωρίς να ανάψω το φως, έβγαλα τα παπούτσια κι έπεσα στο κρεβάτι, σκεπάζοντας τα μάτια με το μπράτσο. Προσπάθησα για άλλη μια φορά να ξαναφέρω στη μνήμη μου τη στιγμή που μπήκαμε με τον Σέλντομ στο σπίτι και όλες τις κινήσεις μας τη μια μετά την άλλη, όμως δε φαινόταν να υπάρχει τίποτε άλλο εκεί· τίποτα, τουλάχιστον, απ' ό,τι θα μπορούσε να ψάχνει ο Σέλντομ. Το μόνο που επανερχόταν ολοζώντανο στη μνήμη μου ήταν η αφύσικη κίνηση του λαιμού και του κεφαλιού της κυρίας Ίγκλετον καθώς έπεφτε, με τα μάτια ανοιχτά και τρομαγμένα. Άκουσα τη μηχανή ενός αυτοκινήτου που έπαιρνε μπρος και ανασηκώθηκα για να κοιτάξω απ' το παράθυρο. Είδα να βγάζουν το πτώμα της κυρίας Ίγκλετον πάνω σ' ένα φορείο και να το ανεβάζουν στο ασθενοφόρο. Οι δυο αστυνομικοί άναψαν τα φώτα και, όταν έκαναν τις μανούβρες για να φύγουν, οι κίτρινοι κώνοι προέβαλαν μια σειρά από εντυπωσιακές και φευγαλέες σκιές στους τοίχους των σπιτιών. Το φορτηγάκι των *Oxford Times* είχε φύγει και, όταν η μικρή πομπή των αυτοκινήτων χάθηκε στην πρώτη στροφή, η σιωπή και το σκοτάδι του δρόμου μού φάνηκαν για πρώτη φορά πνιγηρά. Αναρωτήθηκα τι να έκανε πάνω στο σπίτι μόνη της η Μπεθ. Άναψα το φως και είδα πάνω στο γραφείο μου τις μελέτες της Έμιλυ Μπρόνσον με μερικές απ' τις σημειώσεις μου στο περιθώριο. Έφτιαξα έναν καφέ και κάθισα, με σκοπό να τις ξαναπιάσω από κει που τις είχα αφήσει. Διάβασα για πάνω από μια ώρα, χωρίς να προχωρήσω και πολύ. Ούτε είχα καταφέρει να βρω εκείνη την ευλογημένη ηρεμία, εκείνο το μοναδικό πνευματικό βάλσαμο, την εικονική τάξη μέσα στο χάος, που κατακτά κανείς ακολουθώντας τα βήματα ενός θεωρήματος. Άκουσα ξαφνικά κάτι που μου φάνηκε σαν υπόκωφα χτυπήματα στην πόρτα. Τράβηξα την καρέκλα προς τα πίσω και περίμενα λίγο. Τα χτυπήματα ξανακούστηκαν, πιο καθαρά αυτή τη φορά. Άνοιξα και διέκρινα μες στο σκοτάδι το σαστισμένο και κάπως ντροπαλό πρόσωπο της Μπεθ. Φορούσε μια ελαφριά βυσσινί ρόμπα και παντόφλες, με τα μαλλιά πιασμένα μόνο μπροστά με μια κορδέλα, σαν να είχε πεταχτεί για κάποιο λόγο απ' το κρεβάτι. Της είπα να περάσει και στάθηκε κοντά στην πόρτα, με σταυρωμένα τα χέρια και τα χείλη της να τρέμουν ελαφρά.

«Μπορώ να σου ζητήσω μια χάρη; Μόνο για σήμερα το βράδυ» είπε, με σπασμένη φωνή. «Δεν μπορώ να κοιμηθώ εκεί πάνω... μπορώ να μείνω εδώ μέχρι το πρωί;»

«Φυσικά» είπα. «Θα κοιμηθώ στην πολυθρόνα, κι εσύ μπορείς να κοιμηθείς στο κρεβάτι».

Με ευχαρίστησε ανακουφισμένη και έπεσε βαριά σε μια απ' τις καρέκλες. Κοίταξε γύρω της κάπως ζαλισμένη και είδε τα χαρτιά μου σκορπισμένα πάνω στο γραφείο.

«Διάβαζες» είπε. «Δεν ήθελα να σε διακόψω».

«Όχι, όχι» είπα «ήμουν έτοιμος να κάνω ένα διάλειμμα, ούτε κι εγώ μπορούσα να συγκεντρωθώ. Να φτιάξω καφέ;».

«Ένα τσάι για μένα» είπε.

Μείναμε σιωπηλοί, όση ώρα έβαζα να ζεσταθεί το νερό και προσπαθούσα να βρω έναν τρόπο για να της εκφράσω τα συλλυπητήριά μου. Όμως μίλησε πρώτη εκείνη.

«Μου είπε ο θείος Άρθουρ ότι ήσουν μαζί του όταν

τη βρήκε... θα ήταν φοβερό. Αναγκάστηκα να τη δω κι εγώ: με έβαλαν να αναγνωρίσω το πτώμα. Θεέ μου» είπε και τα μάτια της έγιναν διάφανα, το γαλάζιο τους υγρό και τρεμάμενο. «Κανείς δεν είχε μπει στον κόπο να της κλείσει τα μάτια».

Γύρισε το κεφάλι και το έγειρε λίγο προς τα πίσω, σαν να μπορούσε να κάνει τα δάκρυά της να ξαναγυρίσουν πίσω.

«Ειλικρινά λυπάμαι πολύ» ψιθύρισα. «Ξέρω πώς νιώθεις...»

«Όχι, δε νομίζω ότι ξέρεις» είπε. «Δε νομίζω ότι ξέρει κανείς. Ήταν αυτό που περίμενα όλον αυτό τον καιρό. Εδώ και χρόνια. Αν και είναι φοβερό να το λέω: από τότε που έμαθα ότι είχε καρκίνο. Φανταζόμουν ότι θα γινόταν πάνω κάτω όπως έγινε, ότι κάποιος θα ερχόταν να μου το πει, στη μέση της πρόβας. Παρακαλούσα να γίνει έτσι, να μη χρειαστεί καν να τη δω όταν θα την έπαιρναν. Όμως ο επιθεωρητής ήθελε να την αναγνωρίσω. Δεν της είχαν κλείσει τα μάτια!» ψιθύρισε πάλι ταραγμένη, σαν να είχε γίνει μια ανεξήγητη αδικία. «Στάθηκα δίπλα της, αλλά δεν μπόρεσα να την κοιτάξω· φοβόμουν ότι ακόμα, με κάποιον τρόπο, μπορούσε να μου κάνει κακό, ότι μπορούσε να με πάρει μαζί της, ότι δε θα με άφηνε. Και νομίζω ότι το κατάφερε. Με υποπτεύονται» είπε απελπισμένη. «Ο Πίτερσεν μου έκανε πάρα πολλές ερωτήσεις, με εκείνο το προσποιητό ενδιαφέρον, και μετά εκείνος ο απαίσιος άνθρωπος από την εφημερίδα δεν προσπάθησε καν να το κρύψει. Τους είπα το μόνο πράγμα που ξέρω: ότι, όταν έφυγα, στις δύο, κοιμόταν, δίπλα στο ταμπλό του σκραμπλ. Όμως, πολύ φοβάμαι ότι δεν έχω τη δύναμη να υπερασπιστώ τον εαυτό μου. Είμαι ο άνθρωπος που ήθελε να τη δει νεκρή περισσότερο από κάθε άλλον, οπωσδήποτε πολύ περισσότερο από οποιονδήποτε την σκότωσε».

Τα νεύρα της έμοιαζαν να έχουν σπάσει· τα χέρια της έτρεμαν ανεξέλεγκτα και, όταν πρόσεξε το βλέμμα μου, τα έκρυψε βάζοντάς τα κάτω απ' τις μασχάλες.

«Εν πάση περιπτώσει» είπα, πηγαίνοντάς της το φλιτζάνι με το φακελάκι του τσαγιού, «δε νομίζω ότι ο Πίτερσεν πιστεύει πραγματικά κάτι τέτοιο: ξέρουν κάτι ακόμα, που δε θέλησαν να διαρρεύσει. Δε σου είπε τίποτα ο καθηγητής Σέλντομ;».

Κούνησε αρνητικά το κεφάλι και μετάνιωσα που είχα μιλήσει. Είδα όμως τα γαλάζια μάτια της να ανυπομονούν, σαν να φοβούνταν ακόμα και το ενδεχόμενο να αφήσουν ανοιχτό ένα παράθυρο ελπίδας, και αποφάσισα ότι η λατινοαμερικάνικη ακριτομυθία μπορεί να ήταν πιο ευσπλαχνική από τη βρετανική εχεμύθεια.

«Μπορώ να σου πω μόνο αυτό, γιατί μας ζήτησαν να το κρατήσουμε μυστικό. Ο άνθρωπος που τη σκότωσε άφησε ένα μήνυμα για τον Σέλντομ στη θυρίδα του. Στο σημείωμα ήταν γραμμένη η διεύθυνση του σπιτιού και η ώρα: τρεις το απόγευμα».

«Τρεις το απόγευμα» επανέλαβε εκείνη αργά, σαν να έφευγε σιγά σιγά ένα τεράστιο βάρος από πάνω της. «Εκείνη την ώρα εγώ ήμουν ακόμα στην πρόβα». Χαμογέλασε δειλά, σαν να είχε αρχίσει να κερδίζεται μια μακροχρόνια και δύσκολη μάχη, και ήπιε μια γουλιά απ' το τσάι της. Με κοίταξε με ευγνωμοσύνη πάνω απ' το φλιτζάνι της.

«Μπεθ...» είπα. Το χέρι της ήταν ακουμπισμένο στο γόνατό της, πολύ κοντά στο δικό μου, και χρειάστηκε να συγκρατήσω την παρόρμηση να το χαϊδέψω. «Γι' αυτό που έλεγες προηγουμένως... αν μπορώ να σε βοηθήσω με κάποιον τρόπο στα διαδικαστικά της κηδείας, ή σε οτιδήποτε άλλο χρειάζεσαι, μη διστάσεις να μου το ζητήσεις, ό,τι κι αν είναι αυτό. Σίγουρα ο καθηγητής Σέλντομ ή ο Μάικλ θα σ' το έχουν προτείνει κι αυτοί, αλλά...»

«Ο Μάικλ;» είπε και γέλασε κοφτά. «Δε νομίζω ότι μπορώ να βασιστώ και πολύ σ' αυτόν, έχει τρομοκρατηθεί», και πρόσθεσε κάπως αποδοκιμαστικά, σαν να περιέγραφε έναν ιδιαίτερα δειλό τύπο: «Είναι παντρεμένος».

Σηκώθηκε και, πριν προλάβω να την εμποδίσω, πλησίασε στο νιπτήρα δίπλα στο γραφείο μου για να ξεπλύνει το φλιτζάνι της.

«Όμως φαντάζομαι ότι πάντα θα μπορώ να καταφεύγω στο θείο Άρθουρ. Είναι κάτι που μου το έλεγε συχνά η μητέρα μου. Νομίζω ότι ήταν η μόνη που ήξερε το πραγματικό πρόσωπο της μάγισσας κάτω απ' τη μάσκα. Πάντα μού έλεγε ότι, αν έμενα μόνη μου και χρειαζόμουν βοήθεια, θα έπρεπε να καταφύγω στο θείο Άρθουρ. "Αν βρεις τον τρόπο να τον τραβήξεις από τα μαθηματικά του!" μου έλεγε. Είναι ένα είδος μαθηματικής ιδιοφυΐας. Έτσι δεν είναι;» με ρώτησε με μια ελαφριά δόση περηφάνιας.

«Απ' τις μεγαλύτερες» είπα.

«Ναι, αυτό έλεγε κι η μητέρα μου. Ανακαλώντας τώρα το παρελθόν, υποθέτω ότι μάλλον ήταν λίγο κρυφά ερωτευμένη μαζί του. Πάντα περίμενε με αγωνία τις επισκέψεις του θείου Άρθουρ. Όμως καλύτερα να κλείσω το στόμα μου, πριν σου αποκαλύψω όλα μου τα μυστικά».

«Ενδιαφέρον θα ήταν αυτό» είπα.

«*Τι είναι μια γυναίκα χωρίς μυστικά;*» Έβγαλε την κορδέλα, την άφησε πάνω στο κομοδίνο κι έριξε με τα δυο της χέρια τα μαλλιά της μπροστά, ανασηκώνοντάς τα λίγο προτού τα ξαναρίξει πίσω. «Α, μη μου δίνεις σημασία» είπε «έτσι αρχίζει ένα παλιό ουαλικό τραγούδι».

Πλησίασε στο κρεβάτι και τράβηξε το πάπλωμα. Σήκωσε τα χέρια μέχρι τη λαιμόκοψη της ρόμπας.

«Γύρνα λίγο απ' την άλλη» μου είπε «θα ήθελα να το βγάλω αυτό».

Πήγα το φλιτζάνι μου στο νιπτήρα. Όταν έκλεισα τη βρύση και σταμάτησε να τρέχει το νερό, έμεινα λίγο ακόμα με γυρισμένη την πλάτη. Την άκουσα να προφέρει το όνομά μου, κάνοντας μια συγκινητική προσπάθεια, κομπιάζοντας στο γάμα. Είχε ξαπλώσει στο κρεβάτι και τα μαλλιά της ήταν απλωμένα προκλητικά πάνω στο μαξιλάρι. Το πάπλωμα τη σκέπαζε σχεδόν μέχρι το λαιμό, είχε αφήσει όμως απ' έξω το ένα της χέρι.

«Μπορώ να σου ζητήσω μια τελευταία χάρη; Είναι κάτι που έκανε η μητέρα μου όταν ήμουν μικρή. Μπορείς να μου κρατάς το χέρι μέχρι να κοιμηθώ;»

«Φυσικά και μπορώ» είπα.

Έσβησα το φως και πήγα να καθίσω στην άκρη του κρεβατιού. Το φως του φεγγαριού έμπαινε αχνά απ' το ύψος της οροφής και φώτιζε το γυμνό της μπράτσο. Έβαλα την παλάμη μου πάνω στη δική της και μπλέξαμε ταυτόχρονα τα δάχτυλά μας. Το χέρι της ήταν ζεστό και στεγνό. Κοίταξα από κοντά το απαλό δέρμα της ανάστροφής του χεριού της και τα μακριά της δάχτυλα, με τα κοντά και περιποιημένα νύχια, που είχαν αφεθεί στα δικά μου. Κάτι μού είχε τραβήξει την προσοχή. Γύρισα κρυφά και προσεκτικά τον καρπό μου για να δω τον αντίχειρά της απ' την άλλη μεριά. Ήταν εκεί, όμως ήταν αφύσικα λεπτός και πολύ μικροκαμωμένος, σαν να ανήκε σε άλλο χέρι, σε ένα χέρι παιδικό, στο χέρι ενός μικρού κοριτσιού. Την είδα να ανοίγει τα μάτια της και να με κοιτάζει. Πήγε να τραβήξει το χέρι της, όμως εγώ το έσφιξα ακόμα περισσότερο και χάιδεψα με το δικό μου αντίχειρα τον πολύ μικρό δικό της.

«Ανακάλυψες κιόλας το χειρότερο μυστικό μου» είπε. «Πιπιλάω ακόμα το δάχτυλό μου τη νύχτα».

ΚΕΦΑΛΑΙΟ 6

ΟΤΑΝ ΞΥΠΝΗΣΑ το επόμενο πρωί, η Μπεθ είχε ήδη φύγει. Κοίταξα κάπως σαστισμένος το μαλακό βαθούλωμα που είχε αφήσει το σώμα της στο κρεβάτι και άπλωσα το χέρι για να βρω το ρολόι μου: ήταν δέκα το πρωί. Πετάχτηκα πάνω· είχα ραντεβού με την Έμιλυ Μπρόνσον στο ινστιτούτο πριν το μεσημέρι και ακόμα δεν είχα διαβάσει τις μελέτες της. Έβαλα, νιώθοντας λίγη νοσταλγία, στην τσάντα τη ρακέτα μου και τα ρούχα του τένις. Ήταν Πέμπτη και, σύμφωνα με το κανονικό μου πρόγραμμα, εξακολουθούσα να έχω αγώνα το απόγευμα. Πριν φύγω, έριξα απογοητευμένος άλλη μια ματιά στο γραφείο και στο κρεβάτι μου. Περίμενα τουλάχιστον να βρω ένα μικρό σημείωμα, μερικές λέξεις απ' την Μπεθ, και δεν μπορούσα να μην αναρωτηθώ αν αυτή η εξαφάνιση χωρίς κανένα μήνυμα δεν αποτελούσε ακριβώς ένα μήνυμα από μόνη της.

Ήταν ένα αρκετά ζεστό και ήρεμο πρωινό, που έκανε την προηγούμενη μέρα να φαντάζει μακρινή και απροσδιόριστα εξωπραγματική. Όταν όμως βγήκα στον κήπο, η κυρία Ίγκλετον δεν ήταν εκεί να φροντίζει τα παρτέρια και οι κίτρινες κορδέλες της αστυνομίας περιέβαλλαν ακόμα τη βεράντα. Λίγο πριν φτάσω στο ινστιτούτο, πέρασα μπροστά από ένα απ' τα περίπτερα της Γούντστοκ Ρόουντ και πήρα κάτι για να φάω και μια εφημερίδα. Ά-ναψα την καφετιέρα στο γραφείο μου και άνοιξα την εφη-μερίδα πάνω στο τραπέζι. Η είδηση κυριαρχούσε στη σε-λίδα με τα τοπικά νέα με ένα μεγάλο τίτλο: «Δολοφονή-θηκε ηρωίδα πολέμου». Είχαν δημοσιεύσει μια φωτογρα-φία μιας νεαρής και αγνώριστης κυρίας Ίγκλετον κι άλ-λη μια της πρόσοψης του σπιτιού με την κορδέλα που απαγόρευε την είσοδο και τα αυτοκίνητα της αστυνομίας σταματημένα απ' έξω. Στο κύριο άρθρο ανέφεραν ότι το πτώμα το είχε βρει ο ενοικιαστής, ένας Αργεντινός φοιτη-τής μαθηματικών, και ότι το τελευταίο πρόσωπο που εί-δε ζωντανή τη χήρα ήταν η μοναδική της εγγονή, η Ελίζα-μπεθ. Δεν υπήρχε τίποτα στο άρθρο που να μην το ήξε-ρα· προφανώς ούτε η νεκροψία, που είχε ολοκληρωθεί αργά το βράδυ, είχε φέρει κάτι νεότερο στο φως. Ένα α-νυπόγραφο δημοσίευμα μιλούσε για την έρευνα της αστυ-νομίας. Αναγνώρισα αμέσως, πίσω από τη φαινομενικά απρόσωπη γραφή, το ύπουλο ύφος του δημοσιογράφου στον οποίο είχα μιλήσει. Υποστήριζε ότι η αστυνομία έτει-νε να απορρίψει την εκδοχή να διαπράχθηκε ο φόνος από κάποιο διαρρήκτη, παρ' ότι η πόρτα της εισόδου δεν είχε κλειδί από μέσα. Δεν είχε πειραχτεί ούτε είχε κλαπεί τί-ποτα από το σπίτι. Υπήρχε προφανώς κάποιο στοιχείο το οποίο ο επιθεωρητής Πίτερσεν κρατούσε μυστικό. Ο δη-μοσιογράφος ήταν σε θέση να γνωρίζει ότι εκείνο το στοι-χείο μπορεί και να ενοχοποιούσε «μέλη του στενού οικο-γενειακού περιβάλλοντος της κυρίας Ίγκλετον». Αμέσως μετά ανέφερε ότι η μοναδική κοντινή συγγενής της κυρίας Ίγκλετον ήταν η Μπεθ, η οποία θα κληρονομούσε «μια μικρή περιουσία». Όπως κι αν είχαν τα πράγματα, κατέ-ληγε το άρθρο, μέχρι να υπάρξουν νεότερα, οι *Oxford Times* υπενθύμιζαν τη σύσταση του επιθεωρητή Πίτερσεν προς τις νοικοκυρές να ξεχάσουν τις παλιές καλές εποχές και να βάζουν όλες τις ώρες της ημέρας το κλειδί από τη μέσα πλευρά της πόρτας.

Έψαξα να βρω τις σελίδες με τα αγγελτήρια θανάτου· ένας μακρύς κατάλογος από ονόματα εξέφραζαν τα συλλυπητήριά τους. Υπήρχε ένας κατάλογος από τη Βρετανική Λέσχη Σκραμπλ κι ένας άλλος από το Μαθηματικό Ινστιτούτο, στον οποίο συμπεριλαμβάνονταν τα ονόματα της Έμιλυ Μπρόνσον και του Σέλντομ. Έσκισα τη σελίδα και την κράτησα σε ένα συρτάρι στο γραφείο μου. Έβαλα κι άλλο καφέ και βυθίστηκα για μια δυο ώρες στις μελέτες της επιβλέπουσάς μου. Στη μία η ώρα κατέβηκα στο γραφείο της και τη βρήκα να τρώει ένα σάντουιτς, με μια χαρτοπετσέτα απλωμένη πάνω απ' τα βιβλία. Έβγαλε μια μικρή κραυγή χαράς όταν με είδε να ανοίγω την πόρτα, σαν να γύριζα σώος από μια αποστολή γεμάτη κινδύνους. Μιλήσαμε λίγα λεπτά για το φόνο και της αφηγήθηκα ό,τι μπορούσα, αφαιρώντας απ' τη σκηνή τον Σέλντομ· έδειχνε πραγματικά ταραγμένη και κάπως ανήσυχη για μένα. «Μπορούν να γίνουν πολύ ενοχλητικοί απέναντι στους ξένους» μου είπε. Ήταν έτοιμη να μου ζητήσει συγγνώμη που μου είχε προτείνει να μείνω εκεί. Μιλήσαμε λίγο ακόμα, μέχρι να τελειώσει το σάντουιτς. Το έτρωγε κρατώντας το και με τα δυο χέρια και κόβοντας μικρές μπουκιές στη σειρά σαν πουλάκι.

«Δεν ήξερα ότι ο Άρθουρ Σέλντομ ήταν στην Οξφόρδη» είπα κάποια στιγμή.

«Μα, νομίζω ότι δεν έφυγε ποτέ από δω!» είπε η Έμιλυ χαμογελώντας. «Ο Άρθουρ πιστεύει, όπως κι εγώ, ότι, αν κανείς περιμένει αρκετά, όλοι οι μαθηματικοί θα καταλήξουν να έρθουν για προσκύνημα στην Οξφόρδη. Έχει

έδρα στο Μέρτον. Αν και είναι γεγονός ότι δεν εμφανίζεται συχνά. Πού τον συνάντησες;»
«Είδα το όνομά του στο συλλυπητήριο μήνυμα του ινστιτούτου» είπα επιφυλακτικά.
«Θα μπορούσα να κανονίσω να τον γνωρίσεις, αν θέλεις. Νομίζω ότι μιλάει πολύ καλά ισπανικά. Η πρώτη του γυναίκα ήταν απ' την Αργεντινή» μου είπε. «Δούλευε ως συντηρήτρια στο μουσείο Ασμόλιαν, στη μεγάλη ασσυριακή ζωφόρο».
Σταμάτησε, σαν να είχε πει περισσότερα απ' όσα ήθελε.
«Έχει πεθάνει;» τόλμησα να ρωτήσω.
«Ναι» είπε η Έμιλυ. «Πριν από πολλά χρόνια. Στο δυστύχημα που πέθαναν κι οι γονείς της Μπεθ: ήταν κι οι τέσσερις στο αυτοκίνητο. Ήταν αχώριστοι. Πήγαιναν στο Κλόβελλυ για το Σαββατοκύριακο. Ο Άρθουρ ήταν ο μοναδικός επιζών».
Δίπλωσε τη χαρτοπετσέτα και την πέταξε προσεκτικά στο καλάθι των αχρήστων για να μη χυθούν τα ψίχουλα. Ήπιε μια γουλίτσα απ' το μπουκάλι της με το εμφιαλωμένο νερό και ακούμπησε ανάλαφρα τα γυαλιά στη μύτη της.
«Λοιπόν» είπε, προσπαθώντας να με διακρίνει με τα ξεθωριασμένα γαλανά, σχεδόν λευκά, μάτια της, «σου έμεινε καθόλου χρόνος για να διαβάσεις τις μελέτες;».

Όταν βγήκα απ' το ινστιτούτο, με τη ρακέτα μου, η ώρα ήταν δύο το μεσημέρι. Για πρώτη φορά η ζέστη ήταν αποπνικτική και οι δρόμοι έμοιαζαν σαν να είχαν αποκοιμηθεί κάτω απ' τον καλοκαιριάτικο ήλιο. Απέναντί μου είδα να στρίβει αργά, σαν βαριεστημένη κάμπια, ένα από τα κόκκινα λεωφορεία της Oxford Guide Tours, γεμάτο

Γερμανούς τουρίστες που προστατεύονταν απ' τον ήλιο κάτω από καπελάκια του μπέιζμπολ κι έκαναν χειρονομίες θαυμασμού μπροστά απ' το κόκκινο κτίριο του Κολεγίου Κιμπλ. Μέσα στο Πανεπιστημιακό Πάρκο οι φοιτητές έκαναν πικνίκ στο γρασίδι. Με κυρίευσε ένα έντονο συναίσθημα δυσπιστίας, σαν να μην είχε συμβεί ο φόνος της κυρίας Ίγκλετον. Φόνοι που περνάνε απαρατήρητοι, είχε πει ο Σέλντομ. Όμως, κατά βάθος, όλοι οι φόνοι, όλοι οι θάνατοι, τάραζαν λίγο τα νερά και σύντομα περνούσαν απαρατήρητοι. Είχαν περάσει λιγότερες από είκοσι τέσσερις ώρες. Τίποτα δεν έμοιαζε να έχει αλλάξει. Κι εγώ ο ίδιος δεν πήγαινα, όπως κάθε Πέμπτη, να παίξω τένις; Και, παρ' όλα αυτά, λες και τελικά είχαν πράγματι δρομολογηθεί κάποιες μικρές αλλαγές, παρατήρησα μια ασυνήθιστη ηρεμία μπαίνοντας στο μονοπάτι που οδηγούσε στη Μάρστον. Ακουγόταν μόνο το ρυθμικό και μοναχικό χτύπημα από ένα μπαλάκι πάνω στον τοίχο, με τη διογκωμένη, παλλόμενη ηχώ του. Δεν είδα στο πάρκιν τα αυτοκίνητα του Τζον και του Σάμμυ, βρήκα όμως το κόκκινο Βόλβο της Λόρνα παρκαρισμένο στο γρασίδι μπροστά απ' το συρματόπλεγμα που περιέβαλλε ένα απ' τα γήπεδα. Έκανα μεταβολή, πηγαίνοντας στο κτίριο των αποδυτηρίων, και τη βρήκα να κάνει εξάσκηση στο ρεβέρ της πάνω στον τοίχο με προσήλωση και πάθος. Παρά την απόσταση, διέκρινε κανείς τα καλοσχηματισμένα πόδια της, σφιχτά και αδύνατα, που η πολύ κοντή φούστα άφηνε γυμνά, και τον τρόπο που τέντωνε και διαγραφόταν το στήθος της καθώς γυρνούσε τη ρακέτα σε κάθε χτύπημα. Έπιασε το μπαλάκι καθώς την πλησίαζα και χαμογέλασε.

«Νόμιζα ότι δε θα 'ρθεις» μου είπε. Σκούπισε το μέτωπο με την ανάστροφη του χεριού της και μου 'δωσε βιαστικά ένα φιλί στο μάγουλο. Με κοίταξε με ένα χαμόγελο γεμάτο περιέργεια, σαν να ήθελε να με ρωτήσει κάτι ή σαν να συμμετείχαμε κι οι δυο σε μια συνωμοσία, κι ενώ ήμασταν κι οι δυο στην ίδια πλευρά, εκείνη δεν ήξερε ποιος ακριβώς ήταν ο ρόλος της.

«Πού είναι ο Τζον κι ο Σάμμυ;» ρώτησα.

«Δεν ξέρω» μου είπε, και άνοιξε τα γεμάτα αθωότητα μεγάλα πράσινα μάτια της. «Δε μου τηλεφώνησε κανείς. Νόμιζα ότι συνεννοηθήκατε κι οι τρεις να με αφήσετε μόνη μου».

Πήγα στα αποδυτήρια και άλλαξα βιαστικά, λίγο ξαφνιασμένος από την απρόσμενα καλή μου τύχη. Όλα τα γήπεδα ήταν άδεια· η Λόρνα με περίμενε δίπλα στην πόρτα του συρματοπλέγματος. Τράβηξα το σύρτη· η Λόρνα μπήκε μπροστά από μένα και, στη μικρή διαδρομή μέχρι το παγκάκι, γύρισε και με κοίταξε ξανά, κάπως διστακτικά. Τελικά μού είπε, σαν να μην μπορούσε να συγκρατηθεί:

«Διάβασα στην εφημερίδα για τη δολοφονία». Τα μάτια της έλαμπαν από ενθουσιασμό. «Θεέ μου: την ήξερα» είπε, σαν να μην μπορούσε ακόμα να το πιστέψει ή λες κι αυτό θα έπρεπε να είχε προστατεύσει την καημένη την κυρία Ίγκλετον. «Και μερικές φορές είχα δει και την εγγονή της στο νοσοκομείο. Είναι αλήθεια πως εσύ βρήκες το πτώμα;»

Κούνησα καταφατικά το κεφάλι, βγάζοντας τη ρακέτα μου απ' τη θήκη της.

«Θέλω να μου υποσχεθείς ότι μετά θα μου τα πεις όλα» μου είπε.

«Έχω υποσχεθεί ότι δεν πρόκειται να πω τίποτα» είπα.

«Αλήθεια; Αυτό το κάνει ακόμα πιο ενδιαφέρον. Το

ήξερα ότι υπήρχε και κάτι ακόμα!» φώναξε. «Δεν το έκανε αυτή, η εγγονή της, έτσι δεν είναι; Σε προειδοποιώ» μου είπε, χτυπώντας με με το δάχτυλο στο στήθος, «δεν επιτρέπεται να έχεις μυστικά από την αγαπημένη σου παρτενέρ στο διπλό: θα μου τα πεις όλα».

Γέλασα και της πέταξα το ένα μπαλάκι πάνω από το φιλέ. Μέσα στην ησυχία της έρημης λέσχης, αρχίσαμε να ανταλλάσσουμε χαλαρά μακρινές μπαλιές. Υπάρχει πιθανόν μόνο ένα πράγμα στο τένις που είναι καλύτερο από έναν πολύ δύσκολο πόντο, κι αυτό είναι ακριβώς αυτές οι αρχικές μπαλιές από τη βάση, όταν, αντιθέτως, προσπαθεί κανείς να μη χαθεί το μπαλάκι, να το κρατήσει στο παιχνίδι όσο περισσότερη ώρα γίνεται. Η Λόρνα είχε μια αξιοθαύμαστη σταθερότητα και στα δυο χτυπήματά της και αντιστεκόταν και οχυρωνόταν πίσω απ' τις γραμμές μέχρι να μπορέσει να κερδίσει αρκετό χώρο για να τελειοποιήσει ξανά το ντράιβ της και να αντεπιτεθεί από τη γωνία μ' ένα διαγώνιο χτύπημα. Παίζαμε κι οι δυο ρίχνοντας το μπαλάκι όσο κοντά ή όσο μακριά χρειαζόταν ώστε να τρέχει ο άλλος και να το πιάνει, και αυξάναμε σταδιακά την ταχύτητα σε κάθε χτύπημα. Η Λόρνα αμυνόταν σθεναρά, όλο και πιο νευρική, και τα παπούτσια της άφηναν μακρόστενα ίχνη καθώς γλιστρούσε απ' τη μια άκρη του γηπέδου στην άλλη. Κάθε τόσο γύριζε στο κέντρο, ξεφυσούσε κι έριχνε προς τα πίσω με μια χαριτωμένη κίνηση την κοτσίδα της. Ο ήλιος ήταν απέναντί της κι έκανε τα μακριά και μαυρισμένα πόδια της να λάμπουν κάτω απ' τη φούστα. Παίζαμε αμίλητοι, συγκεντρωμένοι, σαν κάτι άλλο, πιο σημαντικό, να άρχιζε να διαμορφώνεται μέσα στο γήπεδο. Μετράγαμε μόνο τις χαμένες μπαλιές. Σε έναν από τους πιο παρατεταμένους πόντους, καθώς οπισθοχωρούσε για να γυρίσει στο κέντρο μετά από μια μπαλιά πολύ κοντά στη γωνία, χρειάστηκε να κάνει μια στροφή επιτόπου για να πιάσει μια άλλη μπαλιά στην αντίθετη πλευρά. Είδα το ένα της πόδι να γυρνάει, πάνω στην προσπάθεια που έκανε να στρίψει. Έπεσε βαριά στο πλάι κι έμεινε ξαπλωμένη ανάσκελα, με τη ρακέτα πεσμένη μακριά της. Πλησίασα κάπως ανήσυχος στο φιλέ. Κατάλαβα ότι δεν είχε χτυπήσει, αλλά ότι ήταν απλώς εξαντλημένη. Ανέπνεε με δυσκολία, με τα χέρια απλωμένα προς τα πίσω, σαν να μην μπορούσε να συγκεντρώσει τις δυνάμεις της για να σηκωθεί. Πέρασα πάνω απ' το φιλέ κι έσκυψα δίπλα της. Με κοίταξε και τα πράσινα μάτια της έλαμψαν παράξενα κάτω απ' τον ήλιο, σαν να με κορόιδευαν και την ίδια στιγμή να περίμεναν κάτι από μένα. Όταν της ανασήκωσα το κεφάλι, μισοσηκώθηκε ακουμπώντας στους αγκώνες και τύλιξε το ένα της χέρι πίσω απ' το λαιμό μου. Το στόμα της βρέθηκε πολύ κοντά στο δικό μου κι ένιωσα τη ζεστή της ανάσα, που ήταν ακόμα λαχανιασμένη. Τη φίλησα κι έπεσε πάλι αργά προς τα πίσω τραβώντας με πάνω της. Χωριστήκαμε για μια στιγμή και κοιταχτήκαμε με εκείνο το πρώτο, βαθύ, ευτυχισμένο και λίγο ξαφνιασμένο βλέμμα των ερωτευμένων. Την ξαναφίλησα κι ένιωσα καθώς την έσφιγγα να βυθίζονται στο στέρνο μου οι ρώγες του στήθους της. Γλίστρησα το ένα μου χέρι κάτω απ' την μπλούζα της κι εκείνη με άφησε να χαϊδέψω για λίγο το στήθος της, όμως με σταμάτησε ταραγμένη, όταν προσπάθησα να βάλω το άλλο μου χέρι κάτω απ' τη φούστα της.

«Μισό λεπτό, μισό λεπτό» ψιθύρισε, κοιτώντας γύρω της. «Στη χώρα σου κάνετε έρωτα μέσα στα γήπεδα του τένις;» Μου έπιασε το χέρι για να με απομακρύνει απαλά και μου έδωσε άλλο ένα βιαστικό φιλί. «Πάμε σπίτι μου». Σηκώθηκε, τακτοποιώντας όπως όπως τα ρούχα της και τινάζοντας το χώμα απ' τη φούστα της. «Πήγαινε να πάρεις τα πράγματά σου και μην κάνεις ντους» ψιθύρισε. «Θα σε περιμένω στο αυτοκίνητο».

Οδηγούσε σιωπηλή, χαμογελώντας και στρέφοντας ε-λαφρά το κεφάλι για να με κοιτάξει πότε πότε. Σε ένα φανάρι άπλωσε το χέρι και μου χάιδεψε το μάγουλο.

«Δηλαδή...» τη ρώτησα κάποια στιγμή. «Ο Τζον κι ο Σάμμυ...»

«Όχι!» είπε γελώντας, όμως λιγότερο πειστικά απ' την πρώτη φορά, «δεν είχε καμία σχέση. Δεν πιστεύετε λοιπόν εσείς οι μαθηματικοί στις συμπτώσεις;».

Παρκάραμε σ' έναν από τους κάθετους δρόμους του Σαμμερτάουν. Ανεβήκαμε στο δεύτερο πάτωμα από μια στενή σκάλα στρωμένη με μοκέτα· το διαμέρισμα της Λόρνα ήταν ένα είδος σοφίτας στην κορυφή ενός μεγάλου βικτωριανού σπιτιού. Μου έκανε χώρο να περάσω και φιληθήκαμε ξανά, ακουμπώντας στην πόρτα.

Κάθισα στο μικρό σαλόνι κοιτάζοντας γύρω μου. Επικρατούσε μια πολύχρωμη και χαριτωμένη ακαταστασία, φωτογραφίες από ταξίδια, κούκλες, αφίσες από ταινίες και πάρα πολλά βιβλία σε μια μικρή βιβλιοθήκη που είχε ξεχειλίσει εδώ και καιρό. Έσκυψα για να διαβάσω τους τίτλους. Ήταν όλα αστυνομικά μυθιστορήματα. Μπήκα για λίγο στο υπνοδωμάτιο· το κρεβάτι ήταν στρωμένο προσεκτικά, με ένα κάλυμμα που έφτανε ως το πάτωμα. Πάνω στο κομοδίνο ήταν ανοιγμένο ανάποδα ένα βιβλίο. Πλησίασα και το γύρισα. Διάβασα τον τίτλο και το όνομα πάνω απ' τον τίτλο και πάγωσα: ήταν το βιβλίο του Σέλντομ που αναφερόταν στις λογικές ακολουθίες. Ήταν υπογραμμισμένο με μανία, με δυσανάγνωστες σημειώσεις στα περιθώρια. Άκουσα τον ήχο της ντουσιέρας που

άνοιγε και μετά τα ξυπόλυτα πόδια της Λόρνα στο διά-
δρομο και τη φωνή της που με καλούσε. Ξανάφησα το
βιβλίο όπως το είχα βρει και γύρισα στο σαλόνι.

«Λοιπόν» μου είπε από την πόρτα, επιτρέποντάς μου
να δω ότι ήταν γυμνή, «ακόμα το φοράς αυτό το παντε-
λόνι;».

ΚΕΦΑΛΑΙΟ 7

«ῪΠΑΡΧΕΙ ΜΙΑ ΔΙΑΦΟΡΑ ανάμεσα στην αλήθεια και στο κομμάτι της αλήθειας που μπορεί να αποδειχθεί: αυτό είναι στην πραγματικότητα ένα συμπέρασμα του Τάρσκι σχετικά με το θεώρημα του Γκέντελ» είπε ο Σέλντομ. «Φυσικά, οι δικαστές, οι ιατροδικαστές, οι αρχαιολόγοι το ήξεραν αυτό πολύ πριν απ' τους μαθηματικούς. Ας πάρουμε έναν οποιονδήποτε φόνο με δυο μόνο πιθανούς υπόπτους. Κάποιος απ' τους δυο ξέρει όλη την αλήθεια που μας ενδιαφέρει: *ήμουν εγώ ή δεν ήμουν εγώ.* Όμως η δικαιοσύνη δεν μπορεί να έχει άμεση πρόσβαση σ' αυτή την αλήθεια και πρέπει να ακολουθήσει μια επίπονη έμμεση διαδικασία για να συγκεντρώσει στοιχεία: να διεξαγάγει ανακρίσεις, να ελέγξει άλλοθι, να πάρει δακτυλικά αποτυπώματα... Πολλές φορές τα στοιχεία που προκύπτουν δε φτάνουν για να αποδείξουν την ενοχή του ενός ή την αθωότητα του άλλου. Ουσιαστικά, αυτό που απέδειξε ο Γκέντελ το 1930 με το θεώρημα της μη πληρότητας είναι ότι ακριβώς το ίδιο συμβαίνει και στα μαθηματικά. Ο μηχανισμός εξακρίβωσης της αλήθειας που αποδίδεται στον Αριστοτέλη και στον Ευκλείδη, το περίφημο σύστημα που, ξεκινώντας από αληθείς ισχυρισμούς, από αναμφισβήτητες βασικές αρχές, προχωράει με αυ-

στηρώς λογικά βήματα προς τη θέση, αυτό που ονομά-
ζουμε, με μια λέξη, αξιωματική μέθοδο, μπορεί απλώς να
είναι τόσο αναποτελεσματικό μερικές φορές όσο και οι
επισφαλείς κρίσεις της δικαιοσύνης». Ο Σέλντομ σταμά-
τησε ελάχιστα για να απλώσει το χέρι μέχρι το διπλανό
τραπέζι και να πάρει μια χαρτοπετσέτα. Σκέφτηκα ότι
ήθελε να γράψει κάποιον από τους τύπους του, όμως α-
πλώς σκούπισε με μια γρήγορη κίνηση το στόμα του προ-
τού συνεχίσει. «Ο Γκέντελ απέδειξε ότι, ακόμα και στα
πιο στοιχειώδη επίπεδα της αριθμητικής, υπάρχουν θεω-
ρίες που δεν μπορούν ούτε να αποδειχθούν ούτε να α-
πορριφθούν με βάση τα αξιώματα, που βρίσκονται έξω
απ' το πεδίο δράσης αυτών των τυπικών μηχανισμών και
που χλευάζουν κάθε απόπειρα απόδειξης, θεωρίες για τις
οποίες κανένας δικαστής δε θα μπορούσε να αποφασίσει
αν ισχύουν ή όχι, αν είναι αθώες ή ένοχες. Την πρώτη φο-
ρά που διάβασα το θεώρημα, ενώ δεν είχα αποφοιτήσει
ακόμα και ο Ίγκλετον ήταν ο επιβλέπων καθηγητής μου,
αυτό που κυρίως μου τράβηξε την προσοχή μόλις κατά-
φερα να καταλάβω και κυρίως να δεχτώ τι έλεγε πραγ-
ματικά το θεώρημα, αυτό που μου φάνηκε το πιο περίερ-
γο απ' όλα, ήταν ότι οι μαθηματικοί τα είχαν βγάλει πέ-
ρα μια χαρά τόσον καιρό, χωρίς εκπλήξεις, με μια τόσο
δραματικά λανθασμένη διαισθητική προσέγγιση. Επιπλέ-
ον, σχεδόν όλοι πίστευαν στην αρχή ότι ο Γκέντελ ήταν
αυτός που είχε κάνει λάθος και ότι σύντομα θα εμφανι-
ζόταν κάποιο ψεγάδι που θα το αποδείκνυε· ο ίδιος ο
Τσερμέλο εγκατέλειψε όλες του τις μελέτες και αφιέρω-
σε δυο ολόκληρα χρόνια απ' τη ζωή του στην προσπάθεια
να το διαψεύσει. Αυτή ήταν η πρώτη μου απορία: γιατί οι
μαθηματικοί δε σκοντάφτουν ή δε σκόνταψαν επί αιώνες
σε καμία απ' αυτές τις αναπόδεικτες θεωρίες, γιατί, ακό-

μα και μετά τον Γκέντελ, αυτήν εδώ τη στιγμή, τα μαθηματικά μπορούν να συνεχίσουν ήρεμα την πορεία τους σε όλους τους τομείς;»

Είχαμε μείνει μόνοι στο μεγάλο τραπέζι της αίθουσας των καθηγητών του Κολεγίου Μέρτον. Μπροστά μας, ήταν κρεμασμένα στη σειρά τα πορτρέτα των διαπρεπών ανδρών που είχαν διατελέσει φοιτητές του κολεγίου. Στις μπρούντζινες πλάκες κάτω από τα κάδρα είχα αναγνωρίσει μόνο το όνομα του Τ.Σ. Έλιοτ. Οι σερβιτόροι μάζευαν διακριτικά γύρω μας τα πιάτα των καθηγητών που είχαν ήδη φύγει για να πάνε στα μαθήματά τους. Ο Σέλντομ διέσωσε το ποτήρι του με το νερό πριν του το πάρουν και ήπιε μια γουλιά προτού συνεχίσει.

«Εκείνη την εποχή ήμουν ένας αρκετά παθιασμένος κομμουνιστής και με είχε εντυπωσιάσει πολύ μια φράση του Μαρξ, νομίζω από τη *Συμβολή στην κριτική της πολιτικής οικονομίας*, που έλεγε ότι, ιστορικά, η ανθρωπότητα δε θέτει παρά μόνο εκείνα τα ερωτήματα που μπορεί να απαντήσει. Για ένα διάστημα πίστευα ότι αυτό μπορεί να αποτελούσε μια ερμηνεία εν σπέρματι: ότι, στην πράξη, οι μαθηματικοί ουσιαστικά ίσως να έθεταν μόνο εκείνα τα ερωτήματα για τα οποία είχαν κατά κάποιο τρόπο την απόδειξη. Όχι, φυσικά, για να διευκολύνουν υποσυνείδητα τα πράγματα, αλλά επειδή η μαθηματική έμπνευση –και αυτό ήταν το συμπέρασμά μου– ήταν πια διαποτισμένη οριστικά με τις μεθόδους της επαλήθευσης και κατευθυνόμενη με ένα καντιανό, θα λέγαμε, τρόπο, είτε προς ό,τι μπορεί να αποδειχθεί είτε προς ό,τι μπορεί να διαψευστεί. Ότι τα άλματα του αλόγου στο σκάκι, που αντιστοιχούν στις πνευματικές λειτουργίες της έμπνευσης, δεν ήταν, όπως συνήθως πιστεύεται, δραματικές και απρόβλεπτες θείες παρεμβάσεις, αλλά μάλλον ταπεινές συντμήσεις τού τι μπορεί τελικά πάντα να πετύχει κανείς με τα παλιά αργόσυρτα βήματα της απόδειξης. Τότε γνώρισα τη Σάρα, τη μαμά της Μπεθ. Η Σάρα σπούδαζε φυσική· ήταν ήδη από τότε η κοπέλα του Τζόννυ, του μοναχογιού των Ίγκλετον, πηγαίναμε συνέχεια για μπόουλιγκ και για κολύμπι κι οι τρεις μαζί. Η Σάρα μού μίλησε για πρώτη φορά για την αρχή της α-προσδιοριστίας στην κβαντική φυσική. Ξέρετε, φυσικά, σε τι αναφέρομαι: οι ξεκάθαροι και περιποιημένοι τύποι που διέπουν τα φυσικά φαινόμενα σε ευρεία κλίμακα, όπως η ουράνια μηχανική ή ο τρόπος που συγκρούονται οι κορύνες στο μπόουλιγκ, δεν έχουν πια αξία στον α-πείρως μικρό υποατομικό κόσμο, όπου όλα είναι πολύ πιο περίπλοκα και όπου επίσης εμφανίζονται παράδοξες λογικές. Αυτό με έκανε να αλλάξω τελείως κατεύθυνση. Η μέρα που μου μίλησε για την αρχή του Χάιζενμπεργκ ήταν παράξενη, από πολλές απόψεις. Νομίζω ότι είναι η μοναδική μέρα της ζωής μου που τη θυμάμαι λεπτό προς λεπτό. Μόλις την άκουσα, είχα την έμπνευση, το άλμα του αλόγου, αν θέλετε» είπε χαμογελώντας «ότι ακριβώς το ίδιο φαινόμενο παρατηρείται και στα μαθηματικά και ότι όλα ήταν, κατά βάθος, ζήτημα κλίμακας. Τα αναπόδεικτα θεωρήματα που είχε διατυπώσει ο Γκέντελ πρέπει να αντιστοιχούσαν σε κάποιο είδος υποατομικού κόσμου, απειροελάχιστου μεγέθους, έξω από τη συνηθισμένη μαθηματική οπτική. Τα υπόλοιπα ήταν απλώς θέμα καθορισμού της κατάλληλης κλίμακας. Αυτό που απέδειξα, βασικά, είναι ότι, αν ένα μαθηματικό ερώτημα μπορεί να διατυπωθεί μέσα στην ίδια "κλίμακα" με τα αξιώματα, θα υπάρχει στο συνηθισμένο κόσμο των μαθηματικών και θα έχει μια απόδειξη ή μια διάψευση. Όμως, αν η διατύπωσή του απαιτεί μια διαφορετική κλίμακα, τότε διατρέχει τον κίνδυνο να ανήκει σε εκείνο το σκοτεινό, απειροελάχιστο αλλά λανθάνοντα κόσμο των πραγμάτων που δεν μπορούν ούτε να αποδειχθούν ούτε να διαψευστούν. Όπως μπορείτε να φανταστείτε, το πιο δύσκολο κομμάτι της δουλειάς, αυτό που μου πήρε τριάντα χρόνια απ' τη ζωή μου, ήταν το να αποδείξω μετά ότι όλα τα ερωτήματα και οι υποθέσεις που διατύπωσαν οι μαθηματικοί από την εποχή του Ευκλείδη μέχρι σήμερα μπορούν να αναδιατυπωθούν αναγόμενα σε κλίμακες συναφείς με τα συστήματα αξιωμάτων που χρησιμοποιήθηκαν. Αυτό που απέδειξα τελικά είναι ότι τα συνηθισμένα μαθηματικά, όλα τα μαθηματικά με τα οποία ασχολούνται καθημερινά οι γενναίοι συνάδελφοί μας, ανήκουν στην "ορατή" μακροσκοπική τάξη».

«Μα αυτό δεν είναι τυχαίο, φαντάζομαι» τον διέκοψα. Ήμουν έτοιμος να συσχετίσω τα συμπεράσματα που είχα παρουσιάσει στο σεμινάριο με αυτά που άκουγα τώρα και να βρω τη θέση που τους αντιστοιχούσε στο μεγάλο διάγραμμα που σχεδίαζε ο Σέλντομ για μένα.

«Όχι, φυσικά. Σύμφωνα με την υπόθεσή μου, έχει βαθιά σχέση με την αισθητική που αναπαραγόταν από εποχή σε εποχή και που ήταν ουσιαστικά απαράλλακτη. Δεν υπάρχει καντιανή επίδραση, αλλά μια αισθητική απλοποίησης και κομψότητας, που καθοδηγεί επίσης και τη διατύπωση υποθέσεων· οι μαθηματικοί πιστεύουν ότι η ομορφιά ενός θεωρήματος απαιτεί την ύπαρξη κάποιων θείων αναλογιών ανάμεσα στην απλότητα των αξιωμάτων στο σημείο εκκίνησης και στην απλότητα της θέσης στο σημείο άφιξης. Τη δυσκολία, τον μπελά, τα φυλάνε πάντα για την πορεία ανάμεσα σ' αυτά τα δυο, για την απόδειξη. Έτσι, όσο συντηρείται αυτή η αισθητική, δε συντρέχει λόγος να εμφανιστούν "φυσικά" οι αναπόδεικτες διατυπώσεις».

Ο σερβιτόρος είχε επιστρέψει με μια κανάτα καφέ και, ακόμα κι όταν μας γέμισε τα δυο φλιτζάνια, ο Σέλντομ έμεινε σιωπηλός για μια στιγμή, σαν να μην ήταν σίγουρος πόσα απ' όλα αυτά είχα καταλάβει ή σαν να ντρεπόταν λίγο που είχε μιλήσει τόσο πολύ.

«Αυτό που μου τράβηξε εμένα πάνω απ' όλα την προσοχή» του είπα «στα συμπεράσματα που παρουσίασα στο Μπουένος Άιρες, ήταν στην πραγματικότητα τα πορίσματα που δημοσιεύσατε λίγο αργότερα σχετικά με τα φιλοσοφικά συστήματα».

«Αυτό ήταν κατά βάθος πολύ πιο εύκολο» είπε ο Σέλντομ. «Είναι η, λίγο ως πολύ, προφανής προέκταση του θεωρήματος της μη πληρότητας του Γκέντελ: οποιοδήποτε φιλοσοφικό σύστημα βασίζεται σε πρωταρχικές αρχές θα έχει αναγκαστικά περιορισμένη έκταση. Πιστέψτε με, ήταν πολύ πιο απλό το να βγάλω όλα τα φιλοσοφικά συστήματα απ' αυτό το μοναδικό καλούπι σκέψης στο οποίο ήταν προσκολλημένοι εδώ και αιώνες οι μαθηματικοί. Απλώς, επειδή οποιοδήποτε φιλοσοφικό σύστημα έχει πάρα πολλές προεκτάσεις, όλα κατά βάθος είναι ζήτημα ισορροπίας: πες μου πόσα θέλεις να μάθεις και θα σου πω με πόση βεβαιότητα θα μπορέσεις να τα υποστηρίξεις. Όμως, τελικά, όταν όλα είχαν τελειώσει και ξανακοίταξα προς τα πίσω μετά από τριάντα χρόνια, μου φάνηκε ότι, στο κάτω κάτω, εκείνη η πρώτη ιδέα που μου είχε εμπνεύσει η φράση του Μαρξ δεν ήταν και τόσο λανθασμένη. Είχε ταυτόχρονα καταπιεστεί και προστατευτεί, όπως θα έλεγαν οι Γερμανοί, μέσα στο θεώρημα. Ναι· η γάτα δε μελετάει απλώς το ποντίκι: το μελετάει για να το φάει. Όμως επίσης: η γάτα δε μελετάει ως μελλοντική τροφή όλα τα ζώα, της αρέσουν μόνο τα ποντίκια. Κατά τον ίδιο τρόπο, ιστορικά, η μαθηματική σκέψη κατευθύνεται με βάση ένα κριτήριο, όμως αυτό το κριτήριο είναι κατά βάθος μια αισθητική. Αυτό μου πρόσφερε ένα ενδιαφέρον και απροσδόκητο υποκατάστατο σε σχέση με την αναγκαιότητα και τα καντιανά *a priori*. Μια λιγότερο αυστηρή και ίσως πιο ακαθόριστη συνθήκη, που διέθετε όμως επίσης –όπως είχε αποδείξει το θεώρημά μου– επαρκή συνοχή ώστε να μπορεί ακόμα να διατυπώσει μια θέση και να βάλει τα πράγματα στη θέση τους. Βλέπετε» είπε σαν να απολογείτο «δεν είναι και τόσο εύκολο να απελευθερωθεί κανείς από αυτή την αισθητική: σε μας τους μαθηματικούς αρέσει πάντα να νομίζουμε ότι μπορούμε να πούμε κάτι που βγάζει νόημα. Εν πάση περιπτώσει, αφοσιώθηκα από τότε στη μελέτη αυτού που εγώ ονομάζω αισθητική της σκέψης σε άλλα πεδία. Άρχισα, όπως πάντα, μ' αυτό που μου φάνηκε το πιο απλό μοντέλο, ή τουλάχιστον το πιο οικείο: τη λογική των εγκληματολογικών ερευνών. Η αναλογία με το θεώρημα του Γκέντελ μού φάνηκε πραγματικά εντυπωσιακή. Σε κάθε φόνο υπάρχει αναμφισβήτητα μια αλήθεια, μια και μοναδική αληθινή εξήγηση ανάμεσα σε όλες τις πιθανές· απ' την άλλη μεριά, υπάρχουν επίσης χειροπιαστές ενδείξεις, γεγονότα που είναι αδιαφιλονίκητα ή τουλάχιστον, όπως θα έλεγε ο Καρτέσιος, πέρα από κάθε λογική αμφιβολία: αυτά θα ήταν τα αξιώματα. Όμως, σε αυτή την περίπτωση, βρισκόμαστε ήδη σε γνωστό έδαφος. Τι άλλο είναι η εγκληματολογική έρευνα από το παλιό καλό μας παιχνίδι τού να διατυπώνουμε προτάσεις, να δίνουμε πιθανές ερμηνείες που προσαρμόζονται στα γεγονότα και να προσπαθούμε να τις αποδείξουμε; Άρχισα να διαβάζω συστηματικά ιστορίες πραγματικών φόνων, εξέτασα τις εκθέσεις των εισαγγελέων προς τους δικαστές, μελέτησα τον τρόπο που αξιολογούνται οι αποδείξεις και το πώς στοιχειοθετείται μια καταδικαστική ή μια αθωωτική απόφαση. Ξαναδιάβασα, όπως στα εφηβικά μου χρόνια, εκατοντάδες αστυνομικά μυθιστορήματα. Άρχισα να βρίσκω σύντομα πολλές μικρές ενδιαφέρουσες διαφορές, να ανακαλύπτω την ίδια την αισθητική μιας εγκληματολογικής έρευνας. Όπως επίσης και λάθη, θέλω να πω, θεωρητικά λάθη του εγκληματολόγου, πιθανώς πολύ πιο ενδιαφέροντα».

«Λάθη; Τι είδους λάθη;»

«Το πρώτο, το πιο προφανές, είναι η υπερεκτίμηση των φυσικών ενδείξεων. Ας σκεφτούμε μόνο αυτό που συμβαίνει τώρα, σ' αυτή την έρευνα. Θυμηθείτε ότι ο Πίτερσεν έστειλε έναν αστυνομικό να βρει το σημείωμα που είχα δει εγώ. Εδώ εμφανίζεται για άλλη μια φορά εκείνο το τυπικό και αναπόφευκτο φεγάδι ανάμεσα στο τι είναι αλήθεια και στο τι μπορεί να αποδειχθεί. Γιατί εγώ είδα το σημείωμα, όμως αυτό είναι το μέρος της αλήθειας στο οποίο εκείνοι δεν έχουν πρόσβαση. Η μαρτυρία μου δεν μπορεί να χρησιμοποιηθεί στα πρωτόκολλά τους, δεν έχει την ίδια αξία με εκείνο το φύλλο χαρτί. Τώρα, εκείνος ο αστυνομικός, ο Ουίλκι, έκανε όσο πιο ευσυνείδητα μπορούσε τη δουλειά του. Ανέκρινε τον Μπρεντ και τον ρώτησε πολλές φορές για όλες τις λεπτομέρειες. Ο Μπρεντ θυμόταν πολύ καλά το διπλωμένο στα δυο χαρτί στο βάθος του καλαθιού μου, όμως, φυσικά, δεν είχε ενδιαφερθεί σε καμία περίπτωση να το διαβάσει. Θυμόταν επίσης ότι είχα πάει να τον ρωτήσω αν υπήρχε κάποιος τρόπος να ξαναβρούμε το χαρτί, και του επανέλαβε αυτό που μου είχε πει κι εμένα: είχε αδειάσει το καλάθι σε μια από τις σχεδόν γεμάτες σακούλες που έβγαλε λίγο αργότερα στο αίθριο. Όταν ο Ουίλκι έφτασε στο Κολέγιο Μέρτον, το απορριμματοφόρο είχε ήδη περάσει πριν από μισή ώρα σχεδόν. Ο Πίτερσεν έκανε μια προσπάθεια ακόμα και έστειλε έναν αστυνομικό για να το σταματήσει στη διαδρομή. Όμως, προφανώς, το απορριμματοφόρο έχει ένα συνεχές σύστημα συμπίεσης και τελικά η τελευταία ελπίδα να ξαναβρούμε το σημείωμα χάθηκε. Χτες μου τηλεφώνησαν για να περιγράψω το σημείωμα στο σκιτσογράφο, και πρόσεξα ότι ο Πίτερσεν ήταν ενοχλημένος. Υποτίθεται ότι είναι ο καλύτερος επιθεωρητής που είχαμε εδώ και χρόνια, μάλιστα είχα πρόσβαση στο σύνολο των σημειώσεων που κρατούσε για πολλές από τις υποθέσεις του. Είναι λεπτολόγος, σχολαστικός, αδιάλλακτος. Όμως παραμένει επιθεωρητής, θέλω να πω, λειτουργεί σύμφωνα με το πρωτόκολλο: μπορεί κανείς να προβλέψει τις κινήσεις του. Δυστυχώς, κατευθύνονται βάσει της αρχής του ξυραφιού του Όκκαμ: εάν δεν προκύψουν φυσικές αποδείξεις για το αντίθετο, προτιμάει πάντα τις απλές εικασίες από τις πιο περίπλοκες. Αυτό είναι το δεύτερο λάθος. Όχι μόνο επειδή η πραγματικότητα τείνει να είναι από τη φύση της περίπλοκη, αλλά, πάνω απ' όλα, γιατί, αν ο δολοφόνος είναι πραγματικά έξυπνος και προετοιμάσει με κάποια προσοχή το έγκλημά του, θα αφήσει σε κοινή θέα μια απλή εξήγηση, ένα προπέτασμα καπνού, σαν ταχυδακτυλουργός. Όμως, στη μίζερη λογική οικονομίας των υποθέσεων, επικρατεί η άλλη σκέψη: γιατί να δώσει κανείς σημασία σε μια υπόθεση που τη θεωρεί παράξενη και έξω απ' τα συνηθισμένα, όπως ένας δολοφόνος με πνευματικά κίνητρα, αν έχει στα χέρια του πιθανώς πιο απτές ερμηνείες; Ήταν σαν να έβλεπα τον Πίτερσεν να υποχωρεί και να επανεξετάζει τις υποθέσεις του. Νομίζω ότι θα είχε αρχίσει να υποψιάζεται κι εμένα, αν δεν είχε ήδη εξακριβώσει ότι έδινα συμβουλές στους φοιτητές μου για το διδακτορικό τους από τη μία μέχρι τις τρεις. Υποθέτω ότι θα έχουν επαληθεύσει και τη δική σας κατάθεση».

«Ναι· εγώ ήμουν στην Bodleian Library. Ξέρω ότι πήγαν χτες και ρώτησαν για μένα. Ευτυχώς η βιβλιοθηκάριος θυμόταν πολύ καλά την προφορά μου».

«Μελετούσατε την ώρα του φόνου;» Ο Σέλντομ ανασήκωσε ειρωνικά τα φρύδια. «Να και μια φορά που η γνώση μάς απελευθερώνει».

«Πιστεύετε, τότε, ότι ο Πίτερσεν θα κυνηγήσει την Μπεθ; Ήταν τρομοκρατημένη χτες μετά την ανάκριση. Πιστεύει ότι ο επιθεωρητής την υποπτεύεται».

Ο Σέλντομ έμεινε για λίγο σκεπτικός.

«Όχι, δεν πιστεύω ότι ο Πίτερσεν είναι τόσο ανόητος. Προσέξτε όμως τους κινδύνους που κρύβει το ξυράφι του Όκκαμ. Ας θεωρήσουμε για μια στιγμή ότι ο δολοφόνος, όποιος κι αν είναι, αποφασίζει τώρα ότι τελικά δεν του αρέσει να σκοτώνει, ή ότι το παιχνίδι χάλασε εξαιτίας του επεισοδίου με το αίμα και της επέμβασης της αστυνομίας, ας υποθέσουμε ότι, για οποιονδήποτε λόγο, αποφασίζει να αποσυρθεί από το προσκήνιο. Τότε, πιστεύω ότι ο Πίτερσεν θα την κυνηγήσει. Ξέρω ότι εκείνο το πρωί την ανέκρινε ξανά, μπορεί όμως να είναι απλώς μια κίνηση αποπροσανατολισμού του δολοφόνου, ή ένας τρόπος για να τον προκαλέσει: να ενεργεί σαν όντως να μην ξέρει τίποτα γι' αυτόν, σαν να ήταν μια συνηθισμένη υπόθεση, ένα οικογενειακό έγκλημα, όπως υπαινισσόταν η εφημερίδα».

«Όμως εσείς δεν πιστεύετε πραγματικά ότι ο δολοφόνος θα εγκαταλείψει το παιχνίδι» είπα.

Ο Σέλντομ φάνηκε να παίρνει την ερώτησή μου πιο σοβαρά απ' ό,τι περίμενα.

«Όχι, δεν το πιστεύω» είπε τελικά. «Νομίζω μόνο ότι θα προσπαθήσει να περάσει περισσότερο... απαρατήρητος, όπως λέγαμε προχτές. Έχετε κάτι να κάνετε τώρα;» με ρώτησε και κοίταξε το ρολόι της τραπεζαρίας. «Αυτή την ώρα αρχίζει το επισκεπτήριο στο νοσοκομείο Ράντκλιφ, εκεί πηγαίνω. Αν θέλετε, ελάτε μαζί μου, θα ήθελα να γνωρίσετε κάποιον».

ΚΕΦΑΛΑΙΟ 8

ΦΥΓΑΜΕ ΠΕΡΝΩΝΤΑΣ από ένα διάδρομο με πέτρινες α-
ψίδες που περιέβαλλε το πίσω μέρος του κολεγίου. Ο
Σέλντομ μού έδειξε, σαν να ήταν ιστορικό μνημείο, το γή-
πεδο Royal Tennis του 16ου αιώνα, όπου έπαιζε ο Εδου-
άρδος ο ΣΤ΄, το οποίο εγώ θα μπορούσα να το είχα πε-
ράσει, εξαιτίας των τοίχων του, για γήπεδο πελότας* μέ-
σα στο ύπαιθρο. Περάσαμε ένα δρόμο και στρίψαμε σε
ένα στενάκι που έμοιαζε με ρωγμή ανάμεσα στα κτίρια,
λες κι ένα χτύπημα από σπαθί, με μια βαθιά τομή, είχε
ανοίξει ως εκ θαύματος την πέτρα απ' άκρη σ' άκρη.
«Από δω θα κόψουμε δρόμο» είπε ο Σέλντομ. Περπα-
τούσε γρήγορα, λίγο πιο μπροστά από μένα, γιατί δεν υ-
πήρχε χώρος και για τους δυο στο στενάκι ανάμεσα στους
τοίχους. Βγήκαμε σε ένα μονοπάτι που ακολουθούσε το
ρου του ποταμού.
«Ελπίζω να μη σας στενοχωρούν τα νοσοκομεία» μου
είπε. «Το Ράντκλιφ είναι κάπως καταθλιπτικό. Έχει εφτά

---

* Σ.τ.Μ.: Pelota (αλλιώς Jai Alai): παιχνίδι βασκικής προέλευσης, πο-
λύ διαδεδομένο στη Λατινική Αμερική, που παίζεται από δυο άτο-
μα ή δυο ομάδες που χτυπάνε εναλλάξ μια μικρή μπάλα (την πε-
λότα) σε έναν, δυο ή τρεις ψηλούς τοίχους με το χέρι ή χρησιμοποιώ-
ντας ένα μακρύ, καμπυλωτό στην άκρη μπαστούνι.

ορόφους. Πιθανόν να γνωρίζετε έναν Ιταλό συγγραφέα, τον Ντίνο Μπουτσάτι· έχει γράψει ένα διήγημα που λέγεται ακριβώς έτσι: «Εφτά όροφοι». Βασίζεται σ' ένα περιστατικό που του είχε συμβεί εδώ, όταν είχε έρθει στην Οξφόρδη για να δώσει μια διάλεξη: το αναφέρει σε ένα από τα ταξιδιωτικά του ημερολόγια. Ήταν μια μέρα με πολλή ζέστη και είχε λιποθυμήσει ελαφρά λίγο αφότου βγήκε από την αίθουσα. Οι διοργανωτές, για λόγους ασφαλείας, επέμειναν να τον πάνε για εξετάσεις στο Ράντκλιφ. Τον μετέφεραν στον έβδομο όροφο, που είναι για τις ελαφρότερες περιπτώσεις και για τις γενικές εξετάσεις. Του έκαναν εκεί τις πρώτες αναλύσεις και εξετάσεις. Όλα ήταν μια χαρά, του είπαν, αλλά, για να έχουν το κεφάλι τους ήσυχο, θα του έκαναν μερικές κάπως πιο εξειδικευμένες εξετάσεις. Γι' αυτό το σκοπό, έπρεπε να τον κατεβάσουν έναν όροφο πιο κάτω, ενώ οι αμφιτρύωνές του θα τον περίμεναν πάνω μέχρι να τελειώσουν. Τον μετέφεραν σε α-ναπηρικό καροτσάκι, πράγμα που του φάνηκε κάπως υπερβολικό, όμως προτίμησε να το αποδώσει στον υπερβολικό ζήλο των Βρετανών. Στον έκτο όροφο άρχισε να βλέπει στους διαδρόμους και στους πάγκους μέσα στις αίθουσες αναμονής ανθρώπους με καμένα πρόσωπα, επιδέσμους, φορεία με ξαπλωμένους ανθρώπους, τυφλούς, ακρωτηριασμένους. Τον έβαλαν να ξαπλώσει σε ένα φορείο για να του κάνουν τις ακτινογραφίες. Όταν πήγε να ξανασηκωθεί, ο ακτινολόγος τού είπε ότι είχαν εντοπίσει μια μικρή ανωμαλία, που μάλλον δεν ήταν τίποτα το σοβαρό, αλλά θα ήταν προτιμότερο, μέχρι να βγουν τα αποτελέσματα απ' όλες τις άλλες εξετάσεις, να παραμείνει ξαπλωμένος. Του είπαν επίσης ότι θα έπρεπε να τον κρατήσουν για παρακολούθηση μερικές ώρες ακόμα και ότι προτιμούσαν να τον κατεβάσουν στον πέμπτο όροφο, όπου θα μπορούσε να έχει δικό του δωμάτιο. Στον πέμπτο όροφο δεν υπήρχε κόσμος στους διαδρόμους, όμως μερικές πόρτες ήταν μισάνοιχτες. Έριξε μια ματιά σε ένα απ' τα δωμάτια: το μόνο που διέκρινε ήταν μπουκάλες με ορούς, τσακισμένους ανθρώπους, χέρια με καθετήρες. Έμεινε μόνος μες στο δωμάτιο, ξαπλωμένος στο κρεβάτι, αρκετά ανήσυχος, για μερικές ώρες. Τελικά μπήκε μέσα μια νοσοκόμα, με ένα ψαλίδι πάνω σ' ένα μικρό δίσκο. Την έστελνε ένας από τους γιατρούς του τέταρτου ορόφου, ο γιατρός Χ, που θα έκανε την οριστική διάγνωση, για να του κόψει λίγο τα μαλλιά στο σβέρκο, πριν την τελική εξέταση. Καθώς τα μαλλιά του έπεφταν πάνω στο δίσκο, ο Μπουτσάτι ρώτησε αν ο γιατρός θα ανέβαινε για να τον δει. Η νοσοκόμα χαμογέλασε, λες κι αυτό ήταν κάτι που μόνο ένας ξένος θα μπορούσε να σκεφτεί, και του είπε ότι οι γιατροί προτιμούσαν να παραμένουν ο καθένας στο δικό του όροφο. Εκείνη η ίδια όμως, του είπε, θα τον κατέβαζε από μια ράμπα και θα τον άφηνε όση ώρα θα περίμενε δίπλα σε ένα παράθυρο. Το κτίριο έχει ημικυκλικό σχήμα κι από το παράθυρο του τέταρτου ορόφου ο Μπουτσάτι είδε, κοιτάζοντας προς τα κάτω, τις περσίδες του πρώτου ορόφου που περιγράφει στο διήγημά του. Ελάχιστες ήταν ανοιχτές, σχεδόν όλες παρέμεναν κλειστές. Ρώτησε τη νοσοκόμα ποιοι ήταν στον πρώτο όροφο και πήρε την απάντηση που κατέγραψε στο διήγημά του: εκεί κάτω δουλεύει μόνο ο παπάς. Ο Μπουτσάτι γράφει ότι εκείνη τη φοβερή ώρα, όσο περίμενε το γιατρό, τον βασάνιζε κυρίως ένα μαθηματικό πρόβλημα. Αντιλαμβανόταν ότι ο τέταρτος όροφος ήταν ακριβώς στη μέση της αντίστροφης μέτρησης και ένας παράλογος φόβος τού έλεγε ότι, αν κατέβαινε άλλον ένα, όλα θα είχαν χαθεί. Κάθε τόσο άκουγε από τον πιο κάτω όροφο διακεχομμένα, σαν να έβγαινε από το φρεάτιο του ασανσέρ, κάτι που έμοιαζε με απελπισμένες φωνές ανθρώπου που παραληρούσε μέσα στον πόνο και στο κλάμα. Αποφάσισε να α-ντισταθεί με νύχια και με δόντια σε περίπτωση που, με οποιαδήποτε άλλη δικαιολογία, ήθελαν να τον κατεβάσουν κι άλλο. Ήρθε επιτέλους ο γιατρός. Δεν ήταν ο γιατρός Χ, αλλά ο γιατρός Ψ, ο επικεφαλής γιατρός της βάρδιας. Ήξερε μερικές ιταλικές λέξεις και είχε διαβάσει βιβλία του.

Έριξε βιαστικά μια ματιά στις αναλύσεις και στην ακτινογραφία και ξαφνιάστηκε απ' το γεγονός ότι ο νεαρός συνάδελφός του, ο γιατρός Χ, είχε δώσει οδηγίες να του κόψουν τα μαλλιά· ίσως, είπε, να είχε σκεφτεί να κάνει μια προληπτική παρακέντηση, όμως δεν ήταν απαραίτητο. Όλα πήγαιναν μια χαρά. Του ζήτησε συγγνώμη και έλπιζε, όπως είπε, να μην τον είχαν ταράξει οι φωνές που ακούγονταν από τον παρακάτω όροφο. Επρόκειτο για το μοναδικό επιζώντα ενός τροχαίου δυστυχήματος. Ο τρίτος όροφος είχε καμιά φορά πολλή φασαρία –του είπε–, πολλές νοσοκόμες χρησιμοποιούσαν εκεί ωτασπίδες. Όμως πιθανώς σύντομα θα κατέβαζαν τον καημένο τον άνθρωπο στο δεύτερο και θα επικρατούσε πάλι ησυχία. Ο Σέλντομ μού έδειξε με μια κίνηση του κεφαλιού τον όγκο από σκοτεινά τούβλα που είχε εμφανιστεί μπροστά μας. Μετά είπε, σαν να αγωνιζόταν να τελειώσει τη διήγησή του με τον ίδιο ήρεμο και μεθοδικό τρόπο: «Η καταχώριση στο ημερολόγιο έγινε στις 27 Ιουνίου 1967*, δυο μέρες μετά το δυστύχημα στο οποίο έχασα τη σύζυγό μου, το δυστύχημα στο οποίο πέθαναν και ο Τζον με τη Σάρα. Ο άντρας που χαροπάλευε στον τρίτο όροφο ήμουν εγώ».

---

* Σ.τ.Ε. πρωτότ.: Το διήγημα «Εφτά όροφοι» γράφτηκε πριν το 1943. Ο αναχρονισμός γίνεται ποιητική αδεία του συγγραφέα.

ΚΕΦΑΛΑΙΟ 9

ΑΝΕΒΗΚΑΜΕ ΣΙΩΠΗΛΟΙ ΤΑ πέτρινα σκαλιά της εισόδου. Μπήκαμε στο χολ και διασχίσαμε το μεγάλο προθάλαμο· ο Σέλντομ χαιρετούσε στους διαδρόμους σχεδόν όλους τους γιατρούς και τις νοσοκόμες που συναντούσαμε. «Έζησα εδώ μέσα σχεδόν δυο ολόκληρα χρόνια» μου είπε. «Και μετά έπρεπε να έρχομαι κάθε βδομάδα για άλλον ένα χρόνο. Καμιά φορά ξυπνάω ακόμα στη μέση της νύχτας και νομίζω ότι βρίσκομαι πάλι σε κάποιο απ' τα δωμάτια». Μου έδειξε μια γωνία απ' όπου ξεκινούσαν τα φθαρμένα σκαλιά μιας στριφογυριστής σκάλας. «Πάμε στο δεύτερο» μου είπε. «Από δω θα φτάσουμε πιο γρήγορα».

Ο δεύτερος όροφος ήταν ένας μακρύς και φωτεινός διάδρομος που είχε κάτι από τη βαθιά και αναχωρητική σιωπή των καθεδρικών ναών. Τα βήματά μας προκαλούσαν μια δυσάρεστη ηχώ. Το πάτωμα ήταν φρεσκογυαλισμένο κι έλαμπε σαν να το πατούσε πολύ λίγος κόσμος.

«Οι νοσοκόμες αποκαλούν αυτό τον όροφο γυάλα με τα χρυσόψαρα ή το τμήμα των χορτοφάγων» είπε ο Σέλντομ και άνοιξε την πόρτα ενός απ' τα δωμάτια.

Υπήρχαν δυο σειρές κρεβάτια, αρκετά κοντά το ένα με το άλλο, σαν να ήταν νοσοκομείο στρατοπέδου. Σε κάθε κρεβάτι ήταν ξαπλωμένος κι ένας άνθρωπος, του οποίου φαινόταν μόνο το κεφάλι, συνδεδεμένο με μια συσκευή τεχνητής αναπνοής. Το αποτέλεσμα της παρουσίας όλων αυτών των συσκευών ήταν ένα ήρεμο και βαθύ γουργούρισμα, που θύμιζε πραγματικά έναν κόσμο βυθισμένο κάτω απ' το νερό. Καθώς προχωρούσαμε στο διάδρομο, ανάμεσα στις δυο σειρές απ' τα κρεβάτια, είδα ότι απ' το πλάι κάθε σώματος έβγαινε προς τα έξω μια σακούλα που μάζευε τις απεκκρίσεις. Το μόνο που έχει μείνει απ' αυτά τα σώματα, σκέφτηκα, ήταν οι στοιχειώδεις τους λειτουργίες. Ο Σέλντομ είδε το βλέμμα μου.

«Κάποια φορά ξύπνησα το βράδυ» μου είπε χαμηλόφωνα «και άκουσα να μιλάνε δυο νοσοκόμες που δούλευαν εδώ και μουρμούριζαν για τους "βρόμικους". Είναι αυτοί που γεμίζουν τη σακούλα τους δυο φορές τη μέρα κι εκείνες έχουν το πρόσθετο καθήκον να τους την αλλάζουν και το βράδυ. Όποια κι αν είναι η πραγματική τους κατάσταση, οι "βρόμικοι" δε μένουν για πολύ καιρό στο δωμάτιο. Με κάποιο τρόπο τα καταφέρνουν, ξέρετε, ώστε να επιδεινωθεί κάπως η κατάστασή τους και να πρέπει να μεταφερθούν. Καλώς ήρθατε στη χώρα της Φλόρενς Νάιτινγκεϊλ. Απολαμβάνουν μια σχεδόν απόλυτη ατιμωρησία, γιατί οι συγγενείς δεν έρχονται σχεδόν ποτέ εδώ, έρχονται μια δυο φορές στην αρχή, και μετά εξαφανίζονται. Είναι κάτι σαν αποθήκη, πολλοί είναι συνδεδεμένοι στα μηχανήματα εδώ και χρόνια. Γι' αυτό κι εγώ προσπαθώ να έρχομαι κάθε απόγευμα: εδώ και καιρό, ο Φράνκι έγινε, δυστυχώς, ένας από τους "βρόμικους" και δε θα 'θελα να του συμβεί τίποτα περίεργο».

Είχαμε σταματήσει δίπλα σε ένα απ' τα κρεβάτια. Ο άντρας, ή ό,τι απέμενε απ' τον άντρα που ήταν ξαπλωμένος εκεί, ήταν ένα κρανίο με μερικές γκρίζες και μακριές τούφες μαλλιά που του έπεφταν πάνω στα αυτιά και με μια εντυπωσιακά ερεθισμένη κάθετη φλέβα πάνω απ' το φρύδι. Το σώμα του ήταν ζαρωμένο κάτω απ' τα σκεπάσματα, το κρεβάτι έμοιαζε να περισσεύει γύρω του και σκέφτηκα ότι μπορεί να μην είχε κανένα απ' τα πόδια του. Το λεπτό άσπρο ύφασμα μόλις που κουνιόταν πάνω στο στήθος του και τα ρουθούνια του έτρεμαν χωρίς να καταφέρνουν να θαμπώσουν τη γυάλινη μάσκα. Το ένα του χέρι ήταν τεντωμένο προς τα έξω, στερεωμένο με μια χάλκινη αλυσίδα σε κάτι που στην αρχή μού φάνηκε σαν μηχάνημα που μετράει το σφυγμό. Στην πραγματικότητα, ήταν ένας μηχανισμός που κρατούσε το χέρι σταθερό πάνω από ένα μπλοκ. Είχαν δέσει με πολύ έξυπνο τρόπο ένα μικρό μολύβι ανάμεσα στον αντίχειρα και στο δείκτη. Το χέρι, έτσι κι αλλιώς, ήταν αναίσθητο, άψυχο, πάνω στο λευκό φύλλο, και τα πολύ μακριά νύχια εξείχαν προς τα μπροστά.

«Μπορεί να έχετε ακούσει γι' αυτόν» μου είπε ο Σέλντομ. «Είναι ο Φρανκ Κάλμαν, ο συνεχιστής του έργου του Βιττγκενστάιν για την ακολουθία των κανόνων και τα γλωσσικά παίγνια».

Απάντησα από ευγένεια ότι κάτι μού θύμιζε το όνομα, αλλά πολύ αόριστα.

«Ο Φρανκ δεν ήταν κλασικός επαγγελματίας» είπε ο Σέλντομ. «Στην πραγματικότητα, ποτέ του δεν ήταν ο μαθηματικός των μελετών και των συνεδρίων. Μόλις αποφοίτησε, δέχτηκε μια θέση σε μια μεγάλη εταιρεία συμβούλων ευρέσεως εργασίας. Η δουλειά του ήταν να προετοιμάζει και να αξιολογεί τα τεστ για τους υποψήφιους σε διάφορα επαγγέλματα. Τον τοποθέτησαν στο τμήμα που ήταν υπεύθυνο για τη διαχείριση συμβόλων και τα τεστ ευφυΐας. Μερικά χρόνια αργότερα του ανέθεσαν επίσης τις πρώτες κατατακτήριες εξετάσεις των δευτεροβάθμιων κολεγίων της Αγγλίας. Όλη του τη ζωή ασχολήθηκε με το να προετοιμάζει λογικές ακολουθίες, της πιο στοιχειώδους μορφής, σαν κι εκείνη που σας έδειξα: με δεδομένα τρία σύμβολα στην ακολουθία, έπρεπε να γράψει κανείς το τέταρτο. Ή με αριθμούς: με δεδομένους τους αριθμούς 2, 4, 8, έπρεπε να γράψει τον επόμενο. Ο Φρανκ ήταν σχολαστικός, παθιασμένος. Του άρεσε να ελέγχει στοίβες από τεστ ένα προς ένα. Άρχισε να παρατηρεί ένα πραγματικά παράξενο φαινόμενο. Υπήρχαν, φυσικά, τα τέλεια τεστ, που το μόνο που επέτρεπαν να πει κανείς, όπως έγραψε αργότερα ο Φρανκ με εξαιρετική προσοχή, ήταν ότι η ευφυΐα του υποψηφίου κάλυπτε απόλυτα τις απαιτήσεις του εξεταστή. Υπήρχε επίσης, και αυτή ήταν η συντριπτική πλειοψηφία, αυτό που ο Φρανκ ονόμαζε τυπική ομάδα: τεστ με μερικά λάθη που ανήκαν στην κατηγορία των αναμενόμενων λαθών. Υπήρχε όμως και μια τρίτη ομάδα, που ήταν πάντα η πιο περιορισμένη, η οποία τραβούσε περισσότερο απ' όλες την προσοχή του Φρανκ. Επρόκειτο για σχεδόν τέλεια τεστ, τεστ στα οποία όλες οι απαντήσεις ήταν οι αναμενόμενες εκτός από μια, όμως η διαφορά τους σε σχέση με τις κανονικές περιπτώσεις ήταν ότι το λάθος σ' εκείνη τη μοναδική διαφορετική απάντηση έμοιαζε εκ πρώτης όψεως να είναι μια καθαρή ανοησία, μια ακολουθία διαλεγμένη με κλειστά τα μάτια, ή στην τύχη, που όμως βρισκόταν στην πραγματικότητα έξω από το συνηθισμένο φάσμα των λαθών. Ο Φρανκ σκέφτηκε, από καθαρή περιέργεια, να ζητήσει από τους υποψηφίους εκείνης της μικρής ομάδας να αιτιολογήσουν τις απαντήσεις τους και τότε ένιωσε την πρώτη έκπληξη. Οι απαντήσεις που εκείνος είχε θεωρήσει εσφαλμένες ήταν στην πραγματικότητα μια άλλη πιθανή και απολύτως έγκυρη λύση για τη συνέχεια της ακολουθίας, μόνο που είχαν ένα πολύ πιο περίπλοκο σκεπτικό. Το πιο παράξενο απ' όλα είναι ότι η ευφυΐα εκείνων των υποψηφίων είχε αγνοήσει τη στοιχειώδη λύση που πρότεινε ο Φρανκ και, σαν να είχε ανέβει σε ένα τραμπολίνο, κάποια στιγμή είχε κάνει ένα πολύ μακρινό άλμα. Και η εικόνα του τραμπολίνο ανήκει στον Φρανκ· τα τρία σύμβολα ή οι αριθμοί που ήταν γραμμένοι στο χαρτί αντιστοιχούσαν γι' αυτόν στην πορεία του ακροβάτη πάνω στο πανί· απ' αυτή την οπτική γωνία, η αναλογία έμοιαζε να του δίνει μια πρώτη εξήγηση: για μια ευφυΐα που κάνει άλματα με πολύ μεγάλη ορμή, είναι πιο λογική η μακρινή λύση παρά εκείνη που βρίσκεται ακριβώς κάτω απ' τα πόδια της. Ο Φρανκ ξαφνικά κλονίστηκε. Οι ακολουθίες του δεν είχαν μία και μοναδική λύση· απαντήσεις που θεωρούσε μέχρι τότε λανθασμένες μπορεί να αποτελούσαν εναλλακτικές και επίσης, κατά μία έννοια, "φυσιολογικές" λύσεις, και δεν έβλεπε καν να υπάρχει κάποιος τρόπος προκειμένου να ξεχωρίσει μια απάντηση που είχε δοθεί στην τύχη από μια ακολουθία την οποία είχε επιλέξει μια διαφορετική, και πολύ αθλητική, ευφυΐα. Σε κείνο το σημείο ήρθε να με δει και αναγκάστηκα να του ανακοινώσω τα δυσάρεστα νέα».

«Το παράδοξο του Βιττγκενστάιν για τους πεπερασμένους κανόνες» είπα.

«Ακριβώς. Ο Φρανκ είχε ανακαλύψει στην πράξη, σε ένα πραγματικό πείραμα, αυτό που ο Βιττγκενστάιν είχε ήδη αποδείξει θεωρητικά πριν από δεκαετίες: την αδυναμία τού να καθορίσει κανείς ένα μονοσήμαντο κανόνα και "φυσικούς" κώδικες. Η ακολουθία 2, 4, 8 μπορεί να συνεχιστεί με τον αριθμό 16, αλλά και με τον αριθμό 10, ή με το 2007: πάντα μπορεί να δοθεί μια αιτιολογία, ένας κανόνας, που να επιτρέπει να προσθέσει κανείς οποιονδήποτε αριθμό ως τέταρτο όρο. *Οποιοσδήποτε αριθμός, οποιαδήποτε συνέχεια.* Αυτό δε θα άρεσε και πάρα πολύ στον επιθεωρητή Πίτερσεν αν το ήξερε, και κόντεψε να τρελάνει τον Φρανκ. Ήταν τότε πάνω από εβδομήντα χρονών, όμως μου ζήτησε τις πηγές και είχε το θάρρος να μπει, σαν να ήταν ξανά φοιτητής, μέσα στο εγκαταλειμμένο σπήλαιο των μελετών του Βιττγκενστάιν. Κι εσείς γνωρίζετε πώς είναι να βυθίζεται κανείς στο σκοτάδι του Βιττγκενστάιν. Κάποια στιγμή ένιωσε ότι βρισκόταν στο χείλος της αβύσσου. Κατάλαβε ότι δεν μπορούσε να εμπιστευτεί ούτε την προπαίδεια. Όμως του ήρθε μια ιδέα, που έμοιαζε αρκετά με αυτό που σκεφτόμουν κι εγώ. Ο Φρανκ έμεινε προσκολλημένος, με μια σχεδόν φανατική πίστη, σε μια ύστατη σανίδα σωτηρίας: στις στατιστικές από τα πειράματά του. Πίστευε ότι οι απόψεις του Βιττγκενστάιν ήταν κατά κάποιον τρόπο θεωρητικά αποτελέσματα ενός πλατωνικού κόσμου, αλλά ότι ο τρόπος με τον οποίο σκέφτονταν οι άνθρωποι με σάρκα και οστά ήταν κάπως διαφορετικός. Στο κάτω κάτω, μόνο ένα πολύ μικρό ποσοστό έδινε αυτές τις ασυνήθιστες απαντήσεις. Υπέθεσε τότε ότι, αν εξαρχής όλες οι απαντήσεις ήταν εξίσου πιθανές, υπήρχε ίσως κάτι χαραγμένο κατά κάποιον τρόπο στην ανθρώπινη ψυχή ή στα παιχνίδια επιδοκιμασίας-αποδοκιμασίας κατά τη διάρκεια της εκμάθησης των συμβόλων, που οδηγούσε τη μεγάλη πλειοψηφία στο ίδιο σημείο, στην απάντηση που στη λογική των ανθρώπων φάνταζε ως η απλούστερη, η πιο ξεκάθαρη, η πιο αποδεκτή. Σκέφτηκε τελικά, κινούμενος στη ίδια κατεύθυνση με μένα, ότι λειτουργούσε κάποιο είδος a priori αισθητικής αρχής, που επέτρεπε να φιλτραριστούν για την τελική επιλογή μόνο μερικές πιθανότητες. Αποφάσισε τότε να δώσει έναν αφηρημένο ορισμό αυτού που ονόμαζε φυσιολογική σκέψη. Ακολούθησε όμως έναν πραγματικά παράξενο δρόμο. Άρχισε να επισκέπτεται ψυχιατρικές κλινικές και να κάνει τα τεστ του σε ασθενείς που είχαν υποστεί λοβοτομή. Συγκέντρωσε μεμονωμένες λέξεις και σύμβολα γραμμένα από υπνοβάτες, συμμετείχε σε συνεδρίες υπνωτισμού. Κυρίως, μελέτησε τα σύμβολα που προσπαθούσαν να μεταδώσουν οι ασθενείς που ήταν σχεδόν φυτά, με εγκεφαλικές βλάβες. Αυτό που έψαχνε κατά βάθος ήταν κάτι εξ ορισμού σχεδόν αδύνατον: να μελετήσει αυτό που μένει από τη λογική όταν η λογική δεν είναι πια εκεί φρουρός. Πίστευε ότι μπορούσε να εντοπίσει πιθανώς κάποια κίνηση ή κάποια υπολείμματα συναισθήματος, που να αντιστοιχούν σε κάτι που ήταν χαραγμένο οργανικά ή σε κάποιο ασυνείδητο μονοπάτι που είχε σχηματιστεί κατά τη διάρκεια της μάθησης. Όμως, υποθέτω ότι ήδη υπήρχε μια αρρωστημένη κλίση, που είχε σχέση με αυτό που σχεδίαζε. Του είχαν διαγνώσει λίγο καιρό νωρίτερα μια πολύ επιθετική μορφή καρκίνου που προσβάλλει πρώτα τα πόδια, εδώ τον λένε καρκίνο του ξυλοκόπου, γιατί το μόνο που μπορούν να κάνουν οι γιατροί είναι να κόψουν τα πόδια το ένα μετά το άλλο. Ήρθα και τον είδα μετά τον πρώτο ακρωτηριασμό. Έμοιαζε να έχει καλή διάθεση, δεδομένων των συνθηκών. Μου έδειξε ένα βιβλίο που του είχε κάνει δώρο ο γιατρός του, με φωτογραφίες από κρανία μερικώς κατεστραμμένα από ατυχήματα, απόπειρες αυτοκτονίας, χτυπήματα από ρόπαλο. Υπήρχε μια εξαντλητική κλινική περιγραφή όλων των συνεπειών και των αλληλοσυνδέσεων των κρανιακών βλαβών. Με ένα μυστηριώδες ύφος, μου είπε να παρατηρήσω μια σελίδα στην οποία φαινόταν το αριστερό ημισφαίριο

ενός εγκεφάλου, με το βρεγματικό λοβό μερικώς κατε-
στραμμένο από μια σφαίρα. Μου ζήτησε να διαβάσω το
κείμενο κάτω απ' τη φωτογραφία. Ο παρ' ολίγον αυτόχει-
ρας είχε πέσει σε σχεδόν απόλυτο κώμα, όμως το δεξί του
χέρι –έλεγε το κείμενο– συνέχιζε να γράφει επί μήνες διά-
φορα παράξενα σύμβολα. Μου εξήγησε τότε ότι είχε δια-
πιστώσει, στο πέρασμά του από τις διάφορες κλινικές, την
ύπαρξη μιας στενής σχέσης ανάμεσα στο είδος των συμ-
βόλων που συγκέντρωνε και στις δραστηριότητες που εί-
χε αναπτύξει στη ζωή του ο ασθενής που είχε πέσει σε κώ-
μα. Ο Φράνκι ήταν πάρα πολύ ντροπαλός. Μου είπε –και
ήταν η μοναδική φορά που μου είπε κάτι για την προσω-
πική του ζωή– ότι δυστυχώς δεν είχε παντρευτεί ποτέ·
μου είπε με ένα θλιμμένο χαμόγελο ότι δεν είχε κάνει
πολλά πράγματα στη ζωή του, αλλά ότι εδώ και σαράντα
χρόνια έγραφε και διαχειριζόταν λογικές ακολουθίες.
Ήταν σίγουρος ότι δεν μπορούσε να βρει καλύτερο πα-
ράδειγμα για το πείραμά του από τον εαυτό του. Ήταν
πεπεισμένος ότι στα σύμβολα που θα έγραφε θα μπο-
ρούσε να αναγνωστεί κατά κάποιον τρόπο ο κώδικας ε-
κείνων των υπολειμμάτων ή του λογικού υποστρώματος
που έψαχνε. Εν πάση περιπτώσει, δεν ήθελε να είναι πα-
ρών όταν θα έρχονταν να του πάρουν και το δεύτερό του
πόδι. Στην πραγματικότητα, είχε μόνο ένα τελευταίο πρό-
βλημα να λύσει, κι αυτό ήταν το πώς θα βεβαιωνόταν ότι
η βλάβη που θα προκαλούσε η σφαίρα δε θα ήταν υπερ-
βολική, ότι τα θραύσματα δε θα έφταναν στους νευρώνες
που σχετίζονταν με την κίνηση. Τον είχα συμπαθήσει όλα
εκείνα τα χρόνια. Του είπα ότι δεν μπορούσα να τον βοη-
θήσω σ' εκείνο το πρόβλημα και με ρώτησε τότε αν, σε πε-
ρίπτωση που θα κατάφερνε τελικά να το λύσει μόνος του,
θα ήμουν εκεί για να διαβάσω τα σύμβολα».

Είδαμε ταυτόχρονα το χέρι να συσπάται σπασμωδικά σφίγγοντας το μολύβι, σαν να το είχε χτυπήσει ηλεκτρικό ρεύμα. Έμεινα να κοιτάζω τρομαγμένος την αργόσυρτη και αδέξια κίνηση του μολυβιού που γρατζουνούσε το χαρτί, όμως ο Σέλντομ δε φάνηκε να δίνει και πολλή σημασία.

«Τέτοια ώρα αρχίζει και γράφει» είπε χωρίς να χαμηλώσει τη φωνή του «και συνεχίζει σχεδόν όλο το βράδυ. Τελικά, ο Φράνκι ήταν πραγματικά πολύ έξυπνος και βρήκε τη λύση: ένα κοινό πιστόλι μικρού διαμετρήματος άφηνε πολλά περιθώρια σφάλματος λόγω της εσωτερικής ανάφλεξης. Χρειαζόταν κάτι που θα μπορούσε να διαπεράσει το μέτωπο και να φτάσει κατευθείαν στον εγκέφαλο, σαν ένα μικρό καμάκι. Σ' αυτή την πτέρυγα του νοσοκομείου γίνονταν επισκευές εκείνο τον καιρό και φαίνεται ότι την ιδέα τού την έδωσε ένας από τους εργάτες, με τον οποίο συζήτησε σχετικά με τα εργαλεία. Τελικά το έκανε με ένα πιστόλι καρφιών».

Τεντώθηκα στην προσπάθειά μου να ξεχωρίσω τις μπερδεμένες γραμμές που σχηματίζονταν στο χαρτί.

«Τα γράμματά του είναι κάθε φορά και πιο δυσανάγνωστα» είπε ο Σέλντομ «αλλά πριν λίγο καιρό μπορούσε κανείς να τα διαβάσει τέλεια. Στην πραγματικότητα, πρόκειται μόνο για τέσσερα γράμματα, τα οποία γράφει και ξαναγράφει. Είναι τα τέσσερα γράμματα ενός ονόματος. Όλα αυτά τα χρόνια, ο Φράνκι δεν έγραψε ποτέ ούτε ένα λογικό σύμβολο, ούτε έναν αριθμό. Το μόνο πράγμα που γράφει ο Φράνκι, στον αιώνα τον άπαντα, είναι το όνομα μιας γυναίκας».

ΚΕΦΑΛΑΙΟ 10

«ΕΛΑΤΕ ΝΑ ΒΓΟΥΜΕ λίγο στο διάδρομο· θέλω να καπνίσω ένα τσιγάρο» είπε ο Σέλντομ. Είχε σκίσει το χαρτί που μόλις είχε γράψει ο Φρανκ και το πέταξε στο καλάθι των αχρήστων αφού του έριξε μια ματιά. Βγήκαμε αθόρυβα απ' το δωμάτιο και περπατήσαμε στον έρημο διάδρομο μέχρι να βρούμε ανοιχτό παράθυρο. Είδαμε να προχωράει αργά προς το μέρος μας ένας νοσοκόμος που έσπρωχνε ένα φορείο. Όταν πέρασε από δίπλα μας, είδα ότι το σεντόνι ήταν τυλιγμένο σφιχτά γύρω από ένα πτώμα, σκεπάζοντας και το πρόσωπό του. Μόνο ένα χέρι είχε μείνει απ' έξω· μια καρτέλα που κρεμόταν απ' τον καρπό έγραφε το όνομα. Κατάφερα να διακρίνω από κάτω έναν αριθμό που πιθανόν να ήταν η ώρα θανάτου. Ο νοσοκόμος έκανε μια επιδέξια μανούβρα για να γυρίσει το φορείο και το πέρασε, με δεξιοτεχνία πιτσαδόρου, μέσα από μια στενή γυάλινη πόρτα.

«Εκεί είναι το νεκροτομείο;» ρώτησα.

«Όχι!» είπε ο Σέλντομ. «Κάθε όροφος έχει κι από ένα τέτοιο δωμάτιο. Όταν πεθαίνει κάποιος από τους ασθενείς, απομακρύνουν αμέσως το πτώμα από το δωμάτιό του, για να ελευθερώσουν το κρεβάτι όσο πιο γρήγορα γίνεται. Ο επικεφαλής γιατρός του ορόφου έρχεται για να επιβεβαιώσει το θάνατο, γράφουν κάτι σαν αναφορά σε ένα δελτίο και αμέσως μετά το μεταφέρουν στο γενικό νεκροτομείο του νοσοκομείου, που βρίσκεται σε κάποιο υπόγειο». Ο Σέλντομ έκανε ένα νεύμα με το κεφάλι δείχνοντας προς το δωμάτιο του Φρανκ. «Εγώ θα μείνω λίγο ακόμα εδώ, να κάνω παρέα στον Φράνκι. Ο χώρος είναι ό,τι πρέπει για να σκεφτεί κανείς, δηλαδή όσο κι οποιοσδήποτε άλλος χώρος. Όμως είμαι σίγουρος ότι εσείς θα θέλετε να επισκεφτείτε το Ακτινολογικό» μου είπε με ένα χαμόγελο και, όταν είδε το ξάφνιασμά μου, τα μάτια του σπινθήρισαν και το χαμόγελό του έγινε ακόμα πιο πλατύ. «Τελικά, η Οξφόρδη είναι ένα μικρό χωριό. Συγχαρητήρια: η Λόρνα είναι φοβερή κοπέλα. Τη γνώρισα εδώ πριν από μερικά χρόνια, μου δάνεισε πολλά απ' τα αστυνομικά της μυθιστορήματα. Είδατε τη βιβλιοθήκη της;» και ανασήκωσε τα φρύδια με θαυμασμό αλλά και έκπληξη. «Δεν έχω ξαναδεί άλλον άνθρωπο που να έχει τέτοιο πάθος για τους φόνους. Θα πάτε στον τελευταίο όροφο» μου είπε. «Πάρτε το ασανσέρ εδώ στα δεξιά».

Το ασανσέρ ανέβηκε κάνοντας έναν πνιχτό υδραυλικό ήχο. Διέσχισα ένα λαβύρινθο από πτέρυγες ακολουθώντας τα βέλη που οδηγούσαν στο Ακτινολογικό, μέχρι που βρέθηκα σε μια αίθουσα αναμονής στην οποία καθόταν μόνο ένας άντρας, με κάπως αφηρημένο βλέμμα κι ένα βιβλίο ακουμπισμένο στα γόνατά του. Πίσω από ένα γυάλινο θαλαμίσκο είδα τη Λόρνα με τη στολή της, σκυμμένη πάνω από ένα φορείο, κι έμοιαζε σαν να εξηγούσε υπομονετικά κάποια διαδικασία σε ένα παιδί. Πλησίασα λίγο ακόμα στο θαλαμίσκο, μην τολμώντας να τη διακόψω. Η Λόρνα άφηνε ένα λούτρινο αρκουδάκι δίπλα στο μαξιλάρι. Είδα ότι επρόκειτο για ένα πολύ χλωμό κορίτσάκι γύρω στα εφτά, με τρομαγμένα μάτια, που όμως παρακολουθούσαν γενναία τα πάντα, και μακριές μπούκλες σκορπισμένες πάνω στο μαξιλάρι. Η Λόρνα τής είπε κάτι ακόμα και η μικρή αγκάλιασε σφιχτά το αρκουδάκι. Χτύπησα δυο φορές απαλά το τζάμι· η Λόρνα κοίταξε προς το μέρος μου, γέλασε ξαφνιασμένη και είπε κάτι που δεν κατάφερα ν' ακούσω μέσα απ' το τζάμι. Μου έδειξε μια πλαϊνή πόρτα κι έκανε μια κίνηση με μια φανταστική ρακέτα, για να δείξει στη μικρή ότι ήμουν παρτενέρ της στο τένις. Άνοιξε για ένα δευτερόλεπτο την πόρτα, μου έδωσε ένα βιαστικό φιλί και μου ζήτησε να την περιμένω για λίγο.

Ξαναγύρισα στην αίθουσα αναμονής. Ο άντρας είχε ξανανοίξει το βιβλίο του. Πρόσεξα ότι ήταν αξύριστος και ότι τα μάτια του ήταν κόκκινα, σαν να μην είχε κοιμηθεί εδώ και μέρες. Διάβασα με έκπληξη τον τίτλο του βιβλίου: *Από τους πυθαγόρειους στον Ιησού*. Ο άντρας κατέβασε ξαφνικά το βιβλίο και με κοίταξε.

«Με συγχωρείτε» είπα «μου τράβηξε την προσοχή ο τίτλος. Είστε μαθηματικός;».

«Όχι» είπε «όμως, αφού σας κίνησε το ενδιαφέρον ο τίτλος, υποθέτω ότι εσείς είστε».

Χαμογέλασα, κουνώντας καταφατικά το κεφάλι, και ο άντρας με κοίταξε επίμονα, κάνοντάς με να νιώσω άβολα.

«Διαβάζω για τα παλιά» μου είπε. «Θέλω να μάθω πώς ήταν τα πράγματα στην αρχή». Με κοίταξε ξανά με κείνο το κάπως τρελό βλέμμα. «Μπορεί να βρεθεί κανείς προ εκπλήξεων. Για παράδειγμα, πόσες σέκτες, πόσες θρησκευτικές ομάδες θα λέγατε εσείς ότι υπήρχαν την εποχή του Χριστού;»

Φαντάστηκα ότι θα ήταν ευγενικό να απαντήσω αναφέροντας ένα μικρό αριθμό. Πριν όμως προλάβω να πω οτιδήποτε, ο άντρας συνέχισε.

«Ήταν δεκάδες επί δεκάδων» μου είπε. «Οι ναζαρηνοί, οι άκαροι, οι σιμωνιανοί, οι φιβιονίτες. Ο Πέτρος και οι απόστολοι δεν ήταν παρά ένα γκρουπούσκουλο. Ένα από τα εκατοντάδες. Τα πράγματα θα μπορούσαν κάλλιστα να είχαν εξελιχθεί διαφορετικά. Δεν ήταν οι πιο πολυάριθμοι, δεν ήταν οι πιο ισχυροί, δεν ήταν οι πιο εξελιγμένοι. Είχαν όμως την εξυπνάδα να διαφοροποιηθούν και να ξεχωρίσουν από τους υπόλοιπους, είχαν μια μοναδική ιδέα, τη λυδία λίθο, για να καταφέρουν να κυνηγήσουν και να εξουδετερώσουν τις υπόλοιπες ομάδες και να μείνουν τελικά μόνοι. Όταν όλοι μιλούσαν αποκλειστικά για την ανάσταση της ψυχής, εκείνοι υποσχέθηκαν και την ανάσταση της σάρκας. Την επιστροφή στη ζωή με το ίδιο σώμα. Μια ιδέα που ήδη ακουγόταν γελοία, που ήδη ήταν πρωτόγονη εκείνη την εποχή. Ο Χριστός που σηκώνεται απ' τον τάφο την τρίτη μέρα και ζητάει να τον τσιμπήσουν και τρώει ψητό ψάρι. Και τώρα πέστε μου, τι έκανε ο Χριστός τις σαράντα μέρες που γύρισε πίσω;»

Η βραχνή φωνή του είχε το κάπως άγριο πάθος του νεοφώτιστου ή του αυτοδίδακτου ανθρώπου. Είχε σκύψει λίγο προς το μέρος μου κι ένιωσα τη στυφή και διαπεραστική οσμή από ιδρώτα που ανάδινε το τσαλακωμένο του πουκάμισο. Έκανα χωρίς να το θέλω ένα βήμα προς τα πίσω, όμως ήταν δύσκολο να απαλλαγώ από το έντονο βλέμμα του. Έκανα πάλι μια κίνηση που δήλωνε άγνοια.

«Ακριβώς. Εσείς δεν το ξέρετε, εγώ δεν το ξέρω, κανείς δεν το ξέρει. Μυστήριο. Μόνο αυτό φαίνεται να έχει κάνει: να δέχεται μια τσιμπιά και να υποδεικνύει τον Πέτρο ως συνεχιστή του έργου του στη γη. Τι βολικό για τον Πέτρο, έτσι δεν είναι; Γνωρίζατε εσείς ότι μέχρι εκείνη τη στιγμή τα πτώματα απλώς τα σαβάνωναν· Δεν ίσχυε, φυσικά, η ιδέα της διατήρησης των νεκρών. Το σώμα ήταν τελικά αυτό που οι θρησκείες θεωρούσαν ως την πιο αδύναμη πλευρά, την πιο εφήμερη, την πλευρά του ανθρώπου που ήταν περισσότερο εκτεθειμένη στην αμαρτία. Και τώρα μερικά ξύλινα κιβώτια μας χωρίζουν από εκείνη την εποχή, έτσι δεν είναι· Ένας ολόκληρος κόσμος από φέρετρα κάτω απ' τη γη. Στα προάστια κάθε πόλης υπάρχει άλλη μια υπόγεια πόλη από φέρετρα προσεκτικά στοιχισμένα, ανησυχητικά σφραγισμένα. Όμως, όλοι ξέρουμε τι συμβαίνει μέσα στα φέρετρα. Τις πρώτες είκοσι τέσσερις ώρες, μετά τη νεκρική ακαμψία, αρχίζει η αφυδάτωση. Το αίμα παύει να μεταφέρει οξυγόνο, ο κερατοειδής χιτώνας χάνει τη διαφάνειά του, η ίριδα και οι κόρες του ματιού παραμορφώνονται, το δέρμα ζαρώνει. Τη δεύτερη μέρα αρχίζει η αποσύνθεση του παχέος εντέρου και εμφανίζονται οι πρώτες πράσινες κηλίδες. Τα εσωτερικά όργανα αχρηστεύονται, οι ιστοί χαλαρώνουν. Την τρίτη μέρα η σήψη συνεχίζεται, τα αέρια φουσκώνουν την κοιλιά κι ένα πράσινο χρώμα εμφανίζεται σε όλα τα όργανα. Το πτώμα εκλύει τις ενώσεις του άνθρακα με το οξυγόνο, με μια διαπεραστική μυρωδιά σαν μπριζόλας που έχει μείνει πολύ καιρό έξω απ' το ψυγείο: αρχίζει το φαγοπότι της πανίδας που τρέφεται απ' τα πτώματα και των εντόμων που τρώνε τους νεκρούς. Καθεμιά απ' αυτές τις διαδικασίες, καθεμιά ανταλλαγή ενέργειας, αποτελεί μια ανεπανόρθωτη απώλεια, δεν υπάρχει τρόπος να ανακτηθεί καμία ζωτική λειτουργία. Ναι, στο τέλος της τρίτης μέρας, ο Χριστός θα ήταν ένα τερατώδες απομεινάρι, ανίκανο να σηκωθεί, βρομερό και τυφλό. Αυτή είναι η αλήθεια. Ποιος όμως ενδιαφέρεται για την αλήθεια, έτσι δεν είναι· Μόλις είδατε την κόρη μου» είπε, και η φωνή

του ξαφνικά χαμήλωσε, φανερώνοντας αδυναμία και α-
γωνία. «Χρειάζεται μεταμόσχευση πνεύμονα. Περιμένου-
με αυτόν τον πνεύμονα εδώ και πάνω από ένα χρόνο, βρί-
σκεται τώρα στην εθνική λίστα επειγόντων περιστατικών.
Της μένουν μόλις τριάντα μέρες ζωής. Δυο φορές είχαμε
την ευκαιρία. Δυο φορές παρακάλεσα και ικέτεψα. Όμως
και τις δυο φορές ήταν χριστιανικές οικογένειες και προ-
τίμησαν να θάψουν χριστιανικά τα παιδιά τους». Με ξα-
νακοίταξε σαν να φοβόταν. «Γνωρίζετε ότι η βρετανι-
κή νομοθεσία απαγορεύει τη μεταμόσχευση των οργά-
νων ενός γονιού στο παιδί του εάν αυτός αυτοκτονήσει;
Γι' αυτό» είπε, χτυπώντας με το δάχτυλο το εξώφυλλο
του βιβλίου, «είναι μερικές φορές ενδιαφέρον να επιστρέ-
φει κανείς στην αρχή των πραγμάτων, οι παλιοί είχαν άλ-
λες ιδέες για τις μεταμοσχεύσεις, η θεωρία των πυθαγό-
ρειων για τη μετεμψύχωση...».

Ο άντρας σταμάτησε και σηκώθηκε όρθιος. Η πόρτα
είχε ανοίξει και η Λόρνα έσπρωχνε προς τα έξω το φο-
ρείο. Το κοριτσάκι είχε αποκοιμηθεί. Ο άντρας μίλησε λί-
γο με τη Λόρνα και μετά απομακρύνθηκε σπρώχνοντας
ο ίδιος το φορείο στο διάδρομο. Η Λόρνα περίμενε να την
πλησιάσω εγώ, με ένα διφορούμενο χαμόγελο και έχοντας
και τα δυο της χέρια στις τσέπες. Η στολή της, που ήταν
φτιαγμένη από ένα πολύ λεπτό ύφασμα, ήταν τεντωμένη
όμορφα γύρω απ' το στήθος της.

«Τι ωραία έκπληξη, δεν το περίμενα να έρθεις από
δω».

«Ήθελα να σε δω έτσι, με τη στολή της νοσοκόμας»
είπα.

Άνοιξε ναζιάρικα τα χέρια της, σαν να ετοιμαζόταν
να στριφογυρίσει για να μου τη δείξει, αλλά με άφησε να
τη φιλήσω μόνο μια φορά.

«Κανένα νέο;» με ρώτησε και τα μάτια της άνοιξαν διάπλατα απ' την περιέργεια.

«Όχι, κανένας καινούριος φόνος» είπα. «Μόλις πριν λίγο ήμουν στο δεύτερο όροφο, ο Σέλντομ με πήγε στο δωμάτιο του Φρανκ Κάλμαν».

«Είδα ότι σε στρίμωξε ο πατέρας της Κέιτλιν» είπε. «Ελπίζω να μη σε έκανε να βαρεθείς πάρα πολύ. Φαντάζομαι ότι θα σου έλεγε για τους Σπαρτιάτες ή θα έβριζε τους χριστιανούς. Είναι χήρος και η Κέιτλιν είναι η μοναχοκόρη του. Πήρε άδεια απ' τη δουλειά του, εδώ και τρεις μήνες ουσιαστικά δε βγαίνει από δω μέσα. Διαβάζει οτιδήποτε έχει να κάνει με τις μεταμοσχεύσεις. Νομίζω ότι τα 'χει πλέον λίγο» –έκανε μια χειρονομία στο ύψος του κροτάφου– «χαμένα».

«Σκεφτόμουν να πάω στο Λονδίνο» της είπα «για το Σαββατοκύριακο. Θέλεις να έρθεις μαζί μου;».

«Αυτό το Σαββατοκύριακο είναι αδύνατον, έχω βάρδια εδώ και τα δυο βράδια. Πάμε όμως στην καφετέρια, θα σου φτιάξω μια λίστα με μερικά ξενοδοχεία και μέρη που πρέπει να δεις».

«Να σου πω» της είπα καθώς πηγαίναμε προς το ασανσέρ «δεν ήξερα ότι ο Άρθουρ Σέλντομ είχε έρθει σπίτι σου».

Την κοίταξα με ένα ανέμελο χαμόγελο και χαμογέλασε κι εκείνη διασκεδάζοντάς το.

«Είχε έρθει για να μου φέρει το βιβλίο του. Μπορώ επίσης να σου φτιάξω άλλη μια λίστα με όλα τα ονόματα των ανθρώπων που έχουν έρθει σπίτι μου, θα είναι όμως πολύ πιο μεγάλη».

Όταν επέστρεψα στο Κάνλιφ Κλόουζ και κατέβηκα στο δωμάτιό μου, βρήκα κάτω από ένα απ' τα τετράδιά μου το φάκελο που είχα ετοιμάσει για την κυρία Ίγκλετον και θυμήθηκα ότι από εκείνη τη μέρα τελικά δεν είχα δώσει τα λεφτά του ενοικίου στην Μπεθ. Έβαλα στην τσάντα μου αρκετά ρούχα, που θα μου έφταναν για το Σαββατοκύριακο και ανέβηκα τη σκαλίτσα της εισόδου, παίρνοντας μαζί μου τα λεφτά. Η Μπεθ μού ζήτησε πίσω απ' την πόρτα να περιμένω λίγο. Όταν άνοιξε, φαινόταν ήρεμη και ξεκούραστη, σαν να είχε μόλις κάνει ένα χαλαρωτικό μπάνιο. Τα μαλλιά της ήταν βρεγμένα, ήταν ξυπόλυτη και φορούσε μια μακριά βελούδινη ρόμπα, κλεισμένη προσεκτικά. Μου είπε να περάσω λίγο στο σαλόνι. Κόντεψα να μην το αναγνωρίσω. Είχε αλλάξει το χαλί, τα έπιπλα, τις κουρτίνες. Το σπίτι φαινόταν τώρα πιο ζεστό και μαζεμένο, είχε ένα ύφος που έμοιαζε να έχει αντιγραφεί από περιοδικό διακόσμησης, και, παρ' όλο που ήταν τελείως διαφορετικό, παρέμενε απλό κι ευχάριστο. Μου φάνηκε, κυρίως, ότι, αν είχε προσπαθήσει να εξαφανίσει μέχρι και το τελευταίο ίχνος της κυρίας Ίγκλετον, χωρίς αμφιβολία το είχε καταφέρει. Της είπα ότι θα πήγαινα στο Λονδίνο για το Σαββατοκύριακο και μου απάντησε ότι κι εκείνη θα πήγαινε την επόμενη μέρα, μετά την κηδεία, εξαιτίας μιας μικρής περιοδείας της ορχήστρας, στο Έξετερ και στο Μπαθ. Ακούσαμε ξαφνικά έναν παφλασμό από το μπάνιο, λες και κάποιος εύσωμος άνθρωπος είχε ανασηκωθεί μέσα στην μπανιέρα. Μου φάνηκε ότι η Μπεθ ένιωσε μεγάλη αμηχανία, σαν να την είχα πιάσει να κάνει κάτι κακό. Φαντάζομαι ότι θα θυμήθηκε, την ίδια στιγμή με μένα, το αποδοκιμαστικό ύφος με το οποίο μου είχε μιλήσει για τον Μάικλ δυο μέρες νωρίτερα.

Πήρα το λεωφορείο της εταιρίας Oxford Tube για το Λονδίνο και πέρασα δυο μέρες τριγυρνώντας με τα πόδια στην πόλη, κάτω από ένα γλυκό κι ευχάριστο ήλιο, σαν τουρίστας που έχει χαθεί και δεν τον νοιάζει. Το Σάββατο αγόρασα τους *Oxford Times*, που δημοσίευαν μέσα σε πλαίσιο το αγγελτήριο της κηδείας της κυρίας Ίγκλετον και έκαναν μια σύντομη ανασκόπηση των γεγονότων χωρίς να δίνει κανένα νεότερο στοιχείο. Την Κυριακή δεν υπήρχε καμία αναφορά στο γεγονός. Διάλεξα στην αγορά της Πορτομπέλλο Ρόουντ, σκεπτόμενος τη Λόρνα, ένα κάπως σκονισμένο αλλά καλοδιατηρημένο αντίτυπο των απομνημονευμάτων της Λουκρητίας Βοργία, και πήρα το τελευταίο τρένο για την Οξφόρδη. Το πρωί της Δευτέρας ξεκίνησα να πάω μισοκοιμισμένος μέχρι το ινστιτούτο. Στην είσοδο της Κάνλιφ Κλόουζ, ξαπλωμένο μες στη μέση του δρόμου, είδα ένα ζώο που σίγουρα το είχε πατήσει κάποιο αυτοκίνητο το προηγούμενο βράδυ. Αναγκάστηκα να περάσω από πολύ κοντά του. Ήταν ένα ζώο που δεν είχα ξαναδεί ποτέ στη ζωή μου και μου ήρθε αναγούλα. Έμοιαζε σαν γιγαντιαίος αρουραίος, με μακριά, σκούρα ουρά, που κολυμπούσε στο αίμα. Το κεφάλι του είχε διαλυθεί τελείως, όμως εξείχε ακόμα το ρύγχος, με ορθάνοιχτα τα ρουθούνια, κάνοντάς το να μοιάζει με γουρούνι. Εκεί που μάλλον ήταν κάποτε το στομάχι, σαν μέσα από σκισμένη σακούλα, ξεπρόβαλλε το χαρακτηριστικό εξόγκωμα ενός νεογνού. Άνοιξα το βήμα μου ασυναίσθητα, προσπαθώντας να αποφύγω αυτό που ούτως ή άλλως είχα δει, καθώς και τη σχεδόν ανεξήγητη, φοβερή φρίκη που μου είχε προκαλέσει. Σε όλη τη διαδρομή πάλευα να απαλλαγώ από εκείνη την εικόνα. Ανέβηκα, σαν να έφτανα στο καταφύγιό μου, τα σκαλιά του Μαθηματικού Ινστιτούτου. Όταν έσπρωξα την περιστρεφόμενη πόρτα, βρέθηκα αντιμέτωπος με ένα χαρτί κολλημένο με σελοτέιπ στο τζάμι. Είδα πρώτα απ' όλα το ψάρι, σε κάθετη θέση, ένα αφαιρετικό σκίτσο με μαύρο μελάνι, που έμοιαζε σαν να είχε φτιαχτεί από δυο αντικριστές παρενθέσεις. Από πάνω έγραφε με γράμματα κομμένα από εφημερίδες: *Ο δεύτερος της ακολουθίας.* Νοσοκομείο Ράντκλιφ, 2:15 μ.μ.

ΚΕΦΑΛΑΙΟ 11

ΜΕΣΑ ΣΤΗ ΓΡΑΜΜΑΤΕΙΑ βρισκόταν μόνο η Κιμ, η καινούρια βοηθός. Κατάφερα με μια αγωνιώδη κίνηση να την κάνω να βγάλει τα ακουστικά του ντίσκμαν απ' τα αυτιά της και την έπεισα να σηκωθεί απ' την καρέκλα της και να έρθει μαζί μου μέχρι την πόρτα της εισόδου. Με κοίταξε παραξενεμένη όταν τη ρώτησα για το χαρτί που ήταν κολλημένο στο τζάμι. Ναι, το είχε δει όταν μπήκε, αλλά δεν του είχε δώσει σημασία, νόμιζε ότι επρόκειτο για κάποια φιλανθρωπική ενέργεια για το Ράντκλιφ, ένα τουρνουά μπριτζ ή κάποια εκδρομή για ψάρεμα. Είχε σκεφτεί να πει αργότερα στην καθαρίστρια να το βγάλει από κει και να το κολλήσει στον πίνακα ανακοινώσεων. Είδαμε τον Κερτ, το νυχτοφύλακα, να βγαίνει απ' το δωματιάκι του κάτω απ' τη σκάλα, έτοιμο να φύγει. Μας πλησίασε σαν να φοβόταν ότι υπήρχε κάποιο πρόβλημα. Το χαρτί ήταν εκεί απ' την Κυριακή, το είχε δει όταν ήρθε το προηγούμενο βράδυ· δεν το είχε βγάλει, γιατί υπέθεσε ότι κάποιος το είχε εγκρίνει πριν αναλάβει εκείνος υπηρεσία. Τους είπα ότι έπρεπε να τηλεφωνήσουμε στην αστυνομία και επίσης ότι κάποιος έπρεπε να μείνει εκεί για να προσέχει να μην ακουμπήσει κανείς τα τζάμια της πόρτας και να μην ξεκολλήσει το χαρτί: μπορεί να είχε κάποια σχέση με το φόνο της κυρίας Ίγκλετον. Ανέβηκα τρέχοντας στο γραφείο μου και ζήτησα από το αστυνομικό τμήμα να μου δώσουν επειγόντως τον Πίτερσεν ή τον Σακς. Μου ζήτησαν το όνομά μου και τον αριθμό του τηλεφώνου απ' το οποίο έπαιρνα και μου είπαν να περιμένω στη γραμμή μέχρι να μιλήσει κάποιος μαζί μου. Μετά από μερικά λεπτά άκουσα στην άλλη άκρη της γραμμής τη φωνή του επιθεωρητή Πίτερσεν. Με άφησε να μιλήσω χωρίς να με διακόψει και μόνο στο τέλος μού ζήτησε να του επαναλάβω αυτό που μου είχε πει ο νυχτοφύλακας. Κατάλαβα ότι πίστευε –όπως κι εγώ– ότι ο φόνος είχε ήδη διαπραχθεί. Μου είπε ότι θα έστελνε αμέσως στο ινστιτούτο έναν αστυνομικό και τη σήμανση και ότι θα πήγαινε ο ίδιος στο νοσοκομείο Ράντκλιφ για να ελέγξει τους θανάτους της Κυριακής. Ήθελε οπωσδήποτε να μιλήσει μαζί μου κατόπιν και επίσης, αν ήταν δυνατόν, και με τον καθηγητή Σέλντομ. Με ρώτησε αν μπορούσε να μας συναντήσει και τους δυο στο ινστιτούτο. Του είπα πως, απ' ό,τι ήξερα, ο Σέλντομ πρέπει να βρισκόταν στο δρόμο προς τα εκεί: στο χολ υπήρχε η ανακοίνωση για τη διάλεξη ενός από τους φοιτητές του στις δέκα η ώρα. Πιθανώς το σημείωμα να είχε τοποθετηθεί εκεί για να το δει όταν θα έμπαινε, είπα. Ναι, πιθανώς, σχολίασε ο Πίτερσεν, για να το δει εκείνος και άλλοι εκατό μαθηματικοί. Ξαφνικά φαινόταν ενοχλημένος. Θα τα πούμε αργότερα, μου είπε κοφτά.

Όταν ξανακατέβηκα στο χολ, είδα τον Σέλντομ να στέκεται δίπλα στην περιστρεφόμενη πόρτα. Είχε σκύψει πάνω απ' το χαρτί, σαν να μην μπορούσε να πάρει τα μάτια του από το ψαράκι.

«Σκέφτεστε ό,τι σκέφτομαι;» με ρώτησε μόλις με είδε. «Φοβάμαι να τηλεφωνήσω στο νοσοκομείο και να ρω-

τήσω για τον Φρανκ. Αν και η ώρα» μου είπε, σαν να διέ-
κρινε εκεί κάποια ελπίδα, «δε φαίνεται να έχει ιδιαίτε-
ρη σημασία: πήγα χτες στο νοσοκομείο στις τέσσερις το
απόγευμα και ο Φρανκ ήταν ζωντανός».

«Μπορούμε να τηλεφωνήσουμε στη Λόρνα απ' το γρα-
φείο μου» του είπα. «Είχε βάρδια μέχρι σήμερα το με-
σημέρι, θα πρέπει να είναι ακόμα εκεί, θα είναι πολύ εύ-
κολο για κείνη να το ελέγξει».
Ο Σέλντομ συμφώνησε. Ανεβήκαμε και τον άφησα να
κάνει εκείνος το τηλεφώνημα. Αφού μίλησε με μια ολό-
κληρη σειρά από τηλεφωνήτριες, κατάφερε τελικά να ε-
πικοινωνήσει με τη Λόρνα. Ο Σέλντομ τη ρώτησε επιφυ-
λακτικά αν μπορούσε να κατέβει στο δεύτερο όροφο και
να δει αν ήταν καλά ο Φρανκ. Κατάλαβα ότι η Λόρνα
τού έκανε κάποιες άλλες ερωτήσεις. Παρ' ότι δεν μπο-
ρούσα να ξεχωρίσω τις λέξεις, κατόρθωνα να διακρίνω
την περιέργεια στη φωνή της απ' την άλλη άκρη της γραμ-
μής. Ο Σέλντομ τής είπε μόνο ότι είχε εμφανιστεί ένα ση-
μείωμα στο ινστιτούτο που τον είχε ανησυχήσει λίγο. Ναι,
ήταν πιθανόν το σημείωμα να είχε σχέση με το φόνο της
κυρίας Ίγκλετον. Μίλησαν λίγο ακόμα· ο Σέλντομ τής εί-
πε ότι βρισκόταν στο γραφείο μου και ότι μπορούσε να
του τηλεφωνήσει εκεί μόλις κατέβαινε.
Έκλεισε το τηλέφωνο και μείναμε σιωπηλοί περιμένο-
ντας. Ο Σέλντομ έστριψε ένα τσιγάρο και πήγε να το κα-
πνίσει όρθιος δίπλα στο παράθυρο. Κάποια στιγμή γύρι-
σε, πήγε μέχρι τον πίνακα και, σαν να ήταν ακόμα χαμέ-
νος στις σκέψεις του, ζωγράφισε αργά αργά τα δυο σύμ-
βολα, πρώτα τον κύκλο και μετά το ψάρι, το οποίο έφτια-
ξε με δυο μικρές καμπύλες γραμμές. Έμεινε ακίνητος, με
την κιμωλία στο χέρι και το κεφάλι σκυφτό, χαράζοντας
κάθε τόσο από αμηχανία μικρές γραμμούλες στην άκρη

του πίνακα. Πέρασε σχεδόν μισή ώρα μέχρι να χτυπήσει το τηλέφωνο. Ο Σέλντομ άκουσε τη Λόρνα σιωπηλός και ανέκφραστος. Απαντούσε κάθε τόσο με μονοσύλλαβες λέξεις. «Ναι» είπε κάποια στιγμή. «Αυτή ακριβώς είναι η ώρα που αναφέρει το μήνυμα».

Όταν έκλεισε το τηλέφωνο, γύρισε προς το μέρος μου και τα χαρακτηριστικά του χαλάρωσαν για μια στιγμή.

«Δεν ήταν ο Φρανκ» είπε «αλλά ο ασθενής που βρισκόταν στο διπλανό κρεβάτι. Ο επιθεωρητής Πίτερσεν μόλις είχε φτάσει στο νεκροτομείο του νοσοκομείου για να εξετάσει τους νεκρούς της Κυριακής: επρόκειτο για έναν πολύ ηλικιωμένο άντρα, άνω των ενενήντα· χτες, στις δύο και τέταρτο, καταγράφηκε ο θάνατός του από φυσιολογικά αίτια. Προφανώς ούτε η νοσοκόμα ούτε ο επικεφαλής γιατρός του ορόφου αντιλήφθηκαν μια μικρή κουκκίδα στο μπράτσο, σαν το σημάδι που αφήνει μια ένεση. Του κάνουν αυτή τη στιγμή νεκροψία για να δουν περί τίνος πρόκειται. Αλλά, φυσικά, νομίζω ότι είχαμε δίκιο. Ένας φόνος που στην αρχή κανείς δεν τον θεώρησε φόνο. Ένας θάνατος που θεωρήθηκε φυσιολογικός και μια κουκκίδα στο μπράτσο, μόνο μια κουκκίδα... Μια κουκκίδα που πέρασε απαρατήρητη. Σίγουρα θα επέλεξε κάποια ουσία που δεν αφήνει ίχνη, βάζω στοίχημα ότι δε θα βρουν τίποτα στη νεκροψία. Ένας θάνατος που μόνο αυτή η κουκκίδα τον διαφοροποιεί από ένα φυσιολογικό θάνατο. Μια κουκκίδα, μια κουκκίδα» επανέλαβε ο Σέλντομ χαμηλόφωνα, σαν να μπορούσε να δρομολογηθεί από εκείνη τη στιγμή και πέρα ένα πλήθος συνεπειών που ακόμα ήταν αόρατες.

Το τηλέφωνο ξαναχτύπησε. Ήταν η Κιμ, από το ισόγειο, που με προειδοποιούσε ότι ο αστυνομικός επιθεωρητής ανέβαινε στο γραφείο μου. Άνοιξα την πόρτα· η ψηλόλιγνη φιγούρα του Πίτερσεν εμφανίστηκε στο κεφαλόσκαλο. Είχε ανέβει μόνος και είχε ένα απροκάλυπτα εκνευρισμένο ύφος. Μπήκε και τη στιγμή που μας χαιρετούσε είδε τον πίνακα με τα δυο σχήματα που είχε ζωγραφίσει ο Σέλντομ. Έπεσε βαρύς σε μια καρέκλα. «Κάτω έχει μαζευτεί ένα πλήθος από μαθηματικούς» είπε, σχεδόν σαν να μας κατηγορούσε, σαν να φταίγαμε εμείς γι' αυτό. «Από στιγμή σε στιγμή θα έρθουν και οι δημοσιογράφοι... Θα πρέπει να αποκαλύψουμε ένα μέρος της υπόθεσης, αλλά θα σας ζητήσω να κρατήσετε μυστικό το πρώτο σύμβολο της ακολουθίας. Πάντα αποφεύγουμε, όσο είναι δυνατόν, τη διαρροή των υποθέσεων των κατά συρροήν φόνων στα μέσα, και κυρίως των στοιχείων που επαναλαμβάνονται. Τέλος πάντων» είπε, κουνώντας το κεφάλι· «έρχομαι απ' το Ράντκλιφ. Αυτή τη φορά ήταν ένας άντρας πολύ ηλικιωμένος, κάποιος Ερνστ Κλαρκ. Είχε πέσει σε κώμα, ήταν συνδεδεμένος με συσκευή τεχνητής αναπνοής εδώ και χρόνια. Δεν είχε, απ' ό,τι φαίνεται, οικογένεια. Η μοναδική σχέση που φαίνεται μέχρι στιγμής να έχει με την κυρία Ίγκλετον είναι ότι και ο Κλαρκ συμμετείχε στον πόλεμο. Όμως, φυσικά, το ίδιο θα μπορούσε να πει κανείς και για οποιονδήποτε άλλον άντρα της ηλικίας του: όλη εκείνη η γενιά έχει ως κοινό σημείο αναφοράς τα χρόνια του πολέμου. Η νοσοκόμα τον βρήκε νεκρό κάνοντας την επίσκεψή της στις δύο και τέταρτο και αυτή την ώρα σημείωσε στην καρτέλα πριν τον βγάλει απ' το δωμάτιο. Όλα έδειχναν απολύτως φυσιολογικά, δεν υπήρχε καμία ένδειξη βίας, τίποτα έξω απ' το κανονικό, έλεγξε το σφυγμό του κι έγραψε «φυσιολογικός θάνατος», γιατί της φάνηκε υπόθεση ρουτίνας. Ακόμα δεν έχει γίνει γνωστό πώς μπόρεσε να μπει κάποιος στο δωμάτιο, γιατί μόλις εκείνη την ώρα άρχιζε το επισκεπτήριο. Ο επικεφαλής γιατρός του δεύτερου ορόφου παραδέχτηκε ότι δεν είχε εξετάσει καλά το πτώμα· έφτασε αργά στο νοσοκομείο, ήταν Κυριακή και ήθελε να γυρίσει το συντομότερο δυνατόν στο σπίτι του. Πάνω απ' όλα, περίμεναν εδώ και μήνες το θάνατο του Κλαρκ, κατά βάθος τούς φαινόταν πολύ πιο παράξενο το ότι ήταν ακόμα ζωντανός. Έτσι, εμπιστεύτηκε τη σημείωση της νοσοκόμας, αντέγραψε στην αναφορά την ώρα και την αιτία του θανάτου όπως ακριβώς ήταν γραμμένα στην ταμπελίτσα και έδωσε εντολή να τον μεταφέρουν στο νεκροτομείο. Περιμένω τώρα τα αποτελέσματα της νεκροψίας. Μόλις είδα το χαρτί εκεί κάτω. Φαντάζομαι ότι δεν μπορούσαμε να περιμένουμε να ξαναγράψει με τα δικά του γράμματα, τώρα που ξέρει ότι είμαστε στα ίχνη του. Όμως αυτό σίγουρα καθιστά τα πράγματα δυσκολότερα. Από τη γραμματοσειρά θα έλεγα ότι έκοψε τα γράμματα από τους *Oxford Times*, πιθανώς από τα άρθρα που δημοσιεύτηκαν για την κυρία Ίγκλετον. Όμως το ψάρι είναι ζωγραφισμένο με το χέρι». Ο Πίτερσεν γύρισε προς τον Σέλντομ. «Τι αίσθηση είχατε όταν είδατε το χαρτί; Θα λέγατε ότι πρόκειται για τον ίδιο άνθρωπο;»

«Πώς μπορώ να το ξέρω;» είπε ο Σέλντομ. «Το χαρτί φαίνεται να είναι ίδιου τύπου, και η θέση και το μέγεθος του σχεδίου είναι επίσης παρόμοια. Μαύρο μελάνι και στις δύο περιπτώσεις... αρχικά θα έλεγα πως ναι. Όμως υπάρχει και κάτι ακόμα που θα 'πρεπε να ξέρετε. Πηγαίνω κάθε απόγευμα στο Ράντκλιφ, για να επισκεφτώ έναν ασθενή του δεύτερου ορόφου, τον Φρανκ Κάλμαν. Ο Κλαρκ ήταν ο ασθενής που βρισκόταν στο διπλανό κρεβάτι από τον Φρανκ. Επίσης: γενικά δεν έρχομαι πολύ τακτικά στο ινστιτούτο, όμως σήμερα το πρωί έπρεπε να έρθω εδώ. Θα έλεγα ότι πρόκειται για κάποιον που παρακολουθεί από κοντά τις κινήσεις μου και γνωρίζει αρκετά πράγματα για μένα».

«Στην πραγματικότητα» είπε ο Πίτερσεν, βγάζοντας ένα μικρό σημειωματάριο, «ήμασταν ενήμεροι για τις επισκέψεις σας στο Ράντκλιφ· καταλαβαίνετε» είπε σαν να απολογείτο «έπρεπε να κάνουμε κάποιες έρευνες για σας τους δυο. Για να δούμε. Γενικά, κάνετε τις επισκέψεις σας γύρω στις δύο το μεσημέρι, όμως την Κυριακή φτάσατε λίγο μετά τις τέσσερις... Τι συνέβη;».

«Με είχαν καλέσει για πρωινό στο Άμπιγκτον» είπε ο Σέλντομ. «Έχασα το λεωφορείο που περνάει στη μιάμιση. Τις Κυριακές το μεσημέρι έχει μόνο δυο δρομολόγια, αναγκάστηκα να περιμένω μέχρι τις τρεις». Ο Σέλντομ έψαξε σε μια από τις τσέπες του κι έδειξε αδιάφορα ένα εισιτήριο λεωφορείου στον Πίτερσεν.

«Α, όχι, δε χρειάζεται» είπε ο Πίτερσεν αμήχανα. «Απλώς αναρωτιόμουν...»

«Ναι, κι εγώ το σκέφτηκα» είπε ο Σέλντομ. «Είμαι κατά κανόνα ο πρώτος και ο μοναδικός που μπαίνει στο δωμάτιο κατά τη διάρκεια του επισκεπτηρίου. Αν είχα πάει τη συνηθισμένη μου ώρα, θα καθόμουν όλη αυτή την ώρα δίπλα στο πτώμα του Κλαρκ, φαντάζομαι ότι αυτό ήθελε. Όταν θα ανακάλυπταν το θάνατο κατά τη διάρκεια της επίσκεψης, θα ήμουν εκεί. Όμως, για άλλη μια φορά τα πράγματα δεν πήγαν όπως ακριβώς θα ήθελε. Ήταν, κατά μία έννοια, πολύ διακριτικός: η νοσοκόμα δεν αντιλήφθηκε το τσίμπημα στο μπράτσο, θεώρησε το θάνατο φυσιολογικό. Και μετά, εγώ έφτασα πολύ αργότερα και ούτε καν πρόσεξα ότι είχαν αλλάξει τον ασθενή εκείνου του κρεβατιού. Για μένα ήταν μια απολύτως φυσιολογική επίσκεψη».

«Όμως, πιθανώς να ήθελε πράγματι να περάσουν αρχικά το φόνο για φυσιολογικό θάνατο» είπα εγώ. «Πιθανώς να προετοίμασε τη σκηνή έτσι ώστε να μεταφέρουν το πτώμα μπροστά στα μάτια σας, σαν να επρόκειτο για έναν οποιονδήποτε θάνατο ρουτίνας. Δηλαδή, ο φόνος να περνούσε απαρατήρητος και από εσάς. Νομίζω ότι πρέπει να πείτε στον επιθεωρητή» είπα στον Σέλντομ «τι σκέφτεστε για όλα αυτά, αυτά που μου είπατε τις προάλλες».

«Μα δεν μπορούμε να είμαστε ακόμα βέβαιοι» είπε ο Σέλντομ, διαμαρτυρόμενος επί θεωρητικού επιπέδου, «δεν μπορούμε να βγάλουμε συμπέρασμα έχοντας στη διάθεσή μας μόνο δυο όρους».

«Παρ' όλα αυτά» είπε ο Πίτερσεν «ό,τι κι αν είναι, θα ήθελα να το ακούσω».

Ο Σέλντομ φάνηκε να διστάζει για μια στιγμή.

«Και στις δύο περιπτώσεις» είπε τελικά προσεκτικά, σαν να μην ήθελε να ξεφύγει από τα γεγονότα, «οι φόνοι ήταν όσο το δυνατόν πιο ελαφρείς, αν μπορούμε να χρησιμοποιήσουμε αυτή τη λέξη. Λες και οι ίδιοι οι θάνατοι δεν είναι αυτό ακριβώς που έχει σημασία. Οι φόνοι είναι σχεδόν συμβολικοί. Δεν πιστεύω ότι ο δολοφόνος θέλει πραγματικά να σκοτώσει, αλλά να αποδείξει κάτι. Κάτι που σίγουρα έχει να κάνει με την ακολουθία από σχήματα που ζωγραφίζει στα μηνύματα, την ακολουθία που αρχίζει με έναν κύκλο και ένα ψάρι. Οι φόνοι είναι απλώς ο τρόπος για να προσελκύσει το ενδιαφέρον πάνω σ' αυτή την ακολουθία, και επιλέγει τα θύματά του ώστε να βρίσκονται αρκετά κοντά σε μένα με μοναδικό σκοπό να με εμπλέξει. Πιστεύω ότι κατά βάθος πρόκειται για ένα πρόβλημα καθαρά διανοητικό, αλλά ότι θα σταματήσει μόνο αν καταφέρουμε να του αποδείξουμε –κατά κάποιον τρόπο– ότι μπορούμε να βρούμε τη λύση της ακολουθίας, δηλαδή αν μπορέσουμε να προβλέψουμε το σύμβολο ή το φόνο που θα ακολουθήσει».

«Θα ζητήσω σήμερα το απόγευμα ένα ψυχολογικό πορτρέτο, αν και δε νομίζω ότι ακόμα θα μπορέσει να μας πει πολλά πράγματα. Παρ' όλα αυτά, ίσως τώρα να μπορείτε να μου απαντήσετε στην ερώτηση που σας είχα κάνει τις προάλλες. Πρόκειται για μαθηματικό;»

«Τείνω να πιστέψω πως όχι» είπε ο Σέλντομ διστακτικά. «Τουλάχιστον όχι για επαγγελματία μαθηματικό. Θα έλεγα ότι πρόκειται για κάποιον που φαντάζεται ότι οι μαθηματικοί αποτελούν ένα είδος αφρόκρεμας του πνεύματος και γι' αυτό προσπαθεί να αναμετρηθεί άμεσα μ' αυτούς. Ένα είδος πνευματικής μεγαλομανίας. Δε νομίζω ότι ήταν τυχαίο το ότι επέλεξε για το δεύτερο μήνυμα την είσοδο του ινστιτούτου. Υποθέτω ότι πίσω απ' αυτό κρύβεται ένα δεύτερο μήνυμα για μένα: αν δε δεχτώ την πρόκληση, θα την πληρώσει κάποιος άλλος μαθηματικός. Αν θέλετε να κάνουμε υποθέσεις, εγώ θα έλεγα πως είναι κάποιος που κόπηκε κάποια στιγμή άδικα σε ένα διαγώνισμα μαθηματικών ή που έχασε μια σημαντική ευκαιρία στη ζωή του εξαιτίας κάποιου τεστ ευφυΐας από εκείνα που προετοίμαζε ο Φρανκ. Κάποιος που αποκλείστηκε απ' αυτό που θεωρεί βασίλειο του πνεύματος, κάποιος που ταυτόχρονα θαυμάζει και μισεί τους μαθηματικούς. Πιθανώς συνέλαβε την ιδέα της ακολουθίας ως έναν τρόπο για να εκδικηθεί τους εξεταστές του. Τώρα ο εξεταστής είναι κατά κάποιο τρόπο εκείνος».

«Θα μπορούσε να είναι κάποιος φοιτητής που είχατε κόψει εσείς;» ρώτησε ο Πίτερσεν.

Ο Σέλντομ χαμογέλασε ελαφρά.

«Εδώ και πολύ καιρό δεν κόβω κανέναν» είπε. «Έχω

μόνο φοιτητές που εκπονούν το διδακτορικό τους· είναι όλοι τέλειοι. Τείνω να σκεφτώ ότι πρόκειται για κάποιον που δε σπούδασε ποτέ επισήμως μαθηματικά, αλλά που διάβασε εκείνο το κεφάλαιο του βιβλίου μου σχετικά με τους φόνους κατά συρροήν και που πιστεύει, δυστυχώς, ότι εγώ είμαι ο άνθρωπος που πρέπει να προκαλέσει».

«Μάλιστα» είπε ο Πίτερσεν· «μπορώ να ζητήσω σε πρώτη φάση να μου στείλουν μια λίστα με τους ανθρώ- πους που αγόρασαν το βιβλίο σας με πιστωτική κάρτα από τα βιβλιοπωλεία της πόλης».

«Δε νομίζω ότι θα σας βοηθήσει και πολύ αυτό» είπε ο Σέλντομ. «Κατά τη διάρκεια της προώθησης του βι- βλίου μου οι εκδότες μου σκέφτηκαν να προδημοσιευτεί στους *Oxford Times* ακριβώς το κεφάλαιο που αναφέρεται στους φόνους κατά συρροήν. Πολλοί πίστεψαν ότι επρό- κειτο για ένα είδος αστυνομικού μυθιστορήματος. Γι' αυτό και εξαντλήθηκε τόσο γρήγορα η πρώτη έκδοση του βιβλίου».

Ο Πίτερσεν ανασηκώθηκε, κάπως απογοητευμένος, και παρατήρησε για λίγο τα δυο σχήματα στον πίνακα.

«Πιστεύετε ότι τώρα μπορείτε να μου πείτε κάτι πα- ραπάνω γι' αυτό;»

«Το δεύτερο σύμβολο μιας ακολουθίας δίνει γενικά το στοιχείο για τον τρόπο με τον οποίο πρέπει να διαβαστεί όλη η ακολουθία: ως αναπαράσταση αντικειμένων ή γε- γονότων ενός πιθανού πραγματικού κόσμου, δηλαδή ως σύμβολα με τη συνηθισμένη έννοια της λέξης ή χωρίς κα- μία εννοιολογική συνεκδοχή, αυστηρά σε συντακτικό επί- πεδο, ως γεωμετρικά σχήματα. Το δεύτερο σύμβολο λει- τουργεί εδώ και πάλι ύπουλα, γιατί το ψάρι έχει ζωγρα- φιστεί με τόσο αφαιρετικό τρόπο ώστε να επιτρέπει και τις δύο αναγνώσεις. Η κάθετη θέση είναι ενδιαφέρουσα. Ίσως να πρόκειται για μια ακολουθία από σχήματα συμμετρικά ως προς τον κάθετο άξονα. Αν πρέπει να το δούμε πραγματικά ως ψάρι, υπάρχουν, φυσικά, και πολλές άλλες πιθανότητες».

«Η γυάλα με τα χρυσόψαρα» είπα και, όταν ο Πίτερσεν γύρισε προς το μέρος μου, κάπως ξαφνιασμένος, ο Σέλντομ κούνησε καταφατικά το κεφάλι χωρίς να μιλήσει.

«Ναι, αυτό σκέφτηκα κι εγώ στην αρχή. Έτσι λένε τον όροφο όπου βρισκόταν ο Κλαρκ στο Ράντκλιφ» είπε. «Όμως αυτό θα σήμαινε αναγκαστικά ότι πρόκειται για κάποιον μέσα απ' το νοσοκομείο, και δεν πιστεύω ότι θα διάλεγε ένα σύμβολο που θα τον ενοχοποιούσε τόσο α-προκάλυπτα. Επιπλέον, σ' αυτή την περίπτωση, ποια θα ήταν η σχέση του με τον κύκλο της κυρίας Ίγκλετον;» Ο Σέλντομ έκανε μερικά βήματα με σκυφτό το κεφάλι. «Κάτι άλλο που είναι επίσης ενδιαφέρον» είπε «και που κατά κάποιο τρόπο αφήνεται να εννοηθεί στα μηνύματα, είναι ότι ο δολοφόνος θεωρεί πως οι μαθηματικοί μπορούν να λύσουν το πρόβλημα. Δηλαδή, πρέπει να υπάρχει κάποιο στοιχείο στα σύμβολα που να αντιστοιχεί στο είδος των προβλημάτων ή της σκέψης που έχουν να κάνουν με τη λογική ενός μαθηματικού».

«Θα μπορούσατε να μαντέψετε ήδη ποιο θα είναι το τρίτο σύμβολο;» ρώτησε ο Πίτερσεν.

«Έχω μια πρώτη ιδέα» είπε ο Σέλντομ· «όμως θεωρώ ότι πολλές άλλες πιθανότητες θα ήταν εξίσου, θα λέγαμε, λογικές. Γι' αυτό και στα τεστ δίνουν τουλάχιστον τρία σύμβολα πριν ρωτήσουν για το επόμενο. Τα δυο σύμβολα επιδέχονται ακόμα πολλές ερμηνείες. Θα προτιμούσα να είχα λίγο περισσότερο χρόνο, για να το σκεφτώ καλύτερα. Δε θα ήθελα να κάνω λάθος. Αυτός είναι τώρα ο εξεταστής, και ο τρόπος για να υπογραμμίσει ένα λάθος μας θα ήταν άλλος ένας φόνος».

«Πιστεύετε όντως ότι θα σταματήσει αν βρούμε τη λύση;» ρώτησε ο Πίτερσεν με δυσπιστία.

Όμως δεν υπήρχε μόνο *μια* λύση, σκέφτηκα. Αυτό ήταν το πιο εξοργιστικό. Κατάλαβα ξαφνικά γιατί ο Σέλντομ ήθελε να γνωρίσω τον Φρανκ Κάλμαν και το δεύτερο επίπεδο του προβλήματος που τον απασχολούσε. Αναρωτήθηκα πώς θα κατάφερνε να εξηγήσει στον Πίτερσεν τις σαλταδόρικες ευφυΐες, τον Βιττγκενστάιν, τα παράδοξα των πεπερασμένων κανόνων και τις διολισθήσεις των τυπικών ομάδων. Όμως ο Σέλντομ χρειάστηκε μόνο μια φράση:

«Θα σταματήσει» είπε αργά «αν είναι η λύση που *εκείνος* έχει σκεφτεί».

ΚΕΦΑΛΑΙΟ 12

Ο ΠΙΤΕΡΣΕΝ ΣΗΚΩΘΗΚΕ απ' την καρέκλα του κι έκανε μια βόλτα στο δωμάτιο με τα χέρια πίσω απ' την πλάτη. Πήρε το σακάκι που είχε αφήσει στην άκρη του γραφείου, γύρισε για μια στιγμή καρφώνοντας το βλέμμα στον πίνακα και με την ανάστροφη του χεριού του έσβησε τον κύκλο.

«Να θυμάστε: όσο μπορούμε να κρατήσουμε μυστικό το πρώτο σύμβολο, δε θα ήθελα να βάλουμε σε πειρασμό κανένα μιμητή. Πιστεύετε ότι οι μαθηματικοί εκεί κάτω μπορεί να το μαντέψουν, τώρα που ξέρουν το δεύτερο;»

«Όχι, δε νομίζω» είπε ο Σέλντομ «αλλά, έτσι κι αλλιώς, δεν είναι τόσο ξεκάθαρο ώστε να τους κινήσει αρκετά το ενδιαφέρον για να το προσπαθήσουν. Για ένα μαθηματικό, το μοναδικό πρόβλημα που μετράει είναι συνήθως αυτό που έχει στα χέρια του: μπορεί να χρειαστεί να γίνουν περισσότεροι από κάνα δυο φόνους για να τους τραβήξουν την προσοχή».

«Το ίδιο συμβαίνει και με σας;» Ο Πίτερσεν κοίταζε τώρα επίμονα τον Σέλντομ· υπήρχε ένας τόνος αποδοκιμασίας στην ερώτηση. «Για να είμαι ειλικρινής, είμαι κάπως... απογοητευμένος» είπε, σαν να διάλεγε με προσοχή τις λέξεις του. «Δεν περίμενα, φυσικά, να μου δώσετε σήμερα κιόλας μια οριστική απάντηση, περίμενα όμως τέσσερις πέντε εναλλακτικές λύσεις, υποθέσεις που θα μπορούσαμε να τις ερευνήσουμε ή να τις απορρίψουμε, κάπως έτσι δε δουλεύουν κι οι μαθηματικοί; Ίσως όμως ούτε κι εσάς σας ενδιαφέρουν αρκετά ένας δυο φόνοι».

«Σας είπα ότι έχω μια πρώτη ιδέα» είπε ο Σέλντομ, κοιτάζοντας κι αυτός, με τα μικρά και διάφανα μάτια του, στα ίσια τον επιθεωρητή, «και σας υπόσχομαι ότι θα αφοσιωθώ πλήρως σ' αυτή. Θέλω μόνο να είμαι σίγουρος πως δεν κάνω λάθος».

«Δε θα ήθελα να περιμένετε μέχρι τον επόμενο φόνο για να βεβαιωθείτε» είπε ο Πίτερσεν, και μετά, σαν να ήταν υποχρεωμένος αλλά απρόθυμος να συμφιλιωθεί μαζί του: «Όμως, αν πραγματικά θέλετε να συνεργαστείτε μαζί μας, θα σας ζητούσα να έρθετε στο γραφείο μου αύριο μετά τις έξι: θα έχουμε ήδη στα χέρια μας το ψυχολογικό πορτρέτο, θα ήθελα να το διαβάσετε, πιθανώς να σας θυμίσει κάποιον. Μπορείτε να έρθετε κι εσείς» μου είπε, δίνοντάς μας βιαστικά το χέρι.

Όταν έφυγε ο Πίτερσεν, μείναμε για πολλή ώρα σιωπηλοί. Ο Σέλντομ πήγε μέχρι το παράθυρο κι άρχισε να στρίβει ένα τσιγάρο.

«Μπορώ να σας κάνω μια ερώτηση;» είπα τελικά με δισταγμό. Καταλάβαινα πως ούτε σε μένα τα έλεγε όλα, όμως αποφάσισα ότι άξιζε τον κόπο να κάνω μια προσπάθεια. «Η ιδέα σας, η υπόθεσή σας, έχει να κάνει με το επόμενο σύμβολο ή με τον επόμενο φόνο;»

«Νομίζω ότι έχω μια ιδέα για τη συνέχεια της ακολουθίας... σχετικά με το επόμενο σύμβολο» είπε αργά ο Σέλντομ. «Μια ιδέα που πάντως δε μου επιτρέπει να βγάλω κανένα συμπέρασμα για τον επόμενο φόνο».

«Παρ' όλα αυτά, δεν πιστεύετε ότι ήδη αυτό το σύμβολο θα μπορούσε να βοηθήσει πάρα πολύ τον Πίτερσεν;

Υπάρχει και κάποιος άλλος λόγος για τον οποίο δε θέλατε να του το πείτε;»

«Ελάτε, πάμε κάτω στο πάρκο» μου είπε. «Έχουμε ακόμα λίγη ώρα μέχρι τη διάλεξη του φοιτητή μου, θέλω να καπνίσω ένα τσιγάρο».

Υπήρχαν ακόμα αστυνομικοί στην είσοδο, ασχολούνταν με τα αποτυπώματα πάνω στο τζάμι και αναγκαστήκαμε να βγούμε από μια πίσω πόρτα. Στη διαδρομή συναντήσαμε τον Ποντόροφ, που μου χαμογέλασε ψυχρά και κάρφωσε το βλέμμα του στον Σέλντομ σαν να περίμενε μάταια από κείνον να τον αναγνωρίσει. Περάσαμε έξω από το εργαστήριο της Φυσικής και μπήκαμε στο Πανεπιστημιακό Πάρκο μέσα από ένα απ' τα μονοπάτια που ήταν στρωμένα με χαλίκι. Ο Σέλντομ κάπνιζε σιωπηλός και για μια στιγμή πίστεψα ότι δεν επρόκειτο να πει τίποτα.

«Για ποιο λόγο γίνατε μαθηματικός;» με ρώτησε ξαφνικά.

«Δεν ξέρω» είπα. «Μπορεί και να έκανα λάθος, πάντα πίστευα ότι θα ακολουθούσα τη θεωρητική κατεύθυνση. Νομίζω πως αυτό που με τράβηξε ήταν το είδος της αλήθειας που εμπερικλείουν τα θεωρήματα: είναι αιώνια, αθάνατη, αυτάρκης και ταυτόχρονα απόλυτα δημοκρατική. Εσάς τι σας έκανε να το αποφασίσετε;»

«Το ότι ήταν ακίνδυνο» είπε ο Σέλντομ. «Το ότι ήταν ένας κόσμος που δεν είχε επαφή με την πραγματικότητα. Ξέρετε, μου συνέβησαν μερικά πολύ τρομακτικά πράγματα όταν ήμουν πολύ μικρός, και μετά, κατά τη διάρκεια της ζωής μου, σαν σημάδια... διακεκομμένα σημάδια, όμως πολύ τακτικά και πολύ τρομερά για να μην τους δώσω σημασία».

«Σημάδια; Τι είδους σημάδια;»

«Ας πούμε... η αλυσίδα των συνεπειών που επέφερε

ακόμα και η παραμικρή μου ενέργεια στον πραγματικό κόσμο. Πιθανώς να ήταν συμπτώσεις, πιθανώς να μην ήταν παρά ατυχείς συμπτώσεις, ήταν όμως αρκετά καταστρεπτικές ώστε να με κάνουν να παραλύσω σχεδόν τελείως. Το τελευταίο απ' αυτά τα σημάδια ήταν το δυστύχημα στο οποίο σκοτώθηκαν οι δυο καλύτεροί μου φίλοι και η γυναίκα μου. Είναι δύσκολο να το πω χωρίς να ακουστεί γελοίο, όμως από πολύ παλιά, ήδη από πολύ νωρίς στα παιδικά μου χρόνια, είχα προσέξει ότι οι υποθέσεις που έκανα γύρω από τον πραγματικό κόσμο έβγαιναν αληθινές, όμως μέσα από παράξενους δρόμους, με τους πιο φριχτούς τρόπους, σαν να με προειδοποιούσαν ότι έπρεπε να απομακρυνθώ τελείως απ' αυτόν τον κόσμο. Στην εφηβεία μου ήμουν πραγματικά τρομοκρατημένος. Τότε ανακάλυψα τα μαθηματικά. Για πρώτη φορά ένιωσα ότι πατούσα σε στέρεο έδαφος. Για πρώτη φορά μπορούσα να ακολουθώ μια υπόθεση, με όση μανία κι αν ήθελα, και, σβήνοντας τον πίνακα ή διαγράφοντας μια λανθασμένη σελίδα, να επιστρέφω πάλι στο μηδέν, χωρίς απροσδόκητες συνέπειες. Ναι, υπάρχει μια θεωρητική αναλογία ανάμεσα στα μαθηματικά και στην εγκληματολογία: όπως είπε κι ο Πίτερσεν, κι οι δυο κάνουμε υποθέσεις. Όμως, όταν εσείς κάνετε υποθέσεις γύρω από τον πραγματικό κόσμο, εισάγετε αναπόφευκτα ένα μη αναστρέψιμο παράγοντα δράσης, που δεν παύει ποτέ να έχει συνέπειες. Όταν κοιτάζετε προς μια κατεύθυνση, παύετε να κοιτάτε προς τις άλλες, όταν ακολουθείτε ένα μονοπάτι, το ακολουθείτε στον πραγματικό χρόνο και μετά μπορεί να είναι αργά για να ακολουθήσετε κάποιο άλλο. Αυτό που φοβάμαι περισσότερο απ' όλα δεν είναι, όπως είπα και στον Πίτερσεν, το να κάνω λάθος. Αυτό που φοβάμαι περισσότερο είναι αυτό που μου συνέβαινε σε όλη μου τη ζωή: ότι αυτό που σκέφτομαι θα αποδειχθεί τελικά σωστό, όμως με τον πιο φριχτό τρόπο».

«Όμως το να μη μιλήσετε, το να αρνηθείτε να αποκαλύψετε το σύμβολο, δεν είναι από μόνο του, ως παράλειψη, μια μορφή δράσης που επίσης θα μπορούσε να έχει ανυπολόγιστες συνέπειες;»

«Μπορεί, όμως για την ώρα προτιμάω να το διακινδυνεύσω. Δεν έχω τόση όρεξη όση εσείς να παραστήσω τον ντετέκτιβ. Και, αν τα μαθηματικά είναι δημοκρατικά, η συνέχεια βρίσκεται μπροστά στα μάτια όλων, στα δικά σας, στου ίδιου του Πίτερσεν, έχετε όλα τα στοιχεία για να τη βρείτε».

«Όχι, όχι» διαμαρτυρήθηκα «αυτό που ήθελα να πω είναι ότι στα μαθηματικά υπάρχει ένα στοιχείο δημοκρατίας όταν αναπτύσσεται γραμμή γραμμή μια απόδειξη. Οποιοσδήποτε μπορεί να ακολουθήσει την πορεία απ' τη στιγμή που έχει γραφτεί. Όμως υπάρχει φυσικά προηγουμένως μια στιγμή επιφοίτησης: αυτό που εσείς ονομάσατε άλμα του αλόγου... μόνο λίγοι, καμιά φορά μόνο ένας μέσα στους αιώνες, καταφέρνει για πρώτη φορά να δει ποιο είναι το σωστό βήμα μέσα στο σκοτάδι».

«Καλή προσπάθεια» είπε ο Σέλντομ. «Αυτό το "μόνο ένας μέσα στους αιώνες" ακούγεται πραγματικά μελοδραματικό. Εν πάση περιπτώσει, η συνέχεια που σκέφτομαι είναι πολύ απλή, δεν απαιτεί στην πραγματικότητα καμία γνώση μαθηματικών. Αυτό που φαίνεται πολύ πιο δύσκολο είναι το να καθορίσουμε τη σχέση ανάμεσα στα σύμβολα και στους φόνους. Ίσως να μην είναι και τόσο κακή ιδέα το να έχουμε τα στοιχεία ενός ψυχολογικού πορτρέτου. Λοιπόν» είπε κοιτάζοντας το ρολόι του «πρέπει να γυρίσω στο ινστιτούτο».

Του είπα ότι εγώ θα περπατούσα λίγο ακόμα στο

πάρκο και μου έδωσε την κάρτα που του είχε δώσει ο Πίτερσεν.

«Εδώ είναι η διεύθυνση του αστυνομικού τμήματος, είναι απέναντι από το μαγαζί *Alice in Wonderland**, μπορούμε να συναντηθούμε εκεί στις έξι, αν θέλετε».

Συνέχισα να περπατάω στο μονοπάτι και σταμάτησα σε μια στροφή κάτω απ' τη σκιά των δέντρων για να μελετήσω το ανεξιχνίαστο αίνιγμα ενός αγώνα κρίκετ. Για αρκετά λεπτά νόμιζα ότι έβλεπα απλώς τις προετοιμασίες για τον αγώνα ή μια σειρά από αποτυχημένες απόπειρες να ξεκινήσουν. Κάποια στιγμή άκουσα ενθουσιώδη χειροκροτήματα από κάποιες γυναίκες με πλατύγυρα καπέλα που έπιναν ποντς καθισμένες σε μια γωνιά του γηπέδου. Προφανώς είχα χάσει ένα φοβερό πόντο, πιθανώς το παιχνίδι να είχε ήδη φτάσει στην κορύφωσή του εκείνη τη στιγμή μπροστά στα μάτια μου, χωρίς εγώ να καταφέρω να δω τίποτα περισσότερο από εκείνη την εξοργιστική ακινησία. Διέσχισα μια μικρή λίμνη, γύρω απ' την οποία το πάρκο υπολειπόταν κάπως όσον αφορά την καθαριότητα, και περπάτησα κατά μήκος του ποταμού, πάνω στο κιτρινισμένο γκαζόν. Κάθε τόσο συναντούσα μικρές βάρκες με ζευγάρια που έκαναν βαρκάδα. Κυκλοφορούσε μια ιδέα κάπου εκεί κοντά, σαν το ζουζούνισμα ενός εντόμου που δε φαίνεται, μια σκέψη έτοιμη να εκφραστεί, και για μια στιγμή ένιωσα ότι βρισκόμουν στο σωστό μέρος, ίσως να μπορούσα να δω την άκρη της για να μπορέσω να την πιάσω. Όπως μου συνέβαινε και με τα μαθηματικά, δεν ήξερα αν έπρεπε να επιμείνω και να πέσω στα πόδια της ή να το ξεχάσω τελείως, να της γυρίσω εσκεμμένα την πλάτη για να περι-

---

* Σ.τ.Μ.: Η Αλίκη στη Χώρα των Θαυμάτων (αγγλικά).

μένω να κάνει μόνη την εμφάνισή της. Κάτι στην ηρεμία του τοπίου, στο γαλήνιο πλατσούρισμα των κουπιών μέσα στα νερό, στα ευγενικά χαμόγελα των φοιτητών που περνούσαν μέσα στις βάρκες, έμοιαζε να ακυρώνει κάθε προσπάθεια καταδίωξης. Εν πάση περιπτώσει, ήξερα ότι δε θα έκανε εκεί την εμφάνισή του ένα στοιχείο σχετικό με θανάτους και δολοφόνους.

Γύρισα στο γραφείο μου κόβοντας δρόμο μέσα απ' τα δέντρα. Ο Ρώσος συνάδελφός μου είχε βγει για φαγητό κι έτσι αποφάσισα να τηλεφωνήσω στη Λόρνα. Ακουγόταν ενθουσιασμένη και χαρούμενη. Ναι, είχε νέα, όμως ήθελε να μάθει πρώτα τα δικά μου. Όχι, το μόνο που της είχε πει ο Σέλντομ ήταν ότι είχε εμφανιστεί ένα παράξενο μήνυμα κολλημένο στο τζάμι. Αναγκάστηκα να της πω πώς είχα βρει το χαρτί, να της περιγράψω το σύμβολο και μετά να επαναλάβω μέχρι εκεί που θυμόμουνα τη συζήτηση με τον Πίτερσεν. Η Λόρνα μού έκανε μερικές ερωτήσεις ακόμα, πριν αποφασίσει να μου πει τα δικά της νέα. Δεν είχαν μεταφέρει το πτώμα στο νεκροτομείο της αστυνομίας, αλλά ο ιατροδικαστής είχε προτιμήσει να κάνει τη νεκροψία εκεί, μαζί με έναν από τους γιατρούς του νοσοκομείου. Είχε καταφέρει το γιατρό να της πει μερικά πράγματα καθώς τρώγανε μεσημεριανό. Δεν ήταν κάπως δύσκολο αυτό; τη ρώτησα, νιώθοντας ένα τσίμπημα ζήλιας. Η Λόρνα γέλασε. Εντάξει, πολλές φορές τής είχε ζητήσει να κάτσει μαζί του κι εκείνη τη φορά είχε δεχτεί.

«Ήταν κι οι δυο αρκετά αναστατωμένοι» είπε η Λόρνα. «Ό,τι κι αν ήταν αυτό που περιείχε η ένεση που του έκαναν, δεν άφησε κανένα ίχνος. Δε βρήκαν απολύτως τίποτα, μου είπε ότι κι εκείνος θα μπορούσε να έχει υπογράψει κατά λάθος ένα πιστοποιητικό φυσιολογικού θανάτου. Τώρα μένει ακόμα μια εξήγηση: υπάρχει μια αρκετά καινούρια ουσία, που βγαίνει από ένα μεξικανικό μανιτάρι, την *Amanita muscaria*, για την οποία δεν έχουν καταφέρει ακόμα να βρουν το αντιδραστήριο που την ανιχνεύει. Την παρουσίασαν πέρσι σε ένα κλειστό συνέδριο ιατρικής στη Βοστόνη. Το περίεργο, το πιο ενδιαφέρον απ' όλα, είναι ότι αυτό το δηλητήριο αποτελεί ένα είδος μυστικού μεταξύ των ιατροδικαστών, φαίνεται πως ορκίστηκαν να μη διαρρεύσει καν το όνομά του. Αυτό δεν αποτελεί ένδειξη ότι πρέπει να αναζητήσουμε το δολοφόνο μεταξύ των ιατροδικαστών;»

«Ή μεταξύ των νοσοκόμων που τρώνε πρωινό μαζί τους» είπα· «και επίσης: των γραμματέων που κρατάνε τα πρακτικά των συνεδρίων, των χημικών και των βιολόγων που εντόπισαν την ουσία, και ίσως και μέσα στην αστυνομία... υποθέτω ότι σ' αυτούς θα το έχουν πει».

«Παρ' όλα αυτά» είπε η Λόρνα κάπως ενοχλημένη «η έρευνα περιορίζεται σε πολύ μεγάλο βαθμό: δεν είναι κάτι που το βρίσκει κανείς σε οποιοδήποτε ντουλαπάκι φαρμακείου».

«Ναι, αυτό είναι αλήθεια» είπα συμβιβαστικά. «Θέλεις να φάμε μαζί σήμερα το βράδυ;»

«Θα φύγω πολύ αργά σήμερα το βράδυ, αλλά μπορούμε να το κανονίσουμε για αύριο. Στις εφτάμιση στο *The Eagle and Child*;»

«Το κάνουμε στις οχτώ; Ακόμα δεν έχω συνηθίσει να τρώω τόσο νωρίς».

Η Λόρνα γέλασε.

«Έγινε, ας φάμε και μια φορά σαν γκαούτσος*».

---

* Σ.τ.Μ.: Gaúcho: Λατινοαμερικανός καουμπόι (ισπανικά).

ΚΕΦΑΛΑΙΟ 13

ΜΙΑ ΛΕΠΤΗ ΚΑΙ ξερακιανή αστυνομικίνα, που η στολή της σχεδόν έπλεε πάνω της, μας οδήγησε σε μια σκάλα κι από κει στο γραφείο του Πίτερσεν. Μπήκαμε σ' ένα μεγάλο δωμάτιο, με τους τοίχους βαμμένους σε σκούρο μπεζ, που διατηρούσε την περήφανη αγγλική αυστηρότητα της μεταπολεμικής περιόδου χωρίς να επιτρέπει κανένα στολίδι. Υπήρχαν μερικές παλιές μεταλλικές αρχειοθήκες κι ένα εκπληκτικά απλό ξύλινο γραφείο. Ένα αψιδωτό παράθυρο έβλεπε σε μια στροφή του Τάμεση, και ο λαμπερός καλοκαιρινός ήλιος, οι φοιτητές που έκαναν λίγη ηλιοθεραπεία ξαπλωμένοι στην όχθη πριν δύσει ο ήλιος και το ακίνητο και χρυσαφένιο νερό μού θύμισαν τους πίνακες του Ρόντρικ Ο'Κόννορ που είχα δει στο Λονδίνο, στην πινακοθήκη Μπάρμπικαν. Μέσα στο γραφείο του, καθισμένος άνετα στην καρέκλα του, ο Πίτερσεν έμοιαζε πιο ήρεμος, σαν να μην ήταν και τόσο επιφυλακτικός, ή ίσως να ήταν απλώς το γεγονός ότι είχε πάψει να μας θεωρεί ύποπτους και ήθελε να μας δείξει ότι μπορούσε και να αντικαταστήσει, αν ήθελε, τη μάσκα του αστυνομικού με τη μάσκα ευγένειας που φορούσαν όλοι οι Βρετανοί. Σηκώθηκε για να μας φέρει δυο αυστηρές καρέκλες με ψηλή πλάτη, που η ταπετσαρία τους ήταν κάπως φθαρμένη

και γυάλιζε απ' την πολυχρησία. Παρατήρησα, καθώς ε-
πέστρεφε στη θέση του πίσω απ' το γραφείο, τη φωτο-
γραφία μέσα σε μια ασημένια κορνίζα που ήταν ακου-
μπισμένη σε μια γωνία: ήταν ο ίδιος, πολύ νέος, προφίλ,
και βοηθούσε ένα κοριτσάκι να ανέβει σ' ένα άλογο. Απ'
αυτά που μου είχε πει ο Σέλντομ, περίμενα να δω στους
τοίχους βραβεία, αποκόμματα από εφημερίδες, ίσως και
φωτογραφίες από τις υποθέσεις που είχε διαλευκάνει, και
σ' εκείνο το τελείως ανώνυμο γραφείο ήταν δύσκολο να
καταλάβει κανείς αν ο Πίτερσεν ήταν υπόδειγμα σεμνό-
τητας ή από κείνους τους ανθρώπους που προτιμούν να
μην αποκαλύπτουν τίποτα για τον εαυτό τους ώστε να
μαθαίνουν τα πάντα για τους άλλους. Άνοιξε ένα απ' τα
συρτάρια του γραφείου κι έβγαλε ένα ζευγάρι γυαλιά, τα
οποία σκούπισε αργά αργά με ένα ύφασμα, καθώς έριχνε
μια ματιά στα χαρτιά που ήταν απλωμένα στο γραφείο
του.

«Λοιπόν» είπε «θα σας διαβάσω την ουσία της έκθε-
σης. Ο ψυχίατρός μας φαίνεται να πιστεύει πως πρόκει-
ται για έναν άντρα, έναν άντρα γύρω στα τριάντα πέντε.
Στην έκθεση τον ονομάζει κύριο Δ, φαντάζομαι από το
"δολοφόνος". Ο Δ, μας λέει, πιθανόν να γεννήθηκε στους
κόλπους μιας μικρομεσαίας οικογένειας, σε ένα μικρό χω-
ριό ή στα προάστια μιας μεγάλης πόλης. Ίσως να ήταν
μοναχοπαίδι ή, τέλος πάντων, ένα παιδί που ξεχώρισε
από νωρίς σε κάποια πνευματική δραστηριότητα: στο
σκάκι, στα μαθηματικά, στο διάβασμα, σε μια δραστηριό-
τητα ασυνήθιστη για το οικογενειακό του περιβάλλον. Οι
γονείς του πέρασαν αυτή την πρώιμη ανάπτυξη για κά-
ποια μορφή ιδιοφυΐας, κι αυτό τον απομάκρυνε κατά τα
παιδικά του χρόνια από τα παιχνίδια και τις ασχολίες
των παιδιών της ηλικίας του. Πιθανόν να ήταν στόχος των

πειραγμάτων τους και ίσως αυτό να γινόταν πιο έντονο εξαιτίας κάποιου χαρακτηριστικού φυσικού ελαττώματος: θηλυπρεπούς φωνής, γυαλιών, παχυσαρκίας... Αυτά τα πειράγματα επέτειναν την απομόνωσή του και τον έκαναν να έχει τις πρώτες φαντασιώσεις εκδίκησης. Σ' αυτές τις φαντασιώσεις ο Δ φαντάζεται συνήθως ότι το ταλέντο του θριαμβεύει και ότι αποστομώνει με την επιτυχία του εκείνους που τον ταπείνωσαν. Έρχεται επιτέλους η ώρα της δοκιμασίας, η στιγμή που περίμενε τόσα χρόνια: κάποιος ιδιαιτέρως σημαντικός διαγωνισμός ή πιθανώς οι εξετάσεις για την εισαγωγή του στο πανεπιστήμιο, στην κατεύθυνση στην οποία είχε ξεχωρίσει. Είναι μια μεγάλη ευκαιρία, η δυνατότητα να φύγει απ' το χωριό του και να μεταπηδήσει σε κείνη την άλλη ζωή για την οποία προετοιμαζόταν σιωπηλά, παθιασμένα, σ' όλη του την εφηβεία. Όμως εδώ κάτι δεν πάει καθόλου καλά, οι εξεταστές διαπράττουν κάποια αδικία και ο Δ πρέπει να γυρίσει πίσω ηττημένος. Αυτό δημιουργεί την πρώτη ρωγμή, αυτό που ονομάζεται σύνδρομο Αμπέρ, από το όνομα του συγγραφέα στον οποίο διαγνώστηκε για πρώτη φορά αυτού του είδους η ψύχωση».

Ο Πίτερσεν άνοιξε ένα απ' τα συρτάρια του και άφησε στο γραφείο ένα χοντρό λεξικό ψυχιατρικής, απ' τις πρώτες σελίδες του οποίου έβγαινε ένα χαρτάκι.

«Σκέφτηκα ότι θα ήταν ενδιαφέρον να εξετάσουμε αυτή την πρώτη περίπτωση. Λοιπόν: ο Ζυλ Αμπέρ ήταν ένας άγνωστος Γάλλος συγγραφέας βυθισμένος στη φτώχεια, που έστειλε το 1927 το χειρόγραφο του πρώτου του μυθιστορήματος στον εκδοτικό οίκο G..., εκείνο τον καιρό το σημαντικότερο εκδοτικό οίκο της Γαλλίας. Το δούλευε χρόνια, διορθώνοντάς το μετά μανίας. Περνούν έξι μήνες και δέχεται ένα γράμμα αναμφίβολα φιλικό, με την υπογραφή ενός από τους εκδότες, ένα γράμμα το οποίο φύλαξε μέχρι την τελευταία στιγμή. Σ' αυτό το γράμμα τού εκφράζουν το θαυμασμό τους για το μυθιστόρημά του και του προτείνουν να κάνει ένα ταξίδι στο Παρίσι για να συζητήσουν τους όρους του συμβολαίου. Ο Αμπέρ βάζει ε-νέχυρο τα λιγοστά αντικείμενα αξίας που έχει για να πληρώσει τα έξοδα του ταξιδιού, όμως στη συνέντευξη κάτι δεν πάει καλά. Τον πάνε για φαγητό σε ένα ακριβό ε-στιατόριο, τα ρούχα του είναι ακατάλληλα, οι τρόποι του στο τραπέζι δεν είναι οι πρέποντες, πνίγεται με το κόκα-λο ενός ψαριού. Τίποτα το ιδιαιτέρως σοβαρό, όμως το συμβόλαιο δεν υπογράφεται και ο Αμπέρ επιστρέφει στο χωριό του ταπεινωμένος. Αρχίζει να κουβαλάει το γράμμα στην τσέπη του και επαναλαμβάνει ξανά και ξανά στους φίλους του, για πολλούς μήνες, τη μικρή ιστορία.

Το δεύτερο επαναλαμβανόμενο χαρακτηριστικό είναι αυτή η περίοδος εκκόλαψης και εμμονής, που μπορεί να διαρκέσει πολλά χρόνια. Άλλοι συγγραφείς το ονομάζουν σύνδρομο της «χαμένης ευκαιρίας», για να τονίσουν αυτό το στοιχείο: η πράξη της αδικίας συμβαίνει σε μια α-ποφασιστικής σημασίας στιγμή, σε ένα σημείο-καμπή, που θα μπορούσε να είχε αλλάξει ριζικά τη ζωή του ανθρώπου. Κατά τη διάρκεια της περιόδου εκκόλαψης το άτο-μο στριφογυρίζει αρρωστημένα γύρω από εκείνη τη μο-ναδική στιγμή, χωρίς να καταφέρνει να συνεχίσει την πα-λιά του ζωή, ή επαναπροσαρμόζεται μόνο επιφανειακά και αρχίζει να δημιουργεί λυσσαλέες δολοφονικές φαντα-σιώσεις. Η περίοδος της εκκόλαψης λήγει όταν εμφανίζε-ται αυτό που στην ψυχιατρική βιβλιογραφία ονομάζεται «δεύτερη ευκαιρία», μια σύμπτωση γεγονότων που ανα-παριστούν μερικώς εκείνη τη στιγμή ή δίνουν μια επαρκή ψευδαίσθηση ομοιότητας. Πολλοί συγγραφείς εισάγουν εδώ μια αναλογία με το παραμύθι για το τζίνι μέσα στο λυχνάρι στις *Χίλιες και μια νύχτες*. Στην περίπτωση του Αμπέρ, η δεύτερη ευκαιρία είναι ιδιαιτέρως σαφής, όμως γενικά το μοντέλο μπορεί να είναι πιο ασαφές. Δεκατρία χρόνια μετά από εκείνη την απόρριψη, μια αναγνώστρια που είχε πρόσφατα προσληφθεί στον εκδοτικό οίκο G... βρίσκει τυχαία το χειρόγραφο κατά τη διάρκεια μιας μετακόμισης και ο συγγραφέας καλείται για δεύτερη φορά στο Παρίσι. Αυτή τη φορά ο Αμπέρ ντύνεται στην τρίχα, προσέχει σχολαστικά τους τρόπους του κατά τη διάρκεια του φαγητού, συζητάει με ένα απολύτως χαλαρό και κοσμοπολίτικο ύφος και, όταν σερβίρουν το γλυκό, στραγγαλίζει τη γυναίκα πάνω στο τραπέζι πριν προλάβουν να αντιδράσουν οι σερβιτόροι».

Ο Πίτερσεν ανασήκωσε το φρύδι και άφησε στην άκρη το χαρτί· έριξε σιωπηλός μια ματιά στο επόμενο πριν το αφήσει κι αυτό στην άκρη, και διέτρεξε στα γρήγορα τις πρώτες παραγράφους της τρίτης σελίδας.

«Ακριβώς εδώ η έκθεση επανέρχεται σ' αυτό το ζήτημα που μας ενδιαφέρει. Ο ψυχίατρος μας διαβεβαιώνει ότι δεν έχουμε να κάνουμε με ψυχοπαθή. Το χαρακτηριστικό της συμπεριφοράς του ψυχοπαθούς είναι η απουσία τύψεων και μια οργισμένη ενίσχυση της βαναυσότητας, που έχει να κάνει με το στοιχείο της νοσταλγίας: την αναζήτηση μιας πράξης που θα καταφέρει να τον συγκινήσει. Σ' αυτή την περίπτωση, αυτό που αποδεικνύεται μέχρι στιγμής είναι, αντιθέτως, μια κάποια ευαισθησία, μια φροντίδα ώστε να προξενήσει όσο το δυνατόν λιγότερο κακό... Η καθηγήτρια, όπως κι εσείς» είπε, υψώνοντας για μια στιγμή το βλέμμα στον Σέλντομ, «φαίνεται ότι βρίσκει αυτή τη λεπτομέρεια ιδιαίτερα συναρπαστική. Κατά τη γνώμη της, το κεφάλαιο του βιβλίου σας που αναφέρεται στους φόνους κατά συρροήν ήταν αυτό που δημιούργησε για τον Δ τη "δεύτερη ευκαιρία". Ο άνθρωπός μας ξαναγεννιέται. Ο Δ επιζητά ταυτόχρονα την εκδίκηση και το θαυμασμό, το θαυμασμό εκείνης της ομάδας στην οποία πάντα ήθελε να συμμετέχει κι απ' την οποία είχε άδικα αποβληθεί. Κι εδώ τουλάχιστον ε- κείνη τολμάει να δώσει μια πιθανή ερμηνεία για τα σύμ- βολα. Ο Δ, στα ξεσπάσματα μεγαλομανίας του, νομίζει ότι είναι δημιουργός, ο Δ θέλει να δώσει καινούρια ονό- ματα στα πράγματα. Τελειοποιεί συνεχώς τη δημιουργία του: τα σύμβολα αναφέρονται, όπως στον *Εκκλησιαστή*, στα στάδια μιας εξέλιξης. Το επόμενο σύμβολο, όπως προτείνει, θα μπορούσε να είναι ένα πουλί».

Ο Πίτερσεν μάζεψε τα χαρτιά και κοίταξε τον Σέλ- ντομ.

«Συμπίπτουν αυτά με ό,τι σκεφτόσασταν;»

«Όχι όσον αφορά το σύμβολο. Πιστεύω ακόμα ότι, αν τα μηνύματα απευθύνονται στους μαθηματικούς, το κλει- δί θα πρέπει να έχει σχέση, κατά μία έννοια, με τα μαθη- ματικά. Υπάρχει στην έκθεση κάποια εξήγηση γι' αυτό το χαρακτηριστικό της "ελαφρότητας" των θανάτων;»

«Ναι» είπε ο Πίτερσεν, επιστρέφοντας στις σελίδες που είχε προσπεράσει, «λυπάμαι: η ψυχίατρος πιστεύει πως οι φόνοι αποτελούν ένα είδος φλερτ προς το πρό- σωπό σας. Στο μυαλό του Δ συγχέεται η αρχετυπική επι- θυμία για εκδίκηση με την πολύ πιο έντονη επιθυμία να ανήκει στον κόσμο που εσείς εκπροσωπείτε, να δεχτεί το θαυμασμό, έστω και ως συνέπεια του τρόμου, των ίδιων ανθρώπων που τον απέρριψαν. Γι' αυτό, για την ώρα, ε- πιλέγει έναν τρόπο για να σκοτώνει που υποθέτει ότι θα τον ενέκρινε ένας μαθηματικός, αφήνοντας ελάχιστα στοι- χεία, με απάθεια, χωρίς βαναυσότητα, σχεδόν αφαιρετικά. Ο Δ προσπαθεί με τον τρόπο του, όπως στην πρώτη φάση ενός έρωτα, να σας είναι ευχάριστος· και οι φόνοι, με τη σειρά τους, είναι δώρα. Η ψυχίατρος τείνει να πιστέψει ότι ο Δ είναι ένας καταπιεσμένος ομοφυλόφιλος που ζει μόνος, αλλά δεν αποκλείει την πιθανότητα να είναι παντρεμένος και ακόμα και τώρα να ζει μια συμβατική οικογενειακή ζωή, η οποία συγκαλύπτει αυτές τις μυστικές δραστηριότητες. Προσθέτει ότι αυτή την πρώτη φάση αποπλάνησης μπορεί να την ακολουθήσει, αν δε λάβει καμία ένδειξη απάντησης, μια δεύτερη, οργισμένη φάση, με πιο άγριους φόνους ή στρεφόμενους σε πολύ πιο κοντινά σας πρόσωπα».

«Λοιπόν, αυτή η κοπέλα μοιάζει σχεδόν σαν να τον γνωρίζει προσωπικά, το μόνο που λείπει είναι να μας πει ότι έχει μια ελιά στην αριστερή μασχάλη» αναφώνησε ο Σέλντομ, και δεν κατάλαβα αν αυτό που διέκρινα στο ύφος του ήταν απλώς ειρωνεία ή ένας συγκρατημένος εκνευρισμός. Αναρωτήθηκα αν τον είχε σοκάρει η αναφορά στην ομοφυλοφιλία. «Φοβάμαι ότι εμείς οι μαθηματικοί μπορούμε να κάνουμε μόνο πολύ πιο συγκρατημένες υποθέσεις. Όμως, παρ' όλα αυτά, ξανασκέφτηκα αυτό που μου είπατε και ίσως πρέπει να σας αναφέρω την άποψή μου...» Έψαξε να βρει το σημειωματάριό του στην τσέπη του, δανείστηκε από το γραφείο ένα στιλό και τράβηξε μερικές γραμμές που δεν μπόρεσα να τις δω. Έσκισε το χαρτί, το δίπλωσε στα δυο και το έδωσε στον Πίτερσεν: «Τώρα έχετε δυο πιθανές συνέχειες της ακολουθίας».

Ο τρόπος που δίπλωσε το χαρτί πριν το δώσει σήμαινε ότι ήταν εμπιστευτικό, πράγμα που ο Πίτερσεν φάνηκε να αντιλαμβάνεται. Άνοιξε το χαρτί, του έριξε μια ματιά κι έμεινε για μια στιγμή σιωπηλός, πριν το ξαναδιπλώσει και το φυλάξει στο συρτάρι του γραφείου του, χωρίς να ρωτήσει τίποτα. Ίσως, στη μικρή μονομαχία που είχαν μεταξύ τους οι δυο άντρες, ο Πίτερσεν να αρκούνταν για την ώρα στο ότι του είχε αποσπάσει το σύμβολο και να μην ήθελε να πιέσει τον Σέλντομ με περισσότερες ερωτήσεις, ή ίσως, απλούστερα, να προτιμούσε να μιλήσει ιδιαιτέρως μαζί του αργότερα. Σκέφτηκα ότι ίσως θα 'πρεπε να σηκωθώ για να τους αφήσω μόνους, όμως ο Πίτερσεν ήταν εκείνος που σηκώθηκε εκείνη τη στιγμή για να μας χαιρετήσει μ' ένα απρόσμενα φιλικό χαμόγελο.

«Πήρατε τα αποτελέσματα της δεύτερης νεκροψίας;» ρώτησε ο Σέλντομ, καθώς πηγαίναμε προς την πόρτα.

«Αυτό είναι άλλο ένα ενδιαφέρον μικρό μυστήριο» είπε ο Πίτερσεν· «οι ιατροδικαστές ήταν αρχικά απογοητευμένοι: δε βρήκαν στον οργανισμό ίχνη καμιάς γνωστής ουσίας, πίστεψαν μάλιστα ότι μπορεί να επρόκειτο για ένα πολύ καινούριο αόρατο δηλητήριο, για το οποίο δεν έχω ακούσει να μιλάνε ποτέ. Όμως αυτό τουλάχιστον νομίζω ότι το έχω λύσει» είπε και για πρώτη φορά είδα στα μάτια του μια έκφραση που έμοιαζε με περηφάνια: «Μπορεί να νομίζει πως είναι πολύ έξυπνος, αλλά κι εμείς έχουμε μυαλό και σκεφτόμαστε καμιά φορά».

ΚΕΦΑΛΑΙΟ 14

Βγηκαμε σιωπηλοι από το αστυνομικό τμήμα και περπατήσαμε την Σαιντ Αλντάτ μέχρι το Κάρφαξ Τάουερ χωρίς να αλλάξουμε κουβέντα. «Πρέπει να αγοράσω καπνό» είπε ο Σέλντομ, «έρχεστε μαζί μου μέχρι την Covered Market;». Ένευψα καταφατικά και στρίψαμε στη Χάι Στριτ χωρίς να μιλήσω καθόλου. Ο Σέλντομ χαμογέλασε. «Είστε ενοχλημένος επειδή δε σας έδειξα το σύμβολο. Πιστέψτε με όμως ότι έχω το λόγο μου».

«Διαφορετικό λόγο από εκείνον που μου είπατε χτες στο πάρκο; Τώρα που το δείξατε στον Πίτερσεν, δε βλέπω για ποιο λόγο θα μπορούσαν να είναι χειρότερες οι συνέπειες εφόσον το μάθαινα εγώ».

«Θα μπορούσαν να είναι... διαφορετικές» είπε ο Σέλντομ «όμως δεν είναι αυτός ακριβώς ο λόγος. Αυτό που θέλω να αποφύγω είναι το ενδεχόμενο να μπερδευτούν οι δικές μου εικασίες με τις δικές σας. Το ίδιο κάνω και με τους φοιτητές μου: προσπαθώ να μην τους προλαβαίνω με τους δικούς μου συλλογισμούς. Αυτό που έχει μεγαλύτερη αξία στη σκέψη ενός μαθηματικού είναι η μοναχική στιγμή της πρώτης έμπνευσης. Παρ' ότι δεν το πιστεύετε, έχω μεγαλύτερη εμπιστοσύνη σε σας παρά στον εαυτό μου όσον αφορά το ποιος θα συλλάβει τη σωστή ιδέα: εσείς ήσασταν εκεί στην αρχή, και η αρχή, όπως θα έλεγε κι ο Αριστοτέλης, είναι το ήμισυ του παντός. Εσείς, είμαι σίγουρος, καταγράψατε κάτι, αν και ακόμα δεν ξέρετε τι, και, πάνω απ' όλα, δεν είστε Άγγλος. Αυτός ο πρώτος φόνος αποτελεί τη μήτρα, αυτός ο κύκλος είναι σαν το μηδέν στους φυσικούς αριθμούς, ένα τελείως ακαθόριστο σύμβολο, πράγματι, που όμως την ίδια στιγμή καθορίζει τα πάντα».

Είχαμε μπει στην αγορά και ο Σέλντομ σταμάτησε για να διαλέξει το χαρμάνι του καπνού του στο καπνοπωλείο μιας Ινδής. Η γυναίκα, που είχε σηκωθεί από ένα σκαμνάκι για να τον εξυπηρετήσει, είχε τυλιγμένο σφιχτά γύρω απ' το σώμα της ένα μακρύ μεταξωτό ύφασμα και φορούσε ένα πράσινο σμαράγδι στο μέτωπο. Απ' το αριστερό της αυτί κρεμόταν ένα ασημένιο σκουλαρίκι που έμοιαζε με κυκλική κορδέλα. Στην πραγματικότητα, κοιτάζοντάς το καλύτερα, είδα ότι ήταν ένα κουλουριασμένο φίδι. Θυμήθηκα ξαφνικά αυτό που είχε πει ο Σέλντομ σχετικά με τον ουροβόρο όφι των γνωστικών και δεν κρατήθηκα και τη ρώτησα γι' αυτό το σύμβολο.

«Σουνιάτα» μου είπε, αγγίζοντας απαλά το κεφάλι του φιδιού: «το τίποτα και το όλον. Το τίποτα καθενός πράγματος ξεχωριστά, το όλον που μας περιβάλλει. Δύσκολη, πολύ δύσκολη έννοια. Η απόλυτη πραγματικότητα, υπεράνω όλων των αρνήσεων. Η αιωνιότητα, αυτό που δεν έχει ούτε αρχή ούτε τέλος... η μετενσάρκωση».

Ζύγισε με προσοχή σε μια ζυγαριά ακριβείας τα χαρμάνια του καπνού και αντάλλαξε μερικές κουβέντες ακόμα με τον Σέλντομ καθώς του έδινε τα ρέστα. Διασχίσαμε ένα λαβύρινθο από πάγκους βγαίνοντας προς την έξοδο, και κάτω από την καμάρα συναντήσαμε την Μπεθ δίπλα σ' ένα τραπεζάκι της ορχήστρας του Σελντόνιαν, να μοιράζει διαφημιστικά φυλλάδια. Διοργάνωναν μια φιλανθρωπική συναυλία και οι μουσικοί της ορχήστρας –μας είπε– πουλούσαν εκ περιτροπής τα εισιτήρια. Ο Σέλντομ πήρε ένα πρόγραμμα.

«Η συναυλία του 1884, με αυθεντικά κανόνια και πυροτεχνήματα, στο Μπλένχαϊμ Πάλας» είπε. Φοβάμαι ότι δε θα ξεφύγετε απ' την Οξφόρδη χωρίς να έχετε πάει τουλάχιστον μια φορά σε μια συναυλία με πυροτεχνήματα. Σας προσκαλώ» είπε κι έβγαλε απ' την τσέπη του λεφτά για δυο εισιτήρια.

Δεν είχα ξαναμιλήσει στην Μπεθ από τότε που έφυγα για το Λονδίνο και, καθώς έψαχνε το μπλοκ με τα εισιτήρια και έγραφε τους αριθμούς των θέσεων, μου φάνηκε ότι απέφευγε το βλέμμα μου. Προφανώς, η συνάντησή μας την ενοχλούσε.

«Θα καταφέρω τελικά να σε δω να παίζεις;» της είπα.

«Νομίζω ότι θα είναι η τελευταία μου συναυλία» και το βλέμμα της διασταυρώθηκε για μια στιγμή με του Σέλντομ, σαν να ήταν κάτι που ακόμα δεν το είχε πει σε κανέναν και να μην ήταν και πολύ σίγουρη ότι εκείνος θα το ενέκρινε. «Παντρεύομαι στο τέλος του μήνα και θα ζητήσω άδεια... δε νομίζω ότι μετά θα συνεχίσω να παίζω».

«Κρίμα» είπε ο Σέλντομ.

«Που δε θα ξαναπαίξω ή που παντρεύομαι;» είπε η Μπεθ και χαμογέλασε άκεφα με το ίδιο της το αστείο.

«Και για τα δύο!» είπα εγώ. Ξέσπασαν σε γέλια, λες κι αυτό που είπα τους έφερε μια απρόσμενη ανακούφιση, και, βλέποντάς τους να γελάνε έτσι, θυμήθηκα αυτό που μου είχε πει ο Σέλντομ, ότι δεν ήμουν Άγγλος. Ακόμα και σ' αυτό το αυθόρμητο γέλιο υπήρχε μια συστολή, λες και ξεπερνούσαν τα όρια, πράγμα που έκαναν σπάνια και που δεν έπρεπε να το παρατραβήξουν, και, παρ' ότι ο Σέλντομ θα μπορούσε να διαμαρτυρηθεί όντας Σκοτσέζος, υπήρχε μεταξύ τους, στις κινήσεις τους, ή μάλλον στην προσεκτική οικονομία των κινήσεών τους, κάτι το αναμφισβήτητα κοινό.

Βγήκαμε στην Κόρνμαρκετ Στριτ και έδειξα στον Σέλντομ μια αφίσα σε έναν κοινοτικό πίνακα ανακοινώσεων, την οποία είχα δει πρώτα στην είσοδο της Bodleian Library: ήταν η ανακοίνωση για μια συζήτηση στρογγυλής τραπέζης στην οποία θα συμμετείχαν ο επιθεωρητής Πίτερσεν κι ένας συγγραφέας αστυνομικών μυθιστορημάτων που ζούσε στην πόλη: Υπάρχει το τέλειο έγκλημα; Το θέμα της συζήτησης έκανε τον Σέλντομ να κοντοσταθεί για λίγο.

«Πιστεύετε ότι πρόκειται για δόλωμα του Πίτερσεν;» με ρώτησε. «Δεν το είχα σκεφτεί αυτό».

«Όχι, η συζήτηση είχε ανακοινωθεί εδώ και σχεδόν ένα μήνα. Και φαντάζομαι ότι, αν ήθελαν να σας στήσουν παγίδα, θα σας είχαν προσκαλέσει κι εσάς».

«Τέλεια εγκλήματα... Υπάρχει ένα βιβλίο με αυτόν τον τίτλο, το οποίο συμβουλεύτηκα όταν προσπαθούσα να καθορίσω τις αναλογίες μεταξύ της λογικής και της εγκληματολογικής έρευνας. Το βιβλίο επανεξέταζε δεκάδες υποθέσεις που δε διαλευκάνθηκαν ποτέ. Η πιο ενδιαφέρουσα, για τη δική μου έρευνα, ήταν εκείνη ενός γιατρού, του Χάουαρντ Γκριν, που κατάφερε να διατυπώσει με τη μέγιστη ακρίβεια, κατά την άποψή μου, το πρόβλημα. Ήθελε να σκοτώσει τη γυναίκα του κι έγραψε ένα λεπτομερές ημερολόγιο, πραγματικά επιστημονικού επιπέδου, για όλα τα πράγματα που θα μπορούσαν να πάνε στραβά. Δεν ήταν δύσκολο, κατέληγε, να τη σκοτώσει με έναν τρόπο βάσει του οποίου οπωσδήποτε η αστυνομία δε θα μπορούσε να ενοχοποιήσει κανέναν. Πρότεινε δεκατέσσερις διαφορετικούς τρόπους, μερικούς πραγματικά ιδιοφυείς. Πολύ πιο δύσκολο ήταν να απαλλαγεί ο ίδιος μια για πάντα από κάθε υποψία. Ο πραγματικός κίνδυνος για το δολοφόνο, υποστήριζε, δεν ήταν η έρευνα που μπορεί να διεξαγόταν αναφορικά με τα γεγονότα που προηγήθηκαν –αυτό μπορούσε εύκολα να το λύσει σβήνοντας ή μπερδεύοντας τα ίχνη με την κατάλληλη προετοιμασία του φόνου– αλλά οι παγίδες που ενδεχομένως θα συναντούσε στο μέλλον. Η αλήθεια, έγραψε με σχεδόν μαθηματικούς όρους, είναι μία και μοναδική: κάθε μέρος της αλήθειας μπορεί να ανατραπεί. Εκείνος θα ήξερε σε κάθε ανάκριση τι είχε κάνει και κάθε άλλοθι που σκεφτόταν είχε αναπόφευκτα ένα στοιχείο αναλήθειας, που με αρκετή υπομονή θα μπορούσε να αποκαλυφθεί. Καμία απ' τις εναλλακτικές λύσεις που σκέφτεται δεν τον πείθει: να βάλει κάποιον άλλο να τη σκοτώσει, να το κάνει να φανεί σαν αυτοκτονία ή σαν ατύχημα κτλ. Φτάνει τότε στο συμπέρασμα ότι πρέπει να προμηθεύσει την αστυνομία με έναν άλλο ένοχο, κάποιον που θα ήταν προφανής και διαθέσιμος και που θα έκλεινε την υπόθεση. Το τέλειο έγκλημα, γράφει, δεν είναι αυτό που μένει άλυτο, αλλά αυτό που λύνεται με λάθος ένοχο».

«Και τελικά τη σκοτώνει;»

«Α, όχι, εκείνη σκοτώνει αυτόν. Ανακαλύπτει κάποιο βράδυ το ημερολόγιο, στήνουν έναν τρομερό καβγά, εκείνη αμύνεται με ένα κουζινομάχαιρο και καταφέρνει να τον τραυματίσει θανάσιμα. Αυτό τουλάχιστον λέει στο δικαστήριο. Ο δικαστής, σοκαρισμένος απ' την ανάγνωση του ημερολογίου και από τις φωτογραφίες των αιματωμάτων στο πρόσωπό της, αποφασίζει ότι ο φόνος έγινε ενώ η θύτρια βρισκόταν σε νόμιμη άμυνα και την κηρύσσει αθώα. Στην πραγματικότητα, εξαιτίας της αναφέρεται η δολοφονία στο βιβλίο: πολλά χρόνια μετά το θάνατό της, κάποιοι φοιτητές γραφολογίας απέδειξαν ότι τα γράμματα στο ημερολόγιο του δόκτορα Γκριν ήταν μια σχεδόν τέλεια απομίμηση, αλλά, χωρίς αμφιβολία, δεν ανήκαν σ' αυτόν. Και ανακάλυψαν επίσης την εξής μικρή εντυπωσιακή λεπτομέρεια: ο άντρας τον οποίο παντρεύτηκε εκείνη διακριτικά λίγο αργότερα ήταν ένας αντιγραφέας σχεδίων και παλιών έργων τέχνης. Θα ήθελα παρ' όλα αυτά να ήξερα ποιος απ' τους δυο ήταν εκείνος ο οποίος συνέταξε το ημερολόγιο: αποτελεί αριστοτεχνική πλαστογράφηση του επιστημονικού ύφους. Ήταν απίστευτα θρασείς, γιατί το ημερολόγιο, το οποίο διαβάστηκε μέσα στο δικαστήριο, αποκάλυπτε λέξη προς λέξη αυτό που είχαν κάνει. Είπαν ψέματα χρησιμοποιώντας την αλήθεια, με όλα τα χαρτιά πάνω στο τραπέζι, σαν ταχυδακτυλουργικό κόλπο με γυμνά χέρια... Παρεμπιπτόντως, γνωρίζετε κάποιον μάγο απ' την Αργεντινή που λέγεται Ρενέ Λαβάντ; Αν τον έχετε δει μια φορά, δεν τον ξεχνάτε ποτέ».

Κούνησα αρνητικά το κεφάλι, δε μου θύμιζε τίποτα αυτό το όνομα.

«Όχι;» είπε ξαφνιασμένος ο Σέλντομ. «Πρέπει να τον δείτε να δίνει παράσταση. Ξέρω ότι πολύ σύντομα θα έρθει στην Οξφόρδη, μπορούμε να πάμε να τον δούμε μαζί. Θυμάστε τη συζήτησή μας στο Κολέγιο Μέρτον σχετικά με την αισθητική της σκέψης σε διάφορες επιστήμες; Η λογική των εγκληματολογικών ερευνών ήταν, όπως σας είπα, το πρώτο μου μοντέλο. Το δεύτερο ήταν η μαγεία. Χαίρομαι όμως που δεν τον γνωρίζετε» είπε με ενθουσιασμό μικρού παιδιού. «Αυτό θα μου δώσει την ευκαιρία να δω την παράστασή του για άλλη μια φορά». Είχαμε φτάσει έξω απ' την πόρτα του *The Eagle and Child*. Είδα από ένα παράθυρο τη Λόρνα. Καθόταν με την πλάτη γυρισμένη σε μας, με τα κόκκινα μαλλιά της λυτά, και στριφογύριζε αφηρημένα πάνω στο τραπέζι το χάρτινο στρογγυλό σουβέρ. Ο Σέλντομ, που είχε βγάλει μηχανικά το σακουλάκι όπου φύλαγε τον καπνό του, ακολούθησε το βλέμμα μου.

«Πηγαίνετε, παρακαλώ, πηγαίνετε» είπε. «Η Λόρνα σιχαίνεται την αναμονή».

ΚΕΦΑΛΑΙΟ 15

ΠΕΡΑΣΑΝ ΣΧΕΔΟΝ ΔΥΟ βδομάδες χωρίς να μάθω τίποτα νεότερο σχετικά με την υπόθεση. Επίσης, εκείνες τις μέρες έχασα τελείως επαφή με τον Σέλντομ, αν και έμαθα από ένα τυχαίο σχόλιο της Έμιλυ ότι βρισκόταν στο Κέιμπριτζ και βοηθούσε στη διοργάνωση ενός σεμιναρίου γύρω από τη θεωρία των αριθμών. *Ο Άντριου Ουάιλς πιστεύει ότι μπορεί να αποδείξει το τελευταίο θεώρημα του Φερμά, μου είχε πει η Έμιλυ γελώντας, σαν να αναφερόταν σε ένα αδιόρθωτο παιδί, και ο Άρθουρ είναι ένας απ' τους λίγους που τον παίρνουν στα σοβαρά.* Ήταν η πρώτη φορά στη ζωή μου που άκουγα το όνομα του Ουάιλς. Μέχρι εκείνη τη στιγμή πίστευα ότι κανένας επαγγελματίας μαθηματικός δεν ασχολιόταν πια με το τελευταίο θεώρημα του Φερμά. Μετά από τριακόσια χρόνια αγώνων, και, κυρίως, μετά τον Κούμμερ, το θεώρημα είχε γίνει το πρότυπο του προβλήματος που οι μαθηματικοί θεωρούσαν άλυτο. Ήταν γνωστό ότι η λύση του, εν πάση περιπτώσει, ξεπερνούσε όλα τα γνωστά εργαλεία και ότι ήταν τόσο δύσκολο, που απορροφούσε την καριέρα και τη ζωή όποιου το προκαλούσε. Όταν το ανέφερα στην Έμιλυ, κούνησε το κεφάλι σαν να αποτελούσε και για κείνη ένα μικρό μυστήριο. Και, *παρ' όλα αυτά, μου είπε, ο*

*Άντριου ήταν φοιτητής μου, και αν υπάρχει κάποιος σ'
αυτό τον κόσμο που μπορεί να το λύσει, εγώ θα πόντα-
ρα σ' αυτόν.*

Κι εγώ ο ίδιος αποφάσισα να δεχτώ εκείνες τις δυο
βδομάδες μια πρόσκληση από μια σχολή θεωρίας των
μοντέλων στο Λιντς, όμως, αντί να παρακολουθώ τις δια-
λέξεις, έγραφα στα περιθώρια του τετραδίου μου, σαν να
έκανα επίκληση στο κενό, τα σύμβολα του κύκλου και
του ψαριού. Είχα προσπαθήσει να διαβάσω πίσω απ' τις
γραμμές τα δημοσιεύματα της εφημερίδας τις μέρες που
ακολούθησαν το θάνατο του Κλαρκ, όμως, ίσως λόγω κά-
ποιας παρέμβασης του Πίτερσεν, γινόταν μόνο μια φευ-
γαλέα αναφορά στην πιθανή σχέση ανάμεσα στους δυο
φόνους, και, παρ' ότι υπήρχε η περιγραφή του συμβόλου
του ψαριού, η εφημερίδα έμοιαζε βυθισμένη στο σκοτά-
δι σε σχέση μ' αυτό το σημείο και το θεωρούσε ένα εί-
δος υπογραφής. Είχα ζητήσει από τη Λόρνα να μου γρά-
ψει με λεπτομέρειες ό,τι νέα μάθαινε, όμως το χειρόγρα-
φο που έλαβα δεν αποτελούσε αναφορά, αλλά ήταν ένα
γράμμα από εκείνα που πίστευα ότι είχαν πια εξαφανι-
στεί ή που δε θα το περίμενα ποτέ απ' αυτήν. Μεγάλο,
τρυφερό, αναπάντεχο· ήταν ένα ερωτικό γράμμα. Κά-
ποιος μιλούσε στο σεμινάριο για το πείραμα του κινέζι-
κου δωματίου*, κι όσο εγώ ξαναδιάβαζα τις φράσεις της
Λόρνα, που έμοιαζαν να έχουν γραφτεί κατά τη διάρκεια

---

* Σ.τ.Σ.: Κάποιος κάθεται μέσα σε ένα δωμάτιο με ένα βιβλίο που
περιέχει οδηγίες μετάφρασης το οποίο λέει πώς να ενεργήσει κανείς
σε περίπτωση που κάποιος σπρώξει κάτω από την πόρτα ένα χαρ-
τί με κινέζικους χαρακτήρες. Ένας εξωτερικός παρατηρητής θα νό-
μιζε ότι το πρώτο πρόσωπο μπορεί να απαντήσει στα κινέζικα σαν
να τα καταλάβαινε, αν και το πρόσωπο αυτό στην πραγματικότητα
δεν καταλαβαίνει καθόλου κινέζικα. (Πείραμα του John Searle.)

ενός ξεσπάσματος για το οποίο δεν ήθελε να μετανιώσει, σκεφτόμουν ότι το πιο σπαρακτικό πρόβλημα της μετάφρασης είναι το να μάθεις τι λέει, τι θέλει πραγματικά να πει ο άλλος άνθρωπος όταν σπρώχνει κάτω απ' την πόρτα ένα χαρτί με την τρομερή λέξη. Αντέγραψα στην απάντησή μου την επίκληση του Κουάις μπεν-αλ-Μουλάουα σε έναν από τους στίχους του για τη Λάιλα:

Ω Θεέ μου, κάνε την αγάπη μου και την αγάπη της
να είναι ίδιες, να μην ξεπερνάει η μια την άλλη.
Κάνε οι έρωτές μας να είναι ίσοι,
σαν τους δυο όρους μιας εξίσωσης.

Γύρισα στην Οξφόρδη τη μέρα της συναυλίας. Βρήκα στη θυρίδα μου στο ινστιτούτο ένα μικρό σχέδιο που μου είχε αφήσει ο Σέλντομ με οδηγίες και εναλλακτικούς τρόπους για να φτάσω στο Μπλένχαϊμ Πάλας και την ώρα συνάντησής μας. Το απόγευμα, μόλις είχα ντυθεί, άκουσα χτυπήματα στην πόρτα. Ήταν η Μπεθ, και για μια στιγμή έμεινα άφωνος, μην μπορώντας να κάνω τίποτα άλλο απ' το να την κοιτάζω. Φορούσε ένα μαύρο φόρεμα με βαθύ ντεκολτέ και γάντια που της έφταναν σχεδόν μέχρι τους αγκώνες. Οι ώμοι της ήταν τελείως γυμνοί, και τα μαλλιά της, ριγμένα προς τα πίσω, δεν έκρυβαν τη σκληρή γραμμή του σαγονιού και το μακρύ και λεπτό λαιμό. Για πρώτη φορά είχε βαφτεί και η μεταμόρφωσή της δεν μπορούσε να είναι πιο ολοκληρωτική. Χαμογέλασε αμήχανα κάτω απ' το βλέμμα μου.

«Σκεφτήκαμε με τον Μάικλ μήπως ήθελες να έρθεις μαζί μας με το αυτοκίνητο, αν δε σε πειράζει να φτάσεις λίγο νωρίτερα. Είμαστε έτοιμοι να φύγουμε».

Πήρα μαζί μου ένα λεπτό βαμβακερό πουλόβερ και

την ακολούθησα στο μονοπάτι που περιέβαλλε τον κήπο. Είχα ξαναδεί μόνο άλλη μια φορά τον Μάικλ, από μακριά, απ' το παράθυρο του δωματίου μου. Φόρτωνε το βιολοντσέλο της Μπεθ στο πίσω κάθισμα και, όταν τελικά βγήκε για να με χαιρετήσει, είδα το χαρούμενο και απλοϊκό κοκκινομάγουλο πρόσωπο ενός χωρικού ή ενός ευτυχισμένου λάτρη της μπίρας. Ήταν πολύ ψηλός και σωματώδης, όμως υπήρχε μια δειλία στη φυσιογνωμία του που με έκανε να θυμηθώ την περιφρονητική φράση της Μπεθ. Φορούσε ένα κάπως τσαλακωμένο φράκο, που δεν του κούμπωνε στο στομάχι. Μια μακριά ίσια τούφα από ξανθά μαλλιά τού είχε πέσει στο μέτωπο, πρόσεξα όμως ότι η κίνηση που έκανε με τα δυο δάχτυλα για να τη ρίξει προς τα πίσω ήταν ένα τικ που το επαναλάμβανε συνεχώς. Σκέφτηκα μοχθηρά ότι σύντομα θα έμενε καραφλός.

Το αυτοκίνητο ξεκίνησε και βγήκαμε αργά από τη στροφή του δρόμου. Όταν πλησιάσαμε στη διασταύρωση με τη λεωφόρο, τα φώτα έπεσαν στο ξεκοιλιασμένο ζώο που κανείς δεν το είχε μαζέψει. Ο Μάικλ έστριψε απότομα το τιμόνι για να μην περάσει από πάνω του και κατέβασε το παράθυρο για να δει τα εντόσθια, πάνω στο μεγάλο λεκέ από ξεραμένο αίμα. Ό,τι είχε απομείνει ήταν τώρα πια τελείως ισοπεδωμένο, διατηρούσε όμως ακόμα το φριχτό σχήμα στις δυο του διαστάσεις.

«Είναι οπόσσουμ» είπε στην Μπεθ. «Θα έπεσε απ' το δέντρο».

«Είναι μέρες εδώ» είπα· «αναγκάστηκα να περάσω δίπλα του λίγο αφότου το είχαν χτυπήσει. Νομίζω ότι είχε κι ένα μωρό. Δεν έχω ξαναδεί τέτοιο ζώο στη ζωή μου».

Η Μπεθ έσκυψε πάνω απ' το μπράτσο του Μάικλ κι έριξε μια βιαστική ματιά, χωρίς μεγάλη περιέργεια.

«Είναι μαρσιποφόρα και μοιάζουν με ποντίκια: νομίζω ότι υπάρχουν και στην Αμερική, στις λίμνες του νότου. Σίγουρα θα έπεσε το μωρό απ' το μάρσιπο και η μητέρα πήδηξε πίσω του για να το προστατεύσει. Το οπόσουμ κάνει τα πάντα για να προστατεύσει τα μικρά του».

«Και κανείς δεν έρχεται για να μαζέψει ό,τι έχει απομείνει;» ρώτησα.

«Όχι. Οι σκουπιδιάρηδες είναι προληπτικοί. Κανείς δεν τολμάει να πιάσει τα οπόσουμ, πιστεύουν ότι προκαλούν το θάνατο. Όμως τα αυτοκίνητα θα το καθαρίσουν σιγά σιγά».

Ο Μάικλ πάτησε γκάζι για να στρίψει στη λεωφόρο πριν αλλάξει το φανάρι και, όταν το αυτοκίνητο μπήκε στην κανονική ροή της κυκλοφορίας, γύρισε προς το μέρος μου για να μου κάνει τις κλασικές ευγενικές ερωτήσεις. Θυμήθηκα ότι μια Αγγλίδα συγγραφέας, πιθανότατα η Βιρτζίνια Γουλφ, είχε δικαιολογηθεί κάποτε για την τυπολατρία των συμπατριωτών της, εξηγώντας ότι οι φαινομενικά κοινότοπες εισαγωγικές συζητήσεις για τον καιρό οφείλονται στην επιθυμία να θεμελιωθεί ένα κοινό έδαφος και μια ατμόσφαιρα άνεσης ανάμεσα στους συνομιλητές πριν περάσουν στα σημαντικότερα θέματα. Εγώ όμως είχα αρχίσει να αναρωτιέμαι αν υπήρχε πράγματι αυτή η δεύτερη φάση, αν θα κατάφερνα πράγματι να μάθω κάποτε ποια ήταν αυτά τα σημαντικότερα θέματα. Τους ρώτησα κάποια στιγμή πώς είχαν γνωριστεί. Η Μπεθ μού είπε ότι κάθονταν ο ένας δίπλα στον άλλο στην ορχήστρα, λες κι αυτό τα εξηγούσε όλα, και πραγματικά, όσο τους κοίταζα, αυτή ήταν η μοναδική εξήγηση. Γειτνίαση, ρουτίνα, επανάληψη, ο πιο αποτελεσματικός συνδυασμός. Δεν ήταν καν αυτό που θα έλεγαν άλλες γυναίκες, «ο πρώτος που πέρασε από μπροστά μου»· ήταν κάτι ακόμα πιο άμεσο: «αυτός που καθόταν δίπλα μου». Αλλά, φυσικά, τι ήξερα εγώ; Όχι, δεν μπορούσα να ξέρω, όμως υποπτευόμουν ότι η μοναδική γοητεία του Μάικλ ήταν πως μια άλλη γυναίκα τον είχε διαλέξει πρώτη.

Το αυτοκίνητο βγήκε στον περιφερειακό και για λίγα λεπτά, καθώς ο Μάικλ ανέπτυσσε ταχύτητα στον αυτοκινητόδρομο και περνάγαμε σαν αστραπή τις διαφημιστικές πινακίδες, ένιωσα ότι επέστρεφα στο σύγχρονο κόσμο. Στρίψαμε με κατεύθυνση προς το Γούντστοκ, σε μια στενή λωρίδα ασφάλτου με δέντρα κι απ' τις δυο μεριές. Τα κλαδιά τους μπλέκονταν ψηλά, σχηματίζοντας ένα μακρύ τούνελ, που δεν άφηνε να δει κανείς παρά μόνο την αμέσως επόμενη στροφή. Διασχίσαμε το μικρό χωριό, προχωρήσαμε καμιά διακοσαριά μέτρα σε έναν παράδρομο και, περνώντας κάτω από μια πέτρινη αψίδα, είδαμε να εμφανίζονται στο τελευταίο φως του ήλιου οι τεράστιοι κήποι, η λίμνη και η επιβλητική φιγούρα του παλατιού, με τις χρυσές μπάλες στη σκεπή και τα μαρμάρινα αγάλματα που ξεπρόβαλλαν μέσα απ' τα κάγκελα σαν φρουροί. Αφήσαμε το αυτοκίνητο στο πάρκιν της εισόδου. Η Μπεθ κι ο Μάικλ διέσχισαν τον κήπο κουβαλώντας τα όργανά τους μέχρι το περίπτερο με τα αναλόγια και τα καθίσματα για τους μουσικούς της ορχήστρας. Οι καρέκλες για το κοινό, που ήταν ακόμα άδειες, είχαν τοποθετηθεί από κάποιον λάτρη της λεπτομέρειας, σε άψογα ομόκεντρα ημικύκλια. Αναρωτήθηκα για πόση ώρα θα διατηρείτο αυτό το μικρό αριστούργημα γεωμετρίας όταν θα ερχόταν ο κόσμος και αν θα είχε κανείς άλλος τη δυνατότητα να θαυμάσει αυτό το έργο. Αποφάσισα να περπατήσω στο δάσος και γύρω από τη λίμνη στη μισή ώρα που είχα στη διάθεσή μου. Βράδιαζε. Ένας πολύ ηλικιωμένος άντρας με γκρίζα φόρμα προσπαθούσε να συγκεντρώσει τα παγόνια του κήπου για να τα βάλει στα κλουβιά τους. Είδα μερικά ελεύθερα άλογα πίσω απ' τα δέντρα. Ένας φύλακας με δυο σκύλους με προσπέρασε κι έβγαλε το καπέλο του για να με χαιρετήσει. Όταν έφτασα στην άκρη της λίμνης, είχε σκοτεινιάσει τελείως. Κοίταξα προς το παλάτι· σαν να είχαν πατήσει ένα γιγαντιαίο δια- κόπτη, όλη η πρόσοψη φωτίστηκε, δίνοντάς του τη γαλή- νια λάμψη ενός παλιού κοσμήματος. Η λίμνη, φωτισμένη από την αντανάκλαση, έμοιαζε πολύ μεγαλύτερη απ' ό,τι την είχα φανταστεί. Αποφάσισα να μην κάνω τον κύκλο και να γυρίσω πίσω απ' το ίδιο μονοπάτι. Πολλές από τις καρέκλες ήταν ήδη κατειλημμένες και με εντυπωσίασε ο αριθμός του κόσμου που ερχόταν σε μικρές ευωδιαστές ομάδες, σέρνοντας ουρές από μακριές τουαλέτες. Είδα τον Σέλντομ να μου κάνει νόημα με το πρόγραμμα, καθι- σμένος σε μια από τις πρώτες σειρές. Ξαφνιάστηκα βλέ- ποντας κι εκείνον ντυμένο κομψά, με σμόκιν και μαύρο παπιγιόν. Μιλήσαμε λίγο για το σεμινάριο που διοργά- νωνε στο Κέιμπριτζ, για το πέπλο μυστηρίου που κάλυ- πτε την παρουσίαση του Ουάιλς και αναφερθήκαμε συνο- πτικά στο ταξίδι μου στο Λιντς. Γύρισα και είδα δυο υ- παλλήλους να προσπαθούν να ανοίξουν κι άλλες καρέ- κλες για να προσθέσουν μια σειρά ακόμα.

«Δε φανταζόμουν ότι θα ερχόταν τόσος κόσμος» είπα.

«Ναι» είπε ο Σέλντομ «σχεδόν όλη η Οξφόρδη είναι εδώ: κοιτάξτε εκεί» και μου έδειξε με τα μάτια μερικά καθίσματα πιο πίσω προς τα δεξιά.

Ξαναγύρισα πιο προσεχτικά και είδα τον Πίτερσεν με μια πολύ νέα γυναίκα, πιθανώς το ξανθό κοριτσάκι που είχα δει στη φωτογραφία, κάπου είκοσι χρόνια αρ- γότερα. Ο επιθεωρητής μάς χαιρέτησε ελαφρά με το κε- φάλι.

«Και είναι και κάποιος άλλος που τώρα τελευταία τον συναντάω όπου πάω» είπε ο Σέλντομ. «Δυο σειρές πιο μπροστά, ο άντρας με το γκρίζο κοστούμι που κάνει ότι διαβάζει το πρόγραμμα. Τον αναγνωρίζετε χωρίς τη στολή του; Είναι ο υπαστυνόμος Σακς. Φαίνεται πως ο Πίτερσεν πιστεύει ότι ο άνθρωπός μας μπορεί να επιχειρήσει μια πιο άμεση προσέγγιση την επόμενη φορά».

«Δηλαδή, ξαναμιλήσατε μαζί του;» τον ρώτησα.

«Μόνο στο τηλέφωνο. Μου ζήτησε να γράψω όσο πιο απλά γίνεται το πώς δικαιολογώ το τρίτο σύμβολο, το νόμο της διαμόρφωσης της ακολουθίας όπως εγώ τη φαντάζομαι. Του έστειλα από το Κέιμπριτζ την ερμηνεία. Είναι μόλις μισή σελίδα, σε αντίθεση με αυτή την τόσο ευφάνταστη έκθεση που μας διάβασε. Νομίζω πως έχει ένα σχέδιο, αλλά σίγουρα αμφιβάλλει ακόμα. Είναι ενδιαφέρουσα η γοητεία που ασκούν οι ψυχιατρικές εικασίες. Παρ' ότι μπορεί να είναι λανθασμένες ή ακόμα και γελοίες, πάντα είναι πιο γοητευτικές από έναν καθαρά λογικό συλλογισμό. Ο κόσμος διακατέχεται από μια φυσική αντίδραση, μια ενστικτώδη καχυποψία απέναντι στα λογικά σχήματα. Και ακόμα και με όλες τις λανθασμένες αιτίες, στο βάθος αυτής της αντίδρασης, αν κάποιος ερευνήσει την ιστορική διαμόρφωση της λογικής στον ανθρώπινο εγκέφαλο, θα βρει ίσως κάποια βάση».

Ο τόνος της φωνής του Σέλντομ είχε κατέβει ασυναίσθητα. Οι ψίθυροι γύρω μας έσβησαν και τα φώτα χαμήλωσαν σχεδόν τελείως. Μια δυνατή δέσμη λευκού φωτός φώτισε εντυπωσιακά τους μουσικούς στο περίπτερο. Ο διευθυντής της ορχήστρας χτύπησε ελαφρά δυο φορές το αναλόγιο, άπλωσε το χέρι προς το βιολιστή και ακούσαμε την πρώτη νότα από τη σονάτα που άνοιγε το πρόγραμμα, σαν τον καπνό που προσπαθεί να ανέβει ψηλά, ανοίγοντας διστακτικά δρόμο μέσα απ' τη σιωπή. Πολύ απαλά, σαν να έπιανε λεπτές κλωστές στον αέρα, ο διευθυντής έκανε νόημα στην Μπεθ και στον Μάικλ, στα πνευστά, στο πιάνο και τελευταία στα κρουστά. Κοίταξα την Μπεθ, αν και στην πραγματικότητα δεν είχα σταματήσει να την κοιτάζω ούτε όση ώρα άκουγα τον Σέλντομ. Αναρωτήθηκα αν εκεί, πάνω στη σκηνή, θα ήταν ορατή η πραγματική επαφή της με τον Μάικλ, όμως έμοιαζαν κι οι δυο απορροφημένοι και συγκεντρωμένοι, ο καθένας ακολουθώντας την παρτιτούρα του και γυρίζοντας γρήγορα τις σελίδες. Κάθε τόσο ένα κοφτό χτύπημα του τύμπανου με έκανε να στρέφω το βλέμμα προς τον περκασιονίστα. Ήταν, με μεγάλη διαφορά, ο μεγαλύτερος της ορχήστρας, ένας πολύ ψηλός άντρας, σκυφτός λόγω ηλικίας, με ένα κάπως κιτρινισμένο στις άκρες λευκό μουστάκι, που κάποτε μάλλον ήταν το καμάρι του. Ήταν σαν να παρέπαιε και να έτρεμε, πράγμα που ερχόταν σε αντίθεση με τη σπασμωδική δύναμη των χτυπημάτων του, σαν να έκρυβε απ' τον κόσμο ότι ήταν στο αρχικό στάδιο του πάρκινσον. Πρόσεξα ότι έβαζε τα χέρια πίσω απ' την πλάτη μετά από κάθε χτύπημα και ότι ο διευθυντής της ορχήστρας προσπαθούσε με ένα αστείο νεύμα να ρυθμίσει τις επεμβάσεις του. Η μουσική έφτασε σε ένα μεγαλειώδες κρεσέντο και ο διευθυντής έδωσε το τέλος με μια ζωηρή κίνηση, προτού γυρίσει για να δεχτεί, με μια υπόκλιση του κεφαλιού, τα πρώτα χειροκροτήματα του κοινού.

Ζήτησα από τον Σέλντομ το πρόγραμμα. Το επόμενο κομμάτι ήταν η «Άνοιξη στα Απαλάχια» του Άαρον Κόπλαντ, η τρίτη στη σειρά εποχή, για τρίγωνο και ορχήστρα. Επέστρεφα το πρόγραμμα στον Σέλντομ, ο οποίος του έριξε μια βιαστική ματιά.

«Μπορεί να δούμε τώρα» μου ψιθύρισε κρυφά «τα πρώτα πυροτεχνήματα».

Ακολούθησα το βλέμμα του ψηλά, στη σκεπή του παλατιού, όπου διακρίνονταν, ανάμεσα στα αγάλματα, οι κινούμενες σκιές των ανθρώπων που προετοίμαζαν την εκτόξευση. Έπεσε σιωπή, τα φώτα της ορχήστρας έσβησαν και ο κύκλος του προβολέα φώτισε μόνο τον ηλικιωμένο περκασιονίστα, που κρατούσε ψηλά το τρίγωνο σαν να 'ταν φάντασμα. Ακούσαμε το αυστηρό και απόμακρο κουδούνισμα, που θύμιζε τις σταγόνες που στάζουν όταν λιώνουν οι πάγοι στα ποτάμια. Ένα πορτοκαλί φως, που ίσως να αναπαριστούσε το ξημέρωμα, έπεσε στην υπόλοιπη ορχήστρα. Το τρίγωνο πάλεψε σε μια αντίστιξη με τα φλάουτα, ώσπου το κουδούνισμα χάθηκε απ' το κυρίως μοτίβο και ο προβολέας μετακινήθηκε προς το πιάνο για να ξεκινήσει η δεύτερη μελωδία. Σε λίγο τα υπόλοιπα όργανα προστέθηκαν σαν λουλούδια που άνοιγαν σιγά σιγά τα φύλλα τους. Η μπαγκέτα του διευθυντή έδωσε ξαφνικά στα τρομπόνια τον ξέφρενο ρυθμό άγριων αλόγων που καλπάζουν στο λιβάδι. Όλα τα όργανα υπέκυψαν σ' αυτή την ιλιγγιώδη καταδίωξη, ώσπου η μπαγκέτα σηκώθηκε πάλι προς το βάθρο του περκασιονίστα. Η δέσμη του φωτός έπεσε ξανά πάνω του, σαν να αναμενόταν να έρθει από κει η κωδωνοκρουσία της κορύφωσης, όμως, κάτω από εκείνο το λευκό και σκληρό φως, είδαμε ότι συνέβαινε κάτι τρομερό.

Ο ηλικιωμένος, που ακόμα κρατούσε το τρίγωνο στο χέρι, έμοιαζε σαν να προσπαθούσε να μιλήσει. Του έπεσε το τρίγωνο, βγάζοντας μια τελευταία φάλτσα νότα και χτυπώντας κάτω, και εκείνος κατέβηκε τρεκλίζοντας από το βάθρο του, ακολουθούμενος από τον προβολέα, λες κι ο υπεύθυνος φωτισμού δεν μπορούσε να πάρει τα μάτια του από το τρομερό θέαμα. Τον είδαμε να απλώνει το χέρι προς το διευθυντή σε μια βουβή έκκληση για βοήθεια και μετά να πιάνει και με τα δυο χέρια το λαιμό του, σαν να προσπαθούσε να προστατευτεί από ένα αόρατο χέρι που τον έπνιγε χωρίς κανένα οίκτο. Έπεσε στα γόνατα κι εκείνη τη στιγμή ακούστηκαν μερικές πνιχτές κραυγές, καθώς κάποιοι απ' την πρώτη σειρά σηκώνονταν όρθιοι. Είδα τους μουσικούς να περικυκλώνουν τον ηλικιωμένο και να ζητούν απεγνωσμένα γιατρό. Κάποιος άντρας από τη σειρά μας άνοιξε δρόμο για να φτάσει στο περίπτερο. Σηκώθηκα όρθιος για να τον αφήσω να περάσει και, χωρίς να μπορώ να συγκρατηθώ, τον ακολούθησα. Ο Πίτερσεν ήδη βρισκόταν πάνω στη σκηνή και είδα επίσης ότι ο Σακς είχε πηδήσει στο περίπτερο απ' το πλάι κρατώντας το όπλο του. Ο μουσικός είχε μείνει ξαπλωμένος μπρούμυτα, σε μια αφύσικη στάση, με το ένα χέρι ακόμα στο λαιμό, το πρόσωπο μελανιασμένο, σαν ψάρι που είχε πάψει να ανασαίνει. Ο γιατρός γύρισε το σώμα, α-κούμπησε δυο δάχτυλα στο λαιμό του για να βρει το σφυγμό του και του έκλεισε τα μάτια. Ο Πίτερσεν, που είχε κάτσει ακουμπώντας στις φτέρνες δίπλα του, του έ-δειξε διακριτικά το σήμα του και μίλησε λίγο μαζί του. Μετά πήγε μέχρι το βάθρο ανοίγοντας δρόμο ανάμεσα στους μουσικούς, κοίταξε κάτω και σήκωσε με ένα μα-ντίλι το τρίγωνο, που είχε πέσει δίπλα στο σκαλοπάτι. Γύρισα και είδα τον Σέλντομ όρθιο ανάμεσα στον κόσμο που είχε μαζευτεί πίσω μου. Παρατήρησα ότι ο Πίτερ-σεν του έκανε νόημα για να τον συναντήσει στις σειρές από καρέκλες που είχαν αδειάσει και γύρισα πίσω προς το μέρος του, όμως δε φάνηκε να προσέχει ότι τον ακο-λουθούσα ανάμεσα στον κόσμο. Ήταν αμίλητος, ανέκ-φραστος και περπατούσε αργά προς τις θέσεις μας. Ο Πίτερσεν, που είχε κατέβει απ' την πλαϊνή πλευρά της σκηνής, τον πλησίαζε από την άλλη μεριά της σειράς. Ο Σέλντομ σταμάτησε ξαφνικά, σαν κάτι στη θέση του να τον είχε κάνει να παραλύσει. Κάποιος είχε κόψει από το πρόγραμμα δυο φράσεις και τα κομματάκια απ' το χαρτί σχημάτιζαν ένα μικρό μήνυμα πάνω στην καρέκλα. Έσκυψα να τα διαβάσω πριν προλάβει να με διώξει ο επιθεωρητής. Το πρώτο έλεγε «Η τρίτη στη σειρά*». Το δεύτερο ήταν η λέξη «τρίγωνο».

---

* Σ.τ.Ε. πρωτότ.: *The third of the series*. Οι λέξεις είχαν κοπεί από το πρόγραμμα που ήταν γραμμένο στα αγγλικά και γι' αυτό δεν υπάρχει διάκριση ως προς το φύλο. (Σ.τ.Μ.: Η λέξη serie στα ισπανικά σημαίνει και ακολουθία αλλά και σειρά.)

ΚΕΦΑΛΑΙΟ 16

Ο ΠΙΤΕΡΣΕΝ ΕΚΑΝΕ ένα επιτακτικό νεύμα στον Σακς και ο υπαστυνόμος, που είχε μείνει στο περίπτερο για να φυλάει το πεσμένο σώμα, άνοιξε δρόμο ανάμεσα στον κόσμο δείχνοντας το σήμα του. «Να μη φύγει κανείς προς το παρόν» διέταξε ο Πίτερσεν. «Θέλω τα ονόματα όλων όσων είναι εδώ». Έβγαλε απ' την τσέπη του ένα κινητό τηλέφωνο και του το έδωσε μαζί με ένα μικρό σημειωματάριο. «Πείτε στον υπεύθυνο του πάρκιν να μη φύγει κανένα αυτοκίνητο. Ζητήστε καμιά δωδεκαριά αστυνομικούς για να πάρουν καταθέσεις, έναν για να φρουρεί τη λίμνη και δυο ακόμα για να εμποδίζουν τη διαφυγή μέσα απ' το δάσος. Θέλω να μετρήσετε όλους τους θεατές και να συγκρίνετε τον αριθμό τους με τα εισιτήρια που κόπηκαν και τα καθίσματα που χρησιμοποιήθηκαν. Μιλήστε με τους ταξιθέτες για να μάθετε πόσες καρέκλες πρόσθεσαν. Και θέλω άλλη μια λίστα, που να περιλαμβάνει όλο το προσωπικό του παλατιού, τους μουσικούς και τους ανθρώπους που ήταν υπεύθυνοι για τα πυροτεχνήματα. Και κάτι ακόμα» είπε, τη στιγμή που έφευγε ο Σακς. «Ποια ήταν η αποστολή σας σήμερα, υπαστυνόμε;»

Είδα τον Σακς να χλωμιάζει κάτω απ' το αυστηρό

βλέμμα του Πίτερσεν, σαν μαθητής που του είχαν κάνει μια δύσκολη ερώτηση.

«Να προσέχω τους ανθρώπους που μπορεί να πλησίαζαν τον καθηγητή Σέλντομ» είπε.

«Τότε, ίσως να μπορείτε να μας πείτε ποιος άφησε αυτό το μήνυμα στη θέση του».

Ο Σακς κοίταξε φευγαλέα τα δυο κομματάκια χαρτί κι έχασε το χρώμα του. Κούνησε το κεφάλι στενοχωρημένος.

«Κύριε επιθεωρητά» είπε «νόμιζα ότι πράγματι κάποιος έπνιγε εκείνον τον άντρα, απ' τη θέση μου έτσι φαινόταν, σαν κάποιος να τον στραγγάλιζε. Είδα ότι εσείς είχατε βγάλει το όπλο σας κι έτρεξα στη σκηνή για να σας βοηθήσω».

«Όμως δεν πέθανε από πνιγμό, έτσι δεν είναι;» είπε ο Σέλντομ ήρεμα.

Ο Πίτερσεν φάνηκε να διστάζει προτού απαντήσει.

«Προφανώς έπαθε ξαφνικά καρδιαναπνευστική ανακοπή. Ο δόκτωρ Σάντερς, ο καθηγητής που ανέβηκε στη σκηνή, τον είχε χειρουργήσει πριν από χρόνια επειδή έπασχε από εμφύσημα στους πνεύμονες και του είχε δώσει γύρω στους πέντε με έξι μήνες ζωής. Είναι άγνωστο το πώς στεκόταν ακόμα στα πόδια του, η αναπνοή του ήταν πολύ προβληματική. Η πρώτη του διάγνωση είναι ότι πρόκειται για φυσιολογικό θάνατο».

«Ναι, ναι» μουρμούρισε ο Σέλντομ «ένας φυσιολογικός θάνατος... Δεν είναι εκπληκτικό το πώς τελειοποιείται; Ένας φυσιολογικός θάνατος, φυσικά, τι πιο λογικό, το πιο εκλεπτυσμένο παράδειγμα ενός φόνου που περνάει απαρατήρητος».

Ο Πίτερσεν είχε βγάλει τα γυαλιά του και έσκυψε πάνω από τα δυο χαρτάκια.

«Είχατε δίκιο για το σύμβολο» είπε κι έστρεψε το βλέμμα στον Σέλντομ σαν να μην ήταν ακόμα σίγουρος για το αν έπρεπε να τον θεωρεί σύμμαχο ή εχθρό. Τον καταλάβαινα: υπήρχε κάτι στον τρόπο που σκεφτόταν ο Σέλντομ που ήταν ανεξήγητο για τον επιθεωρητή, και ο Πίτερσεν δεν πρέπει να ήταν συνηθισμένος στο να του παίρνει κάποιος το προβάδισμα σε μια έρευνα.

«Ναι, αλλά, όπως βλέπετε, το σύμβολο δε μας βοήθησε σε τίποτα».

«Υπάρχουν, βέβαια, κάποιες περίεργες παραλλαγές στο μήνυμα: δεν υπάρχει αυτή τη φορά η ώρα, και οι άκρες και των δυο κομματιών είναι τραχιές, το χαρτί μοιάζει σαν να έχει κοπεί αδέξια, βιαστικά, σαν να κόπηκε απ' το πρόγραμμα με τα δάχτυλα...»

«Ή ίσως» είπε ο Σέλντομ «αυτή ακριβώς να είναι η εντύπωση που ήθελε να μας δώσει. Μήπως όλη η σκηνή, με τον προβολέα και την κορύφωση της μουσικής, δεν ήταν ένα τέλειο ταχυδακτυλουργικό κόλπο; Τελικά, το σημαντικό δεν είναι ο θάνατος του περκασιονίστα, το πραγματικό τρικ ήταν το ότι άφησε κάτω απ' τη μύτη μας αυτά τα δυο χαρτάκια».

«Όμως ο άντρας εκεί πάνω στη σκηνή είναι νεκρός, δεν πρόκειται για τρικ» είπε ψυχρά ο Πίτερσεν.

«Ναι» είπε ο Σέλντομ. «Αυτό είναι το περίεργο: η αντιστροφή των δεδομένων, το μεγαλύτερο τέχνασμα στην υπηρεσία του μικρότερου. Ακόμα δεν καταλαβαίνουμε το σχήμα. Μπορούμε να το ζωγραφίσουμε τώρα, μπορούμε να χαράξουμε τις γραμμές του, αλλά δεν το βλέπουμε, ακόμα δεν το βλέπουμε όπως το βλέπει αυτός».

«Όμως, αν αυτό που σκεφτόσασταν ήταν σωστό, πιθανώς να φτάνει το να του αποδείξουμε ότι ξέρουμε τη συνέχεια της ακολουθίας για να τον σταματήσουμε. Εν πάση περιπτώσει, νομίζω ότι τώρα πρέπει να το δοκιμάσουμε. Να του στείλετε εσείς ο ίδιος ένα μήνυμα».

«Αφού όμως δεν ξέρουμε ποιος είναι» είπε ο Σέλντομ «πώς θα του δώσουμε το μήνυμα;».

«Το σκεφτόμουν αυτό από τη στιγμή που έλαβα το χαρτί με την ερμηνεία σας. Νομίζω ότι έχω μια ιδέα, ελπίζω να μπορέσω να συμβουλευτώ σήμερα κιόλας την ψυχίατρο και θα σας τηλεφωνήσω μετά. Αν θέλουμε να προλάβουμε και να αποτρέψουμε τον επόμενο θάνατο, δεν έχουμε καιρό για χάσιμο».

Ακούσαμε τη σειρήνα ενός ασθενοφόρου και είδαμε ότι είχε σταματήσει στο πάρκιν και το φορτηγάκι των *Oxford Times*. Η πλαϊνή πόρτα άνοιξε κι εμφανίστηκε ένας φωτογράφος και μετά ο ξερακιανός δημοσιογράφος που μου είχε μιλήσει στην Κάνλιφ Κλόοουζ. Ο Πίτερσεν έπιασε με προσοχή απ' τις άκρες τα δυο κομμάτια χαρτί και τα έβαλε στην τσέπη του.

«Για την ώρα, αυτός ο θάνατος είναι φυσιολογικός» είπε. «Δε θέλω αυτός ο δημοσιογράφος να μας δει μαζί». Ο Πίτερσεν αναστέναξε και στράφηκε προς τον κόσμο που περιέβαλλε τη σκηνή. «Λοιπόν» είπε «πρέπει να μετρήσω όλον αυτό τον κόσμο».

«Πιστεύετε στ' αλήθεια ότι μπορεί να είναι ακόμα εδώ;» είπε ο Σέλντομ.

«Πιστεύω πως και στις δυο περιπτώσεις, είτε η καταμέτρηση βγει σωστή είτε λείπει κάποιος, θα ξέρουμε κάτι παραπάνω γι' αυτόν».

Ο Πίτερσεν απομακρύνθηκε κάνοντας λίγα βήματα και σταμάτησε για να μιλήσει για λίγο με την ξανθιά γυναίκα που καθόταν δίπλα του. Είδαμε τον επιθεωρητή να της κάνει ένα νεύμα δείχνοντάς μας και τη γυναίκα να κουνάει καταφατικά το κεφάλι. Αμέσως μετά την είδαμε να έρχεται αποφασιστικά προς το μέρος μας με ένα φιλικό χαμόγελο. «Ο πατέρας μου μου είπε ότι δεν επιτρέπεται να περάσουν ταξί ούτε αυτοκίνητα για λίγη ώρα. Εγώ γυρίζω τώρα στην Οξφόρδη, μπορώ να σας αφήσω όπου θέλετε». Την ακολουθήσαμε μέχρι το πάρκιν και μπήκαμε σε ένα αυτοκίνητο με ένα διακριτικό αστυνομικό σήμα στο παρμπρίζ. Βγαίνοντας από το πάρκιν, διασταυρωθήκαμε με τους αστυνομικούς που είχε ζητήσει ο Πίτερσεν.

«Ήταν η πρώτη φορά που κατάφερα να φέρω τον πατέρα μου σε συναυλία» είπε η γυναίκα κοιτάζοντας προς τα πίσω «νόμιζα ότι θα τον αποσπούσε λίγο απ' τη δουλειά του. Τελικά, φαντάζομαι ότι τώρα πια δε θα έρθει για φαγητό. Θεέ μου, αυτός ο άνθρωπος που κρατούσε το λαιμό του... ακόμα δεν μπορώ να το πιστέψω. Ο πατέρας μου νόμιζε ότι τον έπνιγαν, ήταν έτοιμος να πυροβολήσει προς τη σκηνή, όμως το σποτ που του φώτιζε το πρόσωπο δεν επέτρεπε να δει κανείς τίποτα πίσω του. Ρώτησε εμένα αν έπρεπε να πυροβολήσει».

«Κι εσείς τι βλέπατε απ' τη θέση σας;» ρώτησα εγώ.

«Τίποτα. Έγιναν όλα τόσο γρήγορα... Άλλωστε, η προσοχή μου ήταν στραμμένη ψηλά, προς το παλάτι, ήξερα ότι στο τέλος του μουσικού μέρους θα εκτοξεύονταν τα πρώτα πυροτεχνήματα. Ήμουν υπεύθυνη γι' αυτά: κάθε φορά μού ζητάνε να διοργανώσω το κομμάτι που αφορά τα πυροτεχνήματα. Φαντάζονται ότι, μια και είμαι κόρη αστυνομικού, θα έχω και καλή σχέση με το μπαρούτι».

«Πόσος κόσμος ήταν πάνω στη σκεπή για τα πυροτεχνήματα;» ρώτησε ο Σέλντομ.

«Δυο άνθρωποι, δε χρειάζονταν περισσότεροι. Ίσως να ήταν το πολύ άλλος ένας από την ασφάλεια του παλατιού».

«Αν δεν κάνω λάθος» είπε ο Σέλντομ «η θέση του περκασιονίστα ήταν λίγο διαφορετική απ' αυτή της υπόλοιπης ορχήστρας. Ήταν ο τελευταίος, βρισκόταν στο βάθος του περίπτερου, πάνω σ' ένα βάθρο, κάπως απομακρυσμένος απ' τους υπόλοιπους. Ήταν ο μόνος στον ο- ποίο θα μπορούσε να επιτεθεί κάποιος από πίσω χωρίς να το αντιληφθούν οι άλλοι μουσικοί. Οποιοσδήποτε από το κοινό ή από το παλάτι θα μπορούσε να πάει πίσω από το περίπτερο όταν θα έσβηναν τα φώτα».

«Μα ο πατέρας μου είπε ότι πέθανε επειδή έπαθε καρδιαναπνευστική ανακοπή. Υπάρχει άραγε κάποιος τρόπος να προκληθεί αυτό από εξωγενείς παράγοντες;»

«Δεν ξέρω, δεν ξέρω» είπε ο Σέλντομ και μουρμούρισε χαμηλόφωνα «ελπίζω πως ναι».

Τι ήθελε να πει ο Σέλντομ με εκείνο το *ελπίζω πως ναι*; Ήμουν έτοιμος να τον ρωτήσω εκείνη τη στιγμή, όμως η κόρη του Πίτερσεν είχε πιάσει μαζί του μια συζήτηση σχετικά με άλογα, που μετά στράφηκε οριστικά και κάπως απρόβλεπτα σε μια αναζήτηση κοινών προγόνων από τη Σκοτία. Έμεινα για λίγο να γυροφέρνω στο μυαλό μου εκείνη τη μικρή παράξενη φράση κι αναρωτιόμουν αν μου είχε διαφύγει κάποια απ' τις πιθανές αποχρώσεις της αγγλικής έκφρασης *I hope so*. Υπέθεσα ότι απλώς ήθελε να πει ότι η θεωρία της επίθεσης ήταν η μοναδική λογική θεωρία, ότι για το καλό της ψυχικής υγείας όλων ήταν προτιμότερο να συνέβησαν έτσι τα πράγματα. Ότι, αν δεν την προκάλεσε κάτι, αν ήταν πράγματι ένας φυσιολογικός θάνατος, το μόνο που έμενε ήταν να πιστέψουμε το απίστευτο: ότι υπάρχουν αόρατοι άνθρωποι, μαχητές ζεν, υπερφυσικές δυνάμεις. Τι περίεργα που είναι αυτά τα μικρά μπαλώματα, αυτά τα αυτόματα ράμματα της λογικής: πείστηκα πως αυτό ήταν το μόνο που ήθελε να πει και δεν τον ρώτησα ποτέ γι' αυτό, ούτε όταν κατέβηκα απ' το αυτοκίνητο, ούτε όλες τις άλλες φορές που μιλήσαμε, και, παρ' όλα αυτά, εκείνη η φράση που είχε ψιθυρίσει καταλαβαίνω τώρα ότι θα μπορούσε να με είχε βοηθήσει να μπω, απ' τον πιο σύντομο δρόμο, στα άδυτα της σκέψης του. Μπορώ να πω ίσως για να δικαιολογήσω τον εαυτό μου ότι στην πραγματικότητα με ενδιέφερε κυρίως κάποιο άλλο ζήτημα: δεν ήθελα να αφήσω τον Σέλντομ να μου ξεφύγει εκείνο το βράδυ χωρίς να μου αποκαλύψει το νόμο της διαμόρφωσης της ακολουθίας. Το σύμβολο του τριγώνου, προς μεγάλη μου ντροπή, εξακολουθούσε να με αφήνει βυθισμένο στο σκοτάδι, όπως στην αρχή, και, καθώς μισοάκουγα τη συζήτηση στα μπροστινά καθίσματα, προσπαθούσα μάταια να βρω κάποιο νόημα στην ακολουθία κύκλος, ψάρι, τρίγωνο και να φανταστώ, ανώφελα, ποιο θα μπορούσε να είναι το τέταρτο σύμβολο. Είχα αποφασίσει να αποσπάσω τη λύση από τον Σέλντομ μόλις θα κατεβαίναμε απ' το αυτοκίνητο και παρακολουθούσα ανήσυχος τα χαμόγελα της κόρης του Πίτερσεν. Αν και μου διέφευγαν κάποιες από τις εκφράσεις της καθομιλουμένης που χρησιμοποιούσαν, καταλάβαινα ότι η συζήτηση είχε γίνει πιο προσωπική και ότι κάποια στιγμή εκείνη είχε επαναλάβει με το ναζιάρικο ύφος του εγκαταλειμμένου παιδιού ότι θα έτρωγε μόνη εκείνο το βράδυ. Είχαμε μπει στην Οξφόρδη από την Μπάνμπερυ Ρόουντ και η κόρη του Πίτερσεν σταμάτησε το αυτοκίνητο απέναντι από τη στροφή της Κάνλιφ Κλόουζ.

«Εδώ θα πρέπει να σας αφήσω, έτσι δεν είναι;» μου είπε με ένα γοητευτικό χαμόγελο που όμως δεν άφηνε περιθώρια.

Κατέβηκα απ' το αυτοκίνητο, όμως, πριν προλάβει να

φύγει, με μια ξαφνική παρόρμηση, χτύπησα το παράθυρο απ' την πλευρά του Σέλντομ.

«Πρέπει να μου πείτε» του είπα στα ισπανικά, χαμηλόφωνα αλλά πιεστικά, «έστω ένα στοιχείο, πείτε μου κάτι ακόμα για τη λύση της ακολουθίας».

Ο Σέλντομ με κοίταξε ξαφνιασμένος, όμως το αίτημά μου ήταν πειστικό και φάνηκε να με λυπάται.

«Τι είμαστε εσείς κι εγώ, τι είμαστε εμείς οι μαθηματικοί;» μου είπε και χαμογέλασε με μια παράξενη μελαγχολία, σαν να ήρθε στο μυαλό του μια ανάμνηση που νόμιζε ότι είχε χαθεί. «Είμαστε, όπως έχει πει κάποιος ποιητής απ' τη χώρα σας, οι σχολαστικοί μαθητές του Πυθαγόρα».

ΚΕΦΑΛΑΙΟ 17

Εμεινα να στεκομαι στην άκρη της λεωφόρου, κοιτάζοντας το αυτοκίνητο να απομακρύνεται μες στο σκοτάδι.

Στην τσέπη μου, εκτός απ' το κλειδί του δωματίου μου, είχα και το κλειδί της πλαϊνής πόρτας του ινστιτούτου, όπως και την κάρτα που μου επέτρεπε να μπαίνω οποιαδήποτε ώρα στη βιβλιοθήκη. Αποφάσισα ότι ήταν ακόμα πολύ νωρίς για να πάω να κοιμηθώ και περπάτησα μέχρι το ινστιτούτο κάτω από τα φώτα του δρόμου. Οι δρόμοι ήταν έρημοι· μόνο στο ύψος της Ομπσερβατόρυ Στριτ είδα λίγη κίνηση πίσω από την τζαμαρία του ινδικού εστιατορίου: δυο υπάλληλοι αναποδογύριζαν τις καρέκλες πάνω στα τραπέζια και μια γυναίκα που φορούσε ένα σάρι έκλεινε τις κουρτίνες. Η Σαιντ Τζάιλς ήταν επίσης έρημη, όμως υπήρχαν φώτα σε μερικά γραφεία του ινστιτούτου και μερικά αυτοκίνητα στο πάρκιν. Ήξερα ότι μερικοί μαθηματικοί δούλευαν μόνο νύχτα και άλλοι επέστρεφαν γιατί έπρεπε να επιβλέπουν κάθε τόσο την πορεία ενός αργού προγράμματος. Ανέβηκα στη βιβλιοθήκη· τα φώτα ήταν αναμμένα και μόλις μπήκα άκουσα τα υπόκωφα βήματα κάποιου που έψαχνε αθόρυβα στα ράφια. Πήγα στο τμήμα της ιστορίας των μαθηματικών και διέτρεξα με το δάχτυλο τους τίτλους των τόμων. Ένα βιβλίο εξείχε κάπως απ' τα υπόλοιπα, σαν κάποιος να το είχε συμβουλευτεί πρόσφατα και να μην ήταν αρκετά προσεκτικός όταν το επέστρεψε στη θέση του. Τα βιβλία ήταν πολύ στριμωγμένα μεταξύ τους και χρειάστηκε να χρησιμοποιήσω και τα δυο χέρια για να το τραβήξω. Η εικονογράφηση του εξώφυλλου ήταν μια πυραμίδα από δέκα κουκκίδες τυλιγμένη στις φλόγες. Ο τίτλος –Η αδελφότητα των πυθαγόρειων– ήταν τοποθετημένος έτσι ώστε μόλις που γλίτωνε απ' τις φλόγες. Κοιτάζοντας καλύτερα τις κουκκίδες, είδα ότι στην πραγματικότητα ήταν μικρά κοντοκουρεμένα κεφάλια, σαν μοναχοί που τους κοιτάζει κανείς από ψηλά. Ίσως λοιπόν οι φλόγες να μην αναφέρονταν σε έναν αόριστο συμβολισμό σχετικά με το φλογερό πάθος που μπορεί να κρύβει η γεωμετρία, αλλά, συγκεκριμένα, στην τρομερή πυρκαγιά που αφάνισε τη σέκτα.

Κάθισα σε ένα απ' τα αναγνωστήρια της βιβλιοθήκης και το άνοιξα κάτω απ' τη λάμπα. Δε χρειάστηκε να δω παραπάνω από δυο τρεις σελίδες. Εκεί ήταν. Εκεί ήταν όλον αυτό τον καιρό και ήταν ενοχλητικά απλό. Οι πιο παλιές και οι πιο στοιχειώδεις έννοιες των μαθηματικών, προτού πετάξουν ακόμα εντελώς από πάνω τους τα μυστικιστικά τους πέπλα. Η απεικόνιση των αριθμών στην πυθαγόρεια διδασκαλία ως πρότυπων αρχών των θεϊκών δυνάμεων. Ο κύκλος ήταν το Ένα, η τέλεια μονάδα, η αρχή όλων, μια κλειστή και ολοκληρωμένη γραμμή. Το Δύο ήταν το σύμβολο της πολλαπλότητας, όλων των αντιπαραθέσεων και των διπλών υποστάσεων, των τεχνοποιήσεων. Σχηματιζόταν από την τομή δυο κύκλων και το οβάλ σχήμα, σαν αμύγδαλο, που έμενε στη μέση ονομαζόταν *Vesica Piscis*, κύστη του ψαριού. Το Τρία, η τριάδα, ήταν η ένωση δυο άκρων, η πιθανότητα να βρεθεί τάξη και αρμονία ανάμεσα στις αντιθέσεις. Ήταν το πνεύμα που εμπερικλείει το θάνατο και την αθανασία σε ένα όλον. Όμως, επίσης, το Ένα ήταν το σημείο, το Δύο ήταν η ευθεία που ένωνε δυο σημεία, το Τρία ήταν το τρίγωνο και ταυτόχρονα το επίπεδο. Ένα, δύο, τρία, αυτό ήταν όλο, η ακολουθία δεν ήταν τίποτε άλλο από τη διαδοχή των φυσικών αριθμών. Γύρισα σελίδα για να μελετήσω το σύμβολο που αναπαριστούσε τον αριθμό Τέσσερα. Ήταν η τετρακτύς, η πυραμίδα με τις δέκα κουκκίδες που είχα δει στο εξώφυλλο, το έμβλημα και το ιερό σχήμα της σέκτας. Οι δέκα κουκκίδες ήταν το άθροισμα του ένα συν δυο συν τρία συν τέσσερα. Αντιπροσώπευε την ύλη και τα τέσσερα στοιχεία. Οι πυθαγόρειοι πίστευαν ότι όλα τα μαθηματικά κωδικοποιούνταν σε εκείνο το σύμβολο, που ήταν ταυτόχρονα ο τρισδιάστατος χώρος και η μουσική των ουράνιων σωμάτων, που έφερε το σπέρμα των συνδυαστικών αριθμών της τύχης και των αριθμών του πολλαπλασιασμού της ζωής που θα ανακάλυπτε εκ νέου αιώνες αργότερα ο Φιμπονάτσι. Ξανάκουσα βήματα, πολύ πιο κοντά αυτή τη φορά. Σήκωσα το βλέμμα και είδα ξαφνιασμένος τον Ποντόροφ, το συνάδελφο με τον οποίο μοιραζόμουν το γραφείο μου. Είχε κάνει το γύρο του τελευταίου ραφιού και, βλέποντάς με καθισμένο στο γραφείο, πλησίασε με ένα απορημένο χαμόγελο. Ήταν περίεργο το πόσο διαφορετικός φαινόταν εκεί, σαν να ήταν στο στοιχείο του, και σκέφτηκα ότι ίσως να ένιωθε ότι του ανήκε η βιβλιοθήκη κατά τη διάρκεια της νύχτας. Όταν έφτασε στο τραπέζι μου, είδα ότι κρατούσε ένα τσιγάρο, το οποίο και χτύπησε ελαφρά πάνω στο τζάμι πριν το ανάψει.

«Ναι» είπε «έρχομαι τέτοια ώρα για να μπορώ να καπνίζω με την ησυχία μου».

Με κοίταξε με ένα φιλόξενο και ταυτόχρονα ειρωνικό χαμόγελο, καθώς γύριζε το εξώφυλλο του βιβλίου για να διαβάσει τον τίτλο. Ήταν αξύριστος και το βλέμμα του ήταν σκληρό και γυάλιζε.

«Α, *Η αδελφότητα των πυθαγόρειων...* σίγουρα θα έχει να κάνει με τα σύμβολα που ζωγραφίζατε στον πίνακα του γραφείου. Ο κύκλος, το ψάρι... αν θυμάμαι καλά, είναι οι πρώτοι συμβολικοί αριθμοί της σέκτας, έτσι δεν είναι;» Φάνηκε να καταβάλλει μια μικρή πνευματική προσπάθεια και απάγγειλε σαν να μου επιδείκνυε με περηφάνια το πόσο καλή ήταν η μνήμη του: «Το τρίτο είναι το τρίγωνο, το τέταρτο η τετρακτύς».

Τον κοίταξα έκπληκτος. Μόλις εκείνη τη στιγμή συνειδητοποίησα ότι εκείνος ο άνθρωπος, που με είχε δει να μελετάω στον πίνακα τα δυο σύμβολα, δεν είχε σκεφτεί ποτέ ότι μπορεί να επρόκειτο για κάτι άλλο εκτός από κάποιο περίεργο μαθηματικό πρόβλημα. Εκείνος ο άνθρωπος, που προφανώς δεν είχε ιδέα για τους φόνους, την ίδια στιγμή, όλον εκείνο τον καιρό, θα μπορούσε απλώς να είχε σηκωθεί απ' την καρέκλα του και να μου είχε ζωγραφίσει τη συνέχεια της ακολουθίας.

«Ο *Άρθουρ Σέλντομ* σάς έθεσε αυτό το πρόβλημα;» με ρώτησε. «Από εκείνον άκουσα πρώτη φορά να γίνεται λόγος γι' αυτά τα σύμβολα, κατά τη διάρκεια μιας διάλεξης για το τελευταίο θεώρημα του Φερμά. Θα ξέρετε, φυσικά, ότι το θεώρημα του Φερμά δεν είναι τίποτε άλλο από μια γενίκευση του προβλήματος των πυθαγόρειων τριάδων, του καλύτερα φυλαγμένου μυστικού της σέκτας».

«Πότε έγινε αυτό;» ρώτησα. «Σίγουρα όχι πρόσφατα».

«Όχι, πριν πολλά χρόνια» είπε. «Τόσο πολλά, που,

απ' ό,τι είδα, ο Σέλντομ δε με θυμάται πια. Φυσικά, εκείνος ήταν ήδη ο μεγάλος Σέλντομ κι εγώ απλώς ένας άγνωστος φοιτητής που έκανε το μεταπτυχιακό του στη μικρή ρωσική πόλη όπου γινόταν το συνέδριο. Του πήγα τις μελέτες μου πάνω στο θεώρημα του Φερμά, ήταν το μοναδικό πράγμα που με απασχολούσε εκείνο τον καιρό, και τον παρακάλεσα να με φέρει σε επαφή με την ομάδα θεωρίας των αριθμών του Κέιμπριτζ, όμως προφανώς ήταν όλοι πολύ απασχολημένοι για να τις διαβάσουν. Για την ακρίβεια, όχι όλοι» είπε. «Ένας φοιτητής του Σέλντομ τις διάβασε, διόρθωσε τα λάθη στα αγγλικά μου και τις δημοσίευσε με το όνομά του. Του απένειμαν το βραβείο Φιλντς για τη σημαντικότερη συμβολή της δεκαετίας στη λύση του προβλήματος. Τώρα ο Ουάιλς πρόκειται να κάνει το τελευταίο βήμα χάρη σ' εκείνα τα θεωρήματα. Όταν έγραψα στον Σέλντομ, το μόνο που μου απάντησε ήταν ότι η εργασία μου περιείχε ένα λάθος και ότι ο φοιτητής του το είχε διορθώσει». Γέλασε κοφτά και τράβηξε με δύναμη μια ρουφηξιά απ' το τσιγάρο του. «Το μοναδικό λάθος» είπε «ήταν ότι δεν ήμουν Άγγλος».

Θα ήθελα εκείνη τη στιγμή να είχα τη δύναμη να κάνω αυτόν τον άνθρωπο να σταματήσει αμέσως να μιλάει. Ένιωσα πάλι, όπως και κατά τη διάρκεια εκείνης της βόλτας στο Πανεπιστημιακό Πάρκο, ότι ήμουν έτοιμος να δω κάτι και ότι ίσως, αν κατάφερνα να μείνω μόνος μου, εκείνο το απροσδιόριστο κομμάτι που ήδη μου είχε ξεφύγει μια φορά ίσως να επέστρεφε για να μπει στη θέση του. Μουρμούρισα μια αόριστη δικαιολογία και σηκώθηκα, συμπληρώνοντας βιαστικά μια καρτέλα της βιβλιοθήκης για να πάρω το βιβλίο. Ήθελα να φύγω, να απομακρυνθώ μέσα στη νύχτα, μακριά απ' όλα. Κατέβηκα γρήγορα τη σκάλα και, καθώς ετοιμαζόμουν να βγω στο δρόμο, σχεδόν συγκρούστηκα με μια μαύρη φιγούρα που ερχόταν απ' το πάρκιν. Ήταν ο Σέλντομ, που είχε βάλει ένα αδιάβροχο πάνω από το σμόκιν του. Μόλις εκείνη τη στιγμή πρόσεξα ότι έβρεχε. «Αν φύγετε τώρα, θα βρέξετε το βιβλίο σας» είπε και άπλωσε το χέρι για να δει το εξώφυλλο. «Ώστε το βρήκατε. Και βλέπω στο πρόσωπό σας ότι ανακαλύψατε και κάτι ακόμα, έτσι δεν είναι; Γι' αυτό κι εγώ ήθελα να το βρείτε μόνος σας».

«Συνάντησα το συνάδελφο με τον οποίο μοιράζομαι το γραφείο μου, τον Ποντόροφ· μου είπε ότι είχατε γνωριστεί πριν από χρόνια».

«Βίκτορ Ποντόροφ, ναι... αναρωτιέμαι τι σας είπε. Τον είχα ξεχάσει μέχρι τη στιγμή που ο επιθεωρητής Πίτερσεν μου έδωσε τη λίστα με όλους τους μαθηματικούς του ινστιτούτου. Δε θα τον είχα γνωρίσει έτσι κι αλλιώς: εγώ θυμόμουν ένα νεαρούλη με μυτερό γενάκι, λίγο παλαβό, που νόμιζε ότι είχε βρει την απόδειξη του θεωρήματος του Φερμά. Πολύ αργότερα θυμήθηκα ότι είχα μιλήσει σε εκείνο το συνέδριο για τους πυθαγόρειους αριθμούς. Επίσης δε θέλησα να πω τίποτα γι' αυτό στον επιθεωρητή Πίτερσεν, πάντα ένιωθα κάπως ένοχος εξαιτίας του, έμαθα ότι είχε προσπαθήσει να αυτοκτονήσει όταν έδωσαν το βραβείο Φιλντς σε έναν από τους φοιτητές μου».

«Εν πάση περιπτώσει» είπα «δε θα μπορούσε να είναι αυτός, έτσι δεν είναι; Αυτός ήταν εδώ, στη βιβλιοθήκη, εκείνο το βράδυ».

«Όχι, ποτέ δεν πίστεψα πραγματικά ότι θα μπορούσε να είναι αυτός, όμως ήξερα ότι ήταν ίσως ο μόνος που θα μπορούσε να αναγνωρίσει αμέσως τη συνέχεια της ακολουθίας».

«Ναι» είπα «θυμόταν πολύ καλά τη διάλεξή σας».

Στεκόμασταν κάτω από την ημικυκλική μαρκίζα της εισόδου και η βροχή, που ο αέρας την έριχνε πάνω μας κατά ριπάς, είχε αρχίσει να μας μουσκεύει. «Ελάτε να περπατήσουμε κάτω από εκείνο το υπόστεγο μέχρι το μπαρ» είπε ο Σέλντομ. Τον ακολούθησα, προστατεύοντας το βιβλίο απ' τη βροχή. Πρέπει να ήταν το μοναδικό ανοιχτό μαγαζί σε όλη την Οξφόρδη και η μπάρα ήταν γεμάτη κόσμο που μιλούσε και γελούσε δυνατά, με εκείνη την υπερβολική και κάπως προσποιητή ευθυμία που οι Άγγλοι, απ' ό,τι φαινόταν, ανακάλυπταν μόνο μετά από πολλές μπίρες. Καθίσαμε σ' ένα τραπεζάκι, πάνω στο ξύλο του οποίου είχαν μείνει μερικά υγρά φωτοστέφανα.

«Λυπάμαι» είπε η σερβιτόρα από μακριά, σαν να μην μπορούσε πια να κάνει τίποτα για μας, «σε λίγο κλείνουμε».

«Δε νομίζω ότι μπορούμε να μείνουμε για πολλή ώρα ακόμα εδώ» είπε ο Σέλντομ «όμως με ενδιαφέρει να μάθω τι σκέφτεστε τώρα που γνωρίζετε την ακολουθία».

«Είναι πολύ πιο απλό από οτιδήποτε θα μπορούσε να σκεφτεί ένας μαθηματικός, έτσι δεν είναι; Ίσως να είναι μια έκλαμψη ευφυΐας, όμως δεν παύει να είναι λίγο απογοητευτικό. Στο κάτω κάτω, δεν είναι τίποτα περισσότερο από το ένα, δυο, τρία, τέσσερα, σαν τη συμμετρική ακολουθία που μου δείξατε την πρώτη μέρα. Όμως μπορεί να μην είναι, όπως νομίζαμε, ένα είδος αινίγματος, αλλά απλώς ο δικός του τρόπος για να μετράει τους φόνους: ο πρώτος, ο δεύτερος, ο τρίτος».

«Ναι» είπε ο Σέλντομ «αυτή θα ήταν η χειρότερη περίπτωση, γιατί θα μπορούσε να συνεχίσει να σκοτώνει επ' αόριστον. Όμως εγώ έχω ακόμα ελπίδες ότι τα σύμβολα αποτελούν την πρόκληση και ότι θα σταματήσει αν του αποδείξουμε ότι ξέρουμε... Μόλις μου τηλεφώνησε ο Πίτερσεν απ' το γραφείο του. Έχει μια ιδέα σχετικά μ' αυτό, που ίσως αξίζει τον κόπο να τη δοκιμάσουμε και που προφανώς την εγκρίνει και η ψυχίατρος. Θα αλλάξει εντελώς τη στρατηγική του σε σχέση με τις εφημερίδες: αύριο θα δημοσιεύσουν στην πρώτη σελίδα των *Oxford Times* την είδηση του τρίτου θανάτου, μαζί με το σκίτσο του τριγώνου και μια συνέντευξη στην οποία θα γνωστοποιεί και την ύπαρξη των δυο πρώτων συμβόλων. Θα προετοιμάσουν προσεκτικά τις ερωτήσεις, για να φανεί ότι τελεί σε απόλυτη σύγχυση σε σχέση με το αίνιγμα και ότι τον έχει αφήσει άναυδο η ευφυΐα του δολοφόνου. Αυτό θα δώσει στον άνθρωπό μας, όπως υποστηρίζει η ψυχίατρος, την αίσθηση του θριάμβου που χρειάζεται. Στο φύλλο της Πέμπτης, στις ίδιες σελίδες της εφημερίδας όπου δημοσιεύτηκε το κεφάλαιο του βιβλίου μου για τους φόνους κατά συρροήν, θα εμφανιστεί αυτό το μικρό σημείωμα για την τετρακτύ που έγραψα για τον Πίτερσεν, με την υπογραφή μου από κάτω. Αυτό πρέπει να είναι αρκετό για να του αποδείξει ότι τουλάχιστον εγώ ξέρω και ότι μπορώ να προβλέψω το σύμβολο του επόμενου θανάτου. Μ' αυτόν τον τρόπο, το πράγμα θα μείνει στο επίπεδο αυτής της σχεδόν προσωπικής μονομαχίας που εκείνος επέλεξε απ' την αρχή».

«Όμως, αν υποθέσουμε ότι αυτό θα λειτουργήσει» είπα, κάπως παραξενεμένος, «αν υποθέσουμε ότι, με λίγη τύχη, θα διαβάσει το σημείωμά σας στο ένθετο της Πέμπτης και ότι, με ακόμα περισσότερη τύχη, αυτό θα καταφέρει να τον σταματήσει, πώς θα τον πιάσει τελικά ο Πίτερσεν;».

«Ο Πίτερσεν πιστεύει ότι είναι απλώς θέμα χρόνου. Υποθέτω ότι βασίζεται στο ότι η λίστα από τη συναυλία θα βγάλει τελικά ένα όνομα. Εν πάση περιπτώσει, φαίνεται αποφασισμένος να δοκιμάσει οτιδήποτε μπορεί να αποτρέψει έναν τέταρτο θάνατο».

«Το ενδιαφέρον είναι ότι, κατά κάποιον τρόπο, τώρα διαθέτουμε όλα τα στοιχεία για να προβλέψουμε το επόμενο βήμα. Θέλω να πω, έχουμε τα τρία σύμβολα, όπως στις ακολουθίες του Φρανκ· θα έπρεπε να μπορούσαμε να βγάλουμε κάποιο συμπέρασμα γι' αυτόν τον τέταρτο θάνατο. Να συνδέσουμε την τετρακτύ... με ποιον; Γι' αυτό δεν ξέρουμε τίποτα ακόμα, για το πώς συνδέονται δηλαδή οι θάνατοι με τα σύμβολα. Όμως σκεφτόμουν αυτό που είπε εκείνος ο γιατρός, ο Σάντερς, και νομίζω ότι έχουμε επιτέλους ένα στοιχείο που επαναλαμβάνεται: και στις τρεις περιπτώσεις, τα θύματα ζούσαν κατά κάποιον τρόπο πολύ περισσότερο απ' το αναμενόμενο».

«Ναι, αυτό είναι αλήθεια» είπε ο Σέλντομ. «Δεν το είχα σκεφτεί...» Το βλέμμα του αφαιρέθηκε για λίγο, σαν να είχε ξαφνικά κουραστεί ή σαν να είχε βαρεθεί τις συνεχείς διακλαδώσεις της υπόθεσης. Συγγνώμη» είπε, όντας λίγο αβέβαιος για το χρόνο που είχε διαρκέσει αυτό το κενό, «έχω ένα κακό προαίσθημα. Πίστεψα ότι ήταν καλή ιδέα η δημοσιοποίηση της ακολουθίας. Όμως ίσως να είναι πολλές οι μέρες από αύριο μέχρι την Πέμπτη».

ΚΕΦΑΛΑΙΟ 18

ΕΧΩ ΑΚΟΜΑ ΜΑΖΙ μου ένα αντίτυπο των *Oxford Times* εκείνης της Δευτέρας, με την προσεκτική σκηνοθεσία για έναν και μοναδικό αναγνώστη-φάντασμα. Κοιτάζοντας τώρα τη λίγο ξεθωριασμένη φωτογραφία του πεσμένου μουσικού, ξαναβλέποντας τα ζωγραφισμένα με σινική μελάνη σύμβολα και ξαναδιαβάζοντας τις προκαθορισμένες ερωτήσεις προς τον Πίτερσεν, νιώθω ξανά, σαν να με ακουμπάει από μακριά ένα παγωμένο χέρι, το τρέμουλο που είχα διακρίνει στη φωνή του Σέλντομ όταν ψιθύρισε στην παμπ εκείνο το βράδυ ότι ίσως να ήταν πολλές οι μέρες μέχρι την Πέμπτη. Μπορώ να καταλάβω κυρίως, βλέποντάς τις κολλημένες ακόμα πάνω στο χαρτί, τον τρόμο που του προξενούσε η μυστηριώδης, ανεξάρτητη ζωή των εικασιών στον πραγματικό κόσμο. Όμως, εκείνο το ηλιόλουστο πρωινό δεν είχα κανένα προαίσθημα και διάβαζα με ενθουσιασμό, όπως επίσης και με λίγη περηφάνια, και πιθανώς και με μια ανόητη ματαιοδοξία, εκείνη την ιστορία για την οποία ήξερα σχεδόν τα πάντα προκαταβολικά.

Η Λόρνα με είχε πάρει τηλέφωνο πολύ νωρίς το πρωί κατενθουσιασμένη. Μόλις είχε δει και κείνη την είδηση στην εφημερίδα και ήθελε να φάμε οπωσδήποτε μαζί για να της τα πω όλα. Δεν μπορούσε να συγχωρήσει τον εαυτό της, ούτε κι εμένα, για το ότι είχε μείνει σπίτι το προηγούμενο βράδυ ενώ εγώ ήμουν εκεί, στη συναυλία. Με μισούσε γι' αυτό, αλλά θα το έσκαγε το μεσημέρι από το νοσοκομείο για να με συναντήσει στο γαλλικό καφέ της Λιτλ Κλάρεντον Στριτ, γι' αυτό δεν έπρεπε καν να μου περάσει απ' το μυαλό να κανονίσω με την Έμιλυ για φαγητό. Συναντηθήκαμε στο *Café de Paris* και γελάσαμε και κουτσομπολέψαμε για τους θανάτους και φάγαμε κρέπες με ζαμπόν με εκείνη την κάπως ανεύθυνη ευτυχία των ερωτευμένων, που δεν την αγγίζει τίποτα. Ανέφερα στη Λόρνα αυτό που μας είχε πει ο Πίτερσεν: ότι ο περκασιονίστας είχε κάνει μια πολύ δύσκολη εγχείριση στους πνεύμονες και ότι ο γιατρός του δεν περίμενε ότι θα ζούσε τόσο πολύ.

«Όπως στην περίπτωση του Κλαρκ και της κυρίας Ίγκλετον» είπα, και περίμενα να δω πώς θα αντιδρούσε στη μικρή μου θεωρία. Η Λόρνα έμεινε σκεπτική για ένα λεπτό.

«Όμως δεν είναι ακριβώς έτσι στην περίπτωση της κυρίας Ίγκλετον» είπε. «Την είχα συναντήσει στο νοσοκομείο δυο τρεις μέρες πριν το θάνατό της και ήταν πανευτυχής, γιατί οι αναλύσεις είχαν δείξει μια μερική ύφεση του καρκίνου της. Για την ακρίβεια, ο γιατρός τής είχε πει ότι μπορεί να ζούσε πολλά χρόνια ακόμα».

«Καλά» είπα, σαν να ήταν μόνο ένα μικρό εμπόδιο, «όμως αυτό δεν ήταν παρά μια ιδιωτική συζήτηση ανάμεσα σε κείνη και στο γιατρό της, ο δολοφόνος δεν μπορούσε να το ξέρει αυτό».

«Επιλέγει ανθρώπους που ζουν παραπάνω απ' ό,τι θα 'πρεπε; Αυτό θες να πεις;»

Το πρόσωπό της σκοτείνιασε για λίγο και μου έδειξε

ΓΚΙΓΕΡΜΟ ΜΑΡΤΙΝΕΣ

την οθόνη της τηλεόρασης πάνω απ' το μπαρ, που ήταν σχεδόν απέναντί της. Γύρισα και είδα το χαμογελαστό πρόσωπο ενός μικρού σγουρομάλλικου κοριτσιού, με ένα τηλέφωνο από κάτω και μια έκκληση προς όλη την επικράτεια να τηλεφωνήσουν σ' αυτό τον αριθμό.

«Είναι το κοριτσάκι που είδα στο νοσοκομείο;» τη ρώτησα. Κούνησε καταφατικά το κεφάλι.

«Είναι τώρα πρώτη στην εθνική λίστα μεταμοσχεύσεων, της μένουν συνολικά σαράντα οχτώ ώρες».

«Πώς είναι ο πατέρας;» ρώτησα· θυμόμουν ακόμη πολύ καθαρά το τρελό βλέμμα του.

«Δεν τον έχω δει τις τελευταίες μέρες, μάλλον έπρεπε να γυρίσει στη δουλειά του».

Άπλωσε το χέρι της στο τραπέζι για να πιάσει το δικό μου, σαν να ήθελε να διώξει βιαστικά εκείνο το απροσδόκητο σύννεφο, και κάλεσε με ένα νεύμα τη σερβιτόρα για να ζητήσει κι άλλο καφέ. Της εξήγησα ζωγραφίζοντας σε μια χαρτοπετσέτα τη θέση στην οποία βρισκόταν ο περκασιονίστας στο περίπτερο και τη ρώτησα αν μπορούσε να σκεφτεί κανένα τρόπο με τον οποίο θα μπορούσε κανείς να κάνει κάποιον να πάθει καρδιαναπνευστική ανακοπή.

Η Λόρνα σκέφτηκε λίγο, ανακατεύοντας τον καφέ της.

«Μπορώ να σκεφτώ έναν τρόπο που δε θα άφηνε ίχνη: κάποιος με αρκετή δύναμη, που θα σκαρφάλωνε από πίσω και θα πίεζε με τα χέρια ταυτόχρονα το στόμα και τη μύτη. Λέγεται "ο θάνατος του Μπερκ", από τον Ουίλλιαμ Μπερκ· μπορεί και να πρόσεξες το ομοίωμά του στο μουσείο της Μαντάμ Τισσό. Ήταν ένας Σκοτσέζος που είχε ένα πανδοχείο και που σκότωσε μ' αυτόν τον τρόπο δεκαέξι ταξιδιώτες, για να πουλήσει τα πτώματά τους στους ανατόμους της εποχής. Σε έναν άνθρωπο με πολύ ταλαι-

· 164 ·

πωρημένους πνεύμονες θα αρκούσαν λίγα δευτερόλεπτα για να πάθει ασφυξία. Εγώ θα έλεγα ότι ο δολοφόνος τον έπνιξε μ' αυτόν τον τρόπο, χωρίς να ξέρει ότι η δέσμη του φωτός θα ξαναγύριζε πάνω του. Όταν ο προβολέας φώτισε τον περκασιονίστα, τον άφησε αμέσως, όμως η αναπνευστική και πιθανώς και η καρδιακή ανακοπή είχαν ήδη συμβεί. Αυτό που είδατε στη συνέχεια, το ότι κρατούσε το λαιμό του σαν να τον έπνιγε ένα φάντασμα, είναι η κλασική αντίδραση ενός ανθρώπου που δεν μπορεί να αναπνεύσει».

«Κάτι άλλο» της είπα. «Μίλησες ξανά με το φίλο σου τον ιατροδικαστή σχετικά με την αυτοψία του Κλαρκ; Ο επιθεωρητής Πίτερσεν έχει μια διαφορετική ερμηνεία».

«Όχι» είπε η Λόρνα «όμως μου ζήτησε πολλές φορές να φάμε μαζί. Πιστεύεις ότι πρέπει να δεχτώ και να προσπαθήσω να τον ψαρέψω;».

Γέλασα.

«Όχι» είπα. «Μπορώ να ζήσω μ' αυτό το μυστήριο».

Η Λόρνα κοίταξε ανήσυχη το ρολόι της.

«Πρέπει να γυρίσω στο νοσοκομείο» είπε «όμως ακόμα δε μου είπες τίποτα για την ακολουθία. Ελπίζω να μην είναι και πολύ δύσκολο: δε θυμάμαι πια τίποτα απ' τα μαθηματικά».

«Όχι, το περίεργο είναι ακριβώς το πόσο εύκολη ήταν η λύση. Η ακολουθία δεν είναι τίποτε άλλο απ' το ένα, δυο, τρία, τέσσερα... με τη συμβολική γραφή που χρησιμοποιούσαν οι πυθαγόρειοι».

«Η αδελφότητα των πυθαγόρειων;» ρώτησε η Λόρνα, σαν να της θύμιζε αόριστα κάτι αυτό.

Κούνησα καταφατικά το κεφάλι.

«Τους μελετήσαμε λίγο σε ένα μάθημα της σχολής, στην Ιστορία της Ιατρικής. Πίστευαν στη μετεμψύχωση, έτσι δεν είναι; Απ' ό,τι θυμάμαι, είχαν μια πολύ σκληρή θεωρία για τους πνευματικά καθυστερημένους, που μετά την εφάρμοσαν οι Σπαρτιάτες και οι γιατροί του Κρότωνα... Η εξυπνάδα ήταν η μέγιστη αξία και πίστευαν ότι οι καθυστερημένοι ήταν οι μετεμψυχώσεις των ανθρώπων που είχαν κάνει στις προηγούμενες ζωές τους τα μεγαλύτερα λάθη. Περίμεναν μέχρι να γίνουν δεκατεσσάρων χρονών, την κρίσιμη ηλικία θνησιμότητας του συνδρόμου Ντάουν, και αυτούς που επιζούσαν τους χρησιμοποιούσαν ως πειραματόζωα για τα ιατρικά τους πειράματα. Ήταν οι πρώτοι που επιχείρησαν να κάνουν μεταμοσχεύσεις οργάνων... ο ίδιος ο Πυθαγόρας είχε ένα χρυσό μόσχευμα στο μηρό. Ήταν επίσης οι πρώτοι χορτοφάγοι, όμως απαγορευόταν να τρώνε κουκιά» είπε χαμογελαστή. «Και τώρα, πραγματικά, πρέπει να φύγω».

Χωρίσαμε έξω απ' το καφέ· εγώ έπρεπε να γυρίσω στο ινστιτούτο για να γράψω την πρώτη εργασία για την υποτροφία μου και πέρασα τις επόμενες δυο ώρες διαβάζοντας μελέτες και αντιγράφοντας πηγές. Στις τέσσερις παρά τέταρτο κατέβηκα, όπως κάθε απόγευμα, στην αίθουσα όπου μαζεύονταν οι μαθηματικοί για να πιουν καφέ. Η αίθουσα είχε πολύ περισσότερο κόσμο απ' ό,τι συνήθως, σαν να μην είχε καθίσει κανείς στο γραφείο του εκείνη τη μέρα, και αντιλήφθηκα αμέσως τα μουρμουρητά ενθουσιασμού. Βλέποντάς τους έτσι όλους εκεί μαζεμένους, ντροπαλούς, ατημέλητους, ευγενικούς, ήρθε στο μυαλό μου η φράση του Σέλντομ. Ναι, εκεί ήταν, δυόμισι χιλιάδες χρόνια αργότερα, με τα νομίσματά τους στο χέρι, περιμένοντας το φλιτζάνι με τον καφέ τους, οι σχολαστικοί μαθητές του Πυθαγόρα. Πάνω σε ένα απ' τα τραπέζια ήταν ανοιγμένη μια εφημερίδα και σκέφτηκα ότι όλοι θα σχολίαζαν ή θα έκαναν ερωτήσεις ο ένας στον άλλο για την ακολουθία των συμβόλων. Όμως έκανα λάθος. Η Έμιλυ ήρθε και στάθηκε πίσω μου στην ουρά για τον καφέ και μου είπε με μάτια που έλαμπαν, σαν να μου ανακοίνωνε ένα μυστικό που ακόμα το ήξεραν λίγοι:

«Φαίνεται ότι τα κατάφερε» μου είπε, σαν να δυσκολευόταν ακόμα να το πιστέψει κι η ίδια, και, βλέποντας το σαστισμένο ύφος μου, είπε: «Ο Άντριου Ουάιλς! Δεν το μάθατε; Ζήτησε δύο επιπλέον ώρες για αύριο στο συνέδριο θεωρίας των αριθμών στο Κέιμπριτζ. Θα αποδείξει την εικασία των Σιμούρα-Τανιγιάμα... αν φτάσει ως το τέλος, θα έχει αποδείξει το τελευταίο θεώρημα του Φερμά. Μια ολόκληρη ομάδα μαθηματικών θέλει να πάει μέχρι το Κέιμπριτζ για να είναι εκεί αύριο. Μπορεί να είναι η σημαντικότερη μέρα στην ιστορία των μαθηματικών».

Είδα τον Ποντόροφ να μπαίνει με το γνωστό σκυθρωπό ύφος του και, βλέποντας την ουρά, να αποφασίζει να κάτσει σε μια καρέκλα για να διαβάσει την εφημερίδα. Πήγα προς το μέρος του προσπαθώντας να ισορροπήσω το ξεχειλισμένο φλιτζάνι και το μάφιν μου. Ο Ποντόροφ σήκωσε το βλέμμα του απ' την εφημερίδα και κοίταξε γύρω του με περιφρόνηση.

«Λοιπόν; Δηλώσατε συμμετοχή για την αυριανή εκδρομή; Μπορώ να σας δανείσω τη φωτογραφική μου μηχανή» είπε. «Όλοι θέλουν τη φωτογραφία του τελευταίου πίνακα του Ουάιλς με το *q.e.d.**».

«Δεν ξέρω ακόμα αν θα πάω» είπα.

«Γιατί όχι; Θα πάτε τσάμπα με το λεωφορείο, και το

---

* Σ.τ.Μ.: Συντομογραφία που χρησιμοποιείται στα μαθηματικά για να δηλώσει το τέλος μιας απόδειξης (*Quod erat demonstrandum*, «Αυτό που ήθελα να αποδείξω»).

Κέιμπριτζ είναι κι αυτό μια πολύ όμορφη βρετανική πόλη. Έχετε πάει ποτέ;»

Γύρισε αφηρημένα τη σελίδα και το βλέμμα του έπεσε στη μεγάλη είδηση για τους φόνους και την ακολουθία των συμβόλων. Διάβασε τις δυο τρεις πρώτες αράδες και με ξανακοίταξε με μια έκφραση που φανέρωνε ταυτόχρονα ανησυχία και καχυποψία.

«Τα ξέρατε όλα αυτά χτες το βράδυ, έτσι δεν είναι; Πότε ξεκίνησαν αυτοί οι φόνοι;»

Του είπα ότι ο πρώτος συνέβη πριν από σχεδόν ένα μήνα, αλλά ότι μόλις τώρα η αστυνομία είχε αποφασίσει να αποκαλύψει τα σύμβολα.

«Και ποιος είναι ο ρόλος του Σέλντομ σε όλα αυτά;»

«Τα μηνύματα μετά από κάθε φόνο έφταναν σ' αυτόν. Το δεύτερο μήνυμα, αυτό με το σύμβολο του ψαριού, εμφανίστηκε εδώ, ήταν κολλημένο στην περιστρεφόμενη πόρτα της εισόδου».

«Α, ναι, τώρα θυμάμαι μια μικρή αναστάτωση εκείνο το πρωί. Είδα την αστυνομία, αλλά νόμιζα ότι κάποιος θα είχε σπάσει κανένα παράθυρο».

Ξαναγύρισε στην εφημερίδα και διάβασε αστραπιαία το άρθρο.

«Μα εδώ δεν υπάρχει πουθενά το όνομα του Σέλντομ».

«Η αστυνομία δε θέλησε να το αποκαλύψει, όμως και τα τρία μηνύματα απευθύνονταν σ' αυτόν».

Με ξανακοίταξε και η έκφρασή του είχε αλλάξει, σαν κάτι να τον έκανε να γελάει από μέσα του.

«Δηλαδή, κάποιος παίζει το παιχνίδι της γάτας με το ποντίκι με το μεγάλο Σέλντομ. Μπορεί δηλαδή και να υπάρχει τελικά θεία δίκη. Του θεού των μαθηματικών, φυσικά» είπε αινιγματικά. «Πώς φαντάζεστε εσείς τον τέ-

ταρτο θάνατο;» μου είπε. «Ένα θάνατο που να ταιριά-
ζει με την αρχαία επισημότητα της τετρακτύος...» Κοί-
ταξε γύρω του σαν να γύρευε έμπνευση. «Απ' ό,τι θυμά-
μαι, στον Σέλντομ άρεσε το μπόουλιγκ, τουλάχιστον κά-
ποια εποχή» είπε. «Ένα παιχνίδι που τότε δεν ήταν πο-
λύ γνωστό στη Ρωσία. Θυμάμαι ότι στη διάλεξή του συ-
νέκρινε τις κουκκίδες της τετρακτύος με τη διάταξη των
κορυνών στην αρχή του παιχνιδιού. Και υπάρχει κάποια
κίνηση με την οποία πέφτουν όλες οι κορύνες ταυτόχρο-
να».

«Το strike» είπα.

«Ναι, ακριβώς, δεν είναι υπέροχη λέξη;» και την επα-
νέλαβε με τη βαριά ρωσική προφορά του και ένα παρά-
ξενο χαμόγελο, σαν να φανταζόταν μια αμείλικτη μπάλα
και κεφάλια να στριφογυρίζουν, «Strike!».

ΚΕΦΑΛΑΙΟ 19

ΣΤΙΣ ΠΕΝΤΕ ΕΙΧΑ καταφέρει να ολοκληρώσω ένα προσχέδιο της εργασίας μου και, προτού φύγω απ' το ινστιτούτο, πέρασα από την αίθουσα με τους ηλεκτρονικούς υπολογιστές και ξανακοίταξα την ηλεκτρονική αλληλογραφία μου. Είχα ένα σύντομο μήνυμα από τον Σέλντομ, με το οποίο μου ζητούσε να τον συναντήσω στην έξοδο της αίθουσας διδασκαλίας του στο Κολέγιο Μέρτον, αν είχα λίγη ώρα στη διάθεσή μου. Βιάστηκα για να φτάσω στην ώρα μου και, όταν ανέβηκα τα σκαλάκια που οδηγούσαν στις μικρές αίθουσες, είδα μέσα απ' την τζαμόπορτα ότι είχε μείνει λίγα λεπτά παραπάνω, συζητώντας με δυο απ' τους φοιτητές του ένα πρόβλημα στον πίνακα. Όταν βγήκαν οι φοιτητές, μου έκανε νόημα να μπω και, καθώς έβαζε τις σημειώσεις του σε ένα χαρτοφύλακα, μου έδειξε την περιφέρεια ενός κύκλου που είχε μείνει στον πίνακα.

«Θυμηθήκαμε τη γεωμετρική μεταφορά του Νικολά ντε Κούζα, την αλήθεια ως περιφέρεια του κύκλου και τις ανθρώπινες προσπάθειες να την υπολογίσουν ως μια ακολουθία εγγεγραμμένων πολυγώνων, με όλο και περισσότερες πλευρές, πλησιάζοντας οριακά το σχήμα του κύκλου. Είναι μια αισιόδοξη μεταφορά, γιατί οι διαδο-

χικές προσεγγίσεις επιτρέπουν να μαντέψει κανείς το τε-
λικό σχήμα. Υπάρχει όμως και μια άλλη πιθανότητα, μια
πιθανότητα που οι φοιτητές μου δε γνωρίζουν ακόμα και
που είναι πολύ πιο απαισιόδοξη». Σχεδίασε γρήγορα δί-
πλα στον κύκλο ένα ακανόνιστο σχήμα με πολλές κορυ-
φές και εγκοπές. «Ας υποθέσουμε για λίγο ότι η αλή-
θεια έχει το σχήμα, ας πούμε, ενός νησιού σαν τη Μεγά-
λη Βρετανία, με πολύ απόκρημνες ακτές, με άπειρες προ-
εξοχές και εσοχές. Αν προσπαθήσετε να επαναλάβετε εδώ
το παιχνίδι της προσέγγισης του σχήματος με πολύγωνα,
θα βρεθείτε μπροστά στο παράδοξο του Μάντελμπροτ.
Το περίγραμμα είναι τελείως ακαθόριστο, τέμνεται σε κά-
θε καινούρια απόπειρα και σχηματίζει περισσότερες προ-
εξοχές και εσοχές, και η ακολουθία των πολυγώνων δε
συγκλίνει σε κανένα όριο. Και η αλήθεια θα μπορούσε να
είναι μη αναγώγιμη στην ακολουθία των ανθρώπινων προ-
σεγγίσεων. Τι σας θυμίζει αυτό;»

«Το θεώρημα του Γκέντελ; Τα πολύγωνα θα είναι συ-
στήματα με όλο και περισσότερα αξιώματα, όμως ένα μέ-
ρος της αλήθειας θα παραμένει πάντα άγνωστο».

«Ναι, ίσως, κατά μία έννοια, όμως, στην υπόθεσή μας,
θυμίζει και το συμπέρασμα του Βιττγκενστάιν και του
Φράνκι: οι γνωστοί όροι μιας ακολουθίας, όσοι κι αν ήταν
αυτοί οι όροι, θα μπορούσαν να είναι πάντα ανεπαρκείς...
Πώς μπορεί να ξέρει κανείς a priori με ποια απ' αυτά τα
δύο σχήματα έχουμε να κάνουμε; Ξέρετε» μου είπε ξαφ-
νικά «ο πατέρας μου είχε μια μεγάλη βιβλιοθήκη, με ένα
αναλόγιο στη μέση, όπου έκρυβε βιβλία που εγώ δεν μπο-
ρούσα να δω, ένα αναλόγιο με ένα πορτάκι που κλείδω-
νε. Κάθε φορά που άνοιγε αυτό το πορτάκι, εγώ κατά-
φερνα να δω μόνο ένα χαρακτικό που είχε κολλήσει από
μέσα: τη μορφή ενός άντρα που το ένα χέρι του ακου-

μπούσε στο έδαφος και το άλλο ήταν τεντωμένο προς τα πάνω. Στο κάτω μέρος του χαρακτικού υπήρχε μια φράση σε μια άγνωστη γλώσσα, που αργότερα έμαθα ότι ήταν γερμανικά. Επίσης αργότερα ανακάλυψα ένα βιβλίο που μου φάνηκε θαυματουργό: ένα δίγλωσσο λεξικό που χρησιμοποιούσε για να παραδίδει τα μαθήματά του. Αποκωδικοποίησα τις λέξεις μία προς μία. Η φράση ήταν απλή και μυστηριώδης: *Ο άνθρωπος δεν είναι τίποτε άλλο από την ακολουθία των πράξεών του.* Εγώ από μικρός πίστευα απόλυτα στις λέξεις και άρχισα να βλέπω τους ανθρώπους ως προσωρινές, ανολοκλήρωτες φιγούρες· φιγούρες ημιτελείς, άπιαστες. Αν ο άνθρωπος δεν είναι τίποτε άλλο από την ακολουθία των πράξεών του, αντιλαμβανόμουν, δε θα μπορούσε ποτέ να οριστεί πλήρως πριν απ' το θάνατό του: μια μόνη, η τελευταία από τις πράξεις του, θα μπορούσε να καταστρέψει την προηγούμενη ύπαρξή του, να αναιρέσει όλη του τη ζωή. Και, ταυτόχρονα, πάνω απ' όλα, η ακολουθία των πράξεών μου ήταν ακριβώς αυτό που φοβόμουν. Ο άνθρωπος δεν ήταν τίποτα παραπάνω απ' αυτό που φοβόμουν περισσότερο».

Μου έδειξε τα χέρια του, που ήταν γεμάτα κιμωλίες. Είχε επίσης μια αστεία άσπρη γραμμή στο μέτωπο, σαν να είχε λερωθεί χωρίς να το καταλάβει.

«Πάω να πλύνω τα χέρια και σε ένα λεπτό θα είμαι κοντά σας» μου είπε. «Αν κατεβείτε από δω, θα βρείτε την καφετέρια· θα παραγγείλετε ένα διπλό καφέ για μένα; Χωρίς ζάχαρη, παρακαλώ».

Παράγγειλα δυο καφέδες στο μπαρ και ο Σέλντομ επέστρεψε πάνω στην ώρα για να μεταφέρει το φλιτζάνι του σε ένα κάπως απομακρυσμένο τραπέζι που έβλεπε σε μια απ' τις αυλές. Από την ανοιχτή πόρτα της καφετέριας έβλεπα το ασταμάτητο πηγαινέλα των τουριστών που διέσχιζαν το διάδρομο της εισόδου προς τις εσωτερικές στοές του κολεγίου.

«Μιλούσα με τον επιθεωρητή Πίτερσεν σήμερα το πρωί» είπε ο Σέλντομ «και μου έθεσε ένα μικρό πρόβλημα που ανέκυψε με τους υπολογισμούς χτες το βράδυ.

Είχαν απ' τη μια μεριά τον ακριβή αριθμό των ανθρώπων που είχαν μπει στους κήπους του Μπλένχαϊμ Πάλας βάσει των εισιτηρίων που κόπηκαν στην είσοδο, και απ' την άλλη μεριά τον αριθμό των καθισμάτων που είχαν χρησιμοποιηθεί. Ο άνθρωπος που ήταν υπεύθυνος για τα καθίσματα είναι ιδιαιτέρως σχολαστικός και διαβεβαιώνει ότι προσέθεσε μόνο όσα ήταν απολύτως απαραίτητα. Και λοιπόν, εδώ είναι το περίεργο: κάνοντας τους υπολογισμούς, αποδεικνύεται ότι υπήρχαν περισσότεροι άνθρωποι απ' όσες ήταν οι καρέκλες. Τρεις άνθρωποι προφανώς δε χρησιμοποίησαν καθίσματα».

Ο Σέλντομ με κοίταξε σαν να περίμενε να του βρω αμέσως τη λύση. Σκέφτηκα για λίγο, νιώθοντας κάποια αμηχανία.

«Και υποτίθεται ότι στην Αγγλία δεν μπαίνουν τζαμπατζήδες στις συναυλίες» είπα.

Ο Σέλντομ γέλασε με την καρδιά του.

«Όχι, τουλάχιστον όχι στις συναυλίες που γίνονται για φιλανθρωπικούς σκοπούς... Α, όχι, σκεφτείτε καλύτερα, στην πραγματικότητα είναι τελείως χαζό, ο Πίτερσεν ήθελε απλώς να παίξει μαζί μου, σήμερα για πρώτη φορά είχε καλή διάθεση. Τα τρία άτομα που περίσσευαν ήταν ανάπηροι, χρησιμοποίησαν τις αναπηρικές τους καρέκλες. Ο Πίτερσεν ήταν πολύ ευχαριστημένος με τους υπολογισμούς του. Στη λίστα που έφτιαξαν οι βοηθοί του δεν περίσσευε ούτε έλειπε κανείς. Για πρώτη φορά πιστεύει ότι έχει περιορίσει το πρόβλημα: αντί για τους πεντακόσιες χιλιάδες κατοίκους του Όξφορντσαϊρ, έχει να ασχοληθεί μόνο με τους οκτακόσιους που ήταν στη συναυλία. Και ο Πίτερσεν πιστεύει ότι μπορεί να περιορίσει πολύ γρήγορα αυτό τον αριθμό».

«Με τους τρεις στις αναπηρικές καρέκλες» είπα.

Ο Σέλντομ συμφώνησε με ένα χαμόγελο.

«Ναι, κατ' αρχάς τους τρεις στις αναπηρικές καρέκλες και μια ομάδα από παιδιά με σύνδρομο Ντάουν από ένα ειδικό σχολείο, και διάφορες υπέργηρες γυναίκες, που περισσότερες πιθανότητες θα είχαν να είναι άλλα υποψήφια θύματα».

«Εσείς πιστεύετε ότι το σημαντικό κριτήριο στην επιλογή είναι η ηλικία;»

«Είναι αλήθεια πως εσείς έχετε μια διαφορετική θεωρία... πιστεύετε πως πρόκειται για ανθρώπους που ζουν κατά κάποιον τρόπο περισσότερο απ' το αναμενόμενο. Ναι, σ' αυτή την περίπτωση, η ηλικία δε θα ήταν αιτία αποκλεισμού».

«Σας είπε ο Πίτερσεν κάτι παραπάνω για το χτεσινοβραδινό θάνατο; Πήρε τα αποτελέσματα της νεκροψίας;»

«Ναι. Ήθελε να αποκλείσει την πιθανότητα να είχε εισπνεύσει ο μουσικός πριν απ' τη συναυλία κάτι που θα μπορούσε να του προκαλέσει την καρδιαναπνευστική ανακοπή. Και πράγματι, δεν εντοπίστηκε τίποτα σχετικό. Ούτε βρέθηκε καμία ένδειξη χρήσης βίας ή σημάδια γύρω απ' το λαιμό. Ο Πίτερσεν προσανατολίζεται προς την εκδοχή να του επιτέθηκε κάποιος που ήξερε καλά το ρεπερτόριο: επέλεξε το πιο εκτενές κομμάτι, κατά το οποίο εξαφανίζονται τα κρουστά. Αυτό εξασφάλιζε επίσης ότι ο μουσικός θα έμενε μακριά απ' το φως του προβολέα. Επίσης αποκλείει το ενδεχόμενο να ήταν κάποιος άλλος μουσικός της ορχήστρας. Η μόνη πιθανότητα που ταιριάζει με τη θέση του στο βάθος του περίπτερου και την απουσία σημαδιών γύρω απ' το λαιμό του είναι να σκαρφάλωσε κάποιος από πίσω...»

«Και να του έκλεισε ταυτόχρονα τη μύτη και το στόμα».

Ο Σέλντομ με κοίταξε ξαφνιασμένος.

«Μου το είπε η Λόρνα».

Κούνησε το κεφάλι συγκατανεύοντας.

«Ναι, έπρεπε να το καταλάβω, η Λόρνα ξέρει οτιδήποτε έχει να κάνει με φόνους, έτσι δεν είναι; Ο ιατροδικαστής λέει ότι το σοκ που επέφερε ο αιφνιδιασμός μπορεί να προκάλεσε ακαριαία την ανακοπή, πριν προλάβει να αμυνθεί ο μουσικός. Ένας άνθρωπος που σκαρφαλώνει από πίσω και του επιτίθεται στο σκοτάδι... Φαίνεται η μόνη λογική πιθανότητα. Όμως δεν ήταν αυτό που είδαμε».

«Εσείς πιστεύετε περισσότερο στην εκδοχή του φαντάσματος;» είπα.

Προς μεγάλη μου έκπληξη, ο Σέλντομ φάνηκε να παίρνει στα σοβαρά την ερώτησή μου και απάντησε αργά, κουνώντας ελαφρά το πιγούνι.

«Ναι» είπε. «Μεταξύ των δυο προτιμώ για την ώρα την εκδοχή του φαντάσματος».

Ήπιε μια γουλιά απ' τον καφέ του και με ξανακοίταξε μετά από λίγο.

«Ο ενθουσιασμός σας για την αναζήτηση απαντήσεων... δε θα 'πρεπε να τον αφήνετε να αναμειγνύεται με τις α- ναμνήσεις σας. Σας ζήτησα να έρθετε, ακριβώς γιατί θέλω να ρίξετε μια ματιά σ' αυτό».

Άνοιξε το χαρτοφύλακά του κι έβγαλε από μέσα ένα μεγάλο φάκελο.

«Ο Πίτερσεν μου έδειξε αυτές τις φωτογραφίες όταν πήγα σήμερα στο γραφείο του, του ζήτησα να μου τις αφήσει μέχρι αύριο για να τις κοιτάξω πιο προσεκτικά. Κυρίως ήθελα να τις δείτε εσείς: είναι οι φωτογραφίες από το φόνο της κυρίας Ίγκλετον, από τον πρώτο θάνατο, όταν άρχισαν όλα. Τελικά ο επιθεωρητής επέστρεψε στην αρχική ερώτηση: πώς συνδέεται με την κυρία Ίγκλετον το πρώτο μήνυμα. Ξέρετε ότι εγώ πιστεύω πως είδατε κάτι επιπλέον εκεί, κάτι που ακόμα δεν το έχετε καταγράψει ως σημαντικό, αλλά που το έχετε φυλάξει κάπου στη μνήμη σας. Σκέφτηκα πως ίσως αυτές οι φωτογραφίες να σας βοηθήσουν να το θυμηθείτε. Είναι όλα για άλλη μια φορά εδώ» είπε και μου έδωσε το φάκελο. «Το σαλονάκι, το ρολόι με τον κούκο, η σεζλόγκ, το ταμπλό του σκραμπλ. Ξέρουμε ότι στον πρώτο φόνο έκανε λάθος. Αυτό θα 'πρεπε να μας λέει και κάτι άλλο...» Το βλέμμα του έγινε πάλι λίγο αφηρημένο. Κοίταξε γύρω γύρω τα τραπέζια και έξω στο διάδρομο. Ξαφνικά η έκφρασή του σκλήρυνε, σαν να είδε κάτι που τον ανησύχησε.

«Μόλις άφησαν κάτι στη θυρίδα μου» είπε· «παράξενο, γιατί ο ταχυδρόμος πέρασε ήδη το πρωί. Ελπίζω να είναι ακόμα κάπου εδώ τριγύρω ο υπαστυνόμος Σακς. Περιμένετέ με μια στιγμή, πάω να δω».

Γύρισα προς τα πίσω και είδα πράγματι ότι απ' τη γωνία όπου καθόταν ο Σέλντομ μπορούσε να δει την τελευταία στήλη ενός μεγάλου εντοιχισμένου ερμαρίου από σκούρο ξύλο. Εκεί λοιπόν είχε δεχτεί και το πρώτο μήνυμα. Μου έκανε εντύπωση το γεγονός ότι όλη η αλληλογραφία του κολεγίου ήταν τόσο εκτεθειμένη σ' εκείνο το διάδρομο, όμως, στο κάτω κάτω, και στο Μαθηματικό Ινστιτούτο οι θυρίδες δε φυλάσσονται. Όταν γύρισε, ο

Σέλντομ έβαζε ένα βιβλίο μέσα στο φάκελο και είχε ένα πλατύ χαμόγελο, σαν να είχε πάρει μια απροσδόκητη χαρά.

«Θυμάστε το μάγο που σας έλεγα, τον Ρενέ Λαβάντ· Θα είναι σήμερα και αύριο στην Οξφόρδη. Έχω εδώ εισιτήρια και για τις δυο μέρες. Αν και θα πρέπει να πάμε σήμερα, γιατί αύριο θα πάω στο Κέιμπριτζ. Θα έρθετε στην εκδρομή των μαθηματικών;»

«Όχι» είπα «δε νομίζω να έρθω: αύριο έχει ρεπό η Λόρνα».

Ο Σέλντομ ανασήκωσε ελαφρά τα φρύδια.

«Απ' τη μια η λύση του σημαντικότερου προβλήματος στην ιστορία των μαθηματικών κι απ' την άλλη μια όμορφη κοπέλα... εξακολουθεί να κερδίζει η κοπέλα, υποθέτω».

«Όμως, αν θέλετε να παρακολουθήσουμε σήμερα την παράσταση του μάγου...»

«Φυσικά και θέλω» μου είπε ο Σέλντομ με έναν παράξενο ενθουσιασμό. «Είναι απολύτως αναγκαίο να τον δείτε. Η παράσταση αρχίζει στις εννιά. Και τώρα» μου είπε, σαν να μου έβαζε άσκηση για το σπίτι, «μέχρι εκείνη την ώρα, να γυρίσετε σπίτι σας και να προσπαθήσετε να συγκεντρωθείτε στις φωτογραφίες».

ΚΕΦΑΛΑΙΟ 20

ΟΤΑΝ ΕΦΤΑΣΑ στο δωμάτιό μου, έφτιαξα μια κανάτα καφέ, έστρωσα το κρεβάτι και πάνω στο κάλυμμα άπλωσα μία προς μία όλες τις φωτογραφίες που υπήρχαν στο φάκελο. Θυμήθηκα κοιτάζοντάς τες κάτι που είχα ακούσει να αναφέρει κάποτε ως απλό αξίωμα ένας ρεαλιστής ζωγράφος: μια φωτογραφία μπορεί να συλλάβει μικρότερο μέρος της πραγματικότητας απ' ό,τι ένας πίνακας. Όπως και να 'χει, κάτι έμοιαζε να έχει χαθεί οριστικά απ' αυτόν τον ασυνάρτητο πίνακα από καθαρές και αθώες εικόνες που είχε σχηματιστεί πάνω στο κρεβάτι μου. Προσπάθησα να τους δώσω μια άλλη διάταξη αλλάζοντας θέση σε μερικές. Κάτι που είχα δει εγώ. Προσπάθησα άλλη μια φορά, τοποθετώντας τις φωτογραφίες σύμφωνα με αυτό που θυμόμουν ότι είδα όταν μπήκαμε στο σαλόνι. Κάτι που είχα δει εγώ και όχι ο Σέλντομ. Γιατί μόνο εγώ, γιατί δε θα μπορούσε να το έχει δει κι εκείνος; *Γιατί εσείς είστε ο μόνος που ήσαστον απροετοίμαστος*, μου είχε πει ο Σέλντομ. Ναι, ίσως ήταν σαν εκείνες τις τρισδιάστατες εικόνες, φτιαγμένες από ηλεκτρονικούς υπολογιστές, που είχαν γίνει της μόδας στις πλατείες του Λονδίνου: εντελώς αόρατες για το προσεκτικό μάτι, εμφανίζονταν μόνο για λίγο, φευγαλέα, όταν έπαυες να τους δίνεις σημασία. Το πρώτο πράγμα που είχα δει ήταν τον Σέλντομ να έρχεται βιαστικά προς το μέρος μου μέσα από ένα μονοπάτι στρωμένο με χαλίκια. Δεν υπήρχε καμία φωτογραφία του Σέλντομ εκεί, όμως θυμόμουν καθαρά τη συνομιλία που είχαμε έξω απ' την πόρτα και τη στιγμή που με είχε ρωτήσει για το αν ήταν μέσα η κυρία Ίγκλετον. Εγώ του είχα δείξει το μηχανοκίνητο καροτσάκι της μέσα στο διάδρομο. Αυτό το καροτσάκι το είχε δει κι ε- κείνος. Μπήκαμε μαζί στο σαλόνι· θυμόμουν το χέρι του που γύριζε το χερούλι και την πόρτα να ανοίγει αθόρυ- βα. Μετά... όλα ήταν πιο συγκεχυμένα. Θυμόμουν τον ήχο του εκκρεμούς, όμως δε θυμόμουν αν είχα κοιτάξει το ρολόι. Τέλος πάντων, αυτή θα πρέπει να ήταν η πρώτη φωτογραφία της σειράς: εκείνη που έδειχνε από μέσα την πόρτα, την κρεμάστρα της εισόδου και το ρολόι στο πλάι. Αυτή η εικόνα, σκέφτηκα, ήταν επίσης η τελευταία που θα είδε ο δολοφόνος πριν φύγει. Την έβαλα στη θέση της και αναρωτήθηκα ποια να ήταν η επόμενη. Είχα δει τίποτα άλλο προτού βρούμε την κυρία Ίγκλετον; Είχα ψάξει να τη βρω, ενστικτωδώς, στην ίδια εμπριμέ πολυθρόνα από την οποία με είχε χαιρετήσει την πρώτη φορά. Έπιασα πάλι τη φωτογραφία με τις δυο πολυθρόνες πάνω στο χα- λί με τους ρόμβους. Πίσω από την πλάτη της μιας, γυά- λιζε το χρώμιο στις λαβές της αναπηρικής της καρέκλας. Είχα δει την αναπηρική καρέκλα πίσω απ' την πλάτη της πολυθρόνας; Όχι, δεν μπορούσα να είμαι σίγουρος γι' αυ- τό. Είχα απελπιστεί, ξαφνικά όλα ήταν μπερδεμένα, το μοναδικό πράγμα στο οποίο μπορούσα να εστιάσω μέσα στη μνήμη μου ήταν το σώμα της κυρίας Ίγκλετον ξαπλω- μένο στην σεζλόγκ και τα ανοιχτά της μάτια, λες κι εκεί- νη η εικόνα εξέπεμπε ένα τόσο έντονο φως, που άφηνε στη σκιά όλα τα υπόλοιπα. Όμως θυμάμαι ότι είδα, καθώς πλησιάζαμε, το ταμπλό του σκραμπλ και τις δυο μικρές βάσεις με τα γράμματα δίπλα του. Μια απ' τις φωτογραφίες είχε καταγράψει τη θέση του ταμπλό πάνω στο τραπεζάκι. Ήταν τραβηγμένη από πολύ κοντά και με λίγη προσπάθεια μπορούσε να διακρίνει κανείς όλα τα γράμματα. Είχαμε ήδη κάνει μια συζήτηση με τον Σέλντομ σχετικά με τα γράμματα του ταμπλό. Κανείς απ' τους δυο μας δεν πίστευε ότι μπορούσαν να αποκαλύψουν κάτι το ενδιαφέρον, ούτε ότι μπορούσαν να συσχετιστούν με κάποιον τρόπο με το σύμβολο. Ούτε ο επιθεωρητής Πίτερσεν τους είχε δώσει καμία σημασία. Συμφωνήσαμε ότι το σύμβολο είχε επιλεγεί πριν απ' το φόνο και όχι βάσει κάποιας έμπνευσης της στιγμής. Παρ' όλα αυτά, κοίταξα με περιέργεια τις φωτογραφίες των δυο βάσεων. Ήμουν σίγουρος πως αυτό δεν το είχα δει. Στη μια απ' τις δυο υπήρχε μόνο το γράμμα A. Στην άλλη υπήρχαν δυο: το R και το O, αυτό σήμαινε αναμφίβολα ότι η κυρία Ίγκλετον έπαιζε μέχρι τέλους, μέχρι να τελειώσουν όλα τα γράμματα στο σακουλάκι, πριν κοιμηθεί. Αφαιρέθηκα για λίγο προσπαθώντας να σκεφτώ λέξεις στα αγγλικά που μπορούσαν ακόμα να σχηματιστούν πάνω στο ταμπλό με αυτά τα τελευταία γράμματα. Δε φαινόταν να υπάρχει καμία και, παρ' όλα αυτά, σκέφτηκα, η κυρία Ίγκλετον σίγουρα θα την είχε βρει. Γιατί δεν είχα δει νωρίτερα τις βάσεις; Προσπάθησα να θυμηθώ τη θέση που είχαν πάνω στο τραπεζάκι. Σε μια απ' τις γωνίες όπου είχε σταθεί ο Σέλντομ κρατώντας το μαξιλάρι. Ίσως, σκέφτηκα, αυτό που θα 'πρεπε να ψάχνω ήταν ακριβώς αυτό που δεν είχα δει. Ξανακοίταξα τις φωτογραφίες, ανακαλύπτοντας μερικές λεπτομέρειες που μου είχαν διαφύγει, μέχρι που έφτασα στην τελευταία, στο τρομακτικό πρόσωπο της νεκρής κυρίας Ίγκλετον. Δε φαινόταν να υπάρχει τίποτα άλλο εκεί που να μην το είχα δει. Δηλαδή, ήταν μόνο εκείνα τα τρία πράγματα: τα γράμματα στις βάσεις, το ρολόι της εισόδου, το αναπηρικό καροτσάκι. Το αναπηρικό καροτσάκι... Μήπως αυτή ήταν η εξήγηση του συμβόλου; Το τρίγωνο για το μουσικό, το ενυδρείο για τον Κλαρκ και για την κυρία Ίγκλετον... ο κύκλος: η ρόδα του καροτσιού της. Ή το γράμμα **Ο** από τη λέξη *omertà*, είχε πει ο Σέλντομ. Ναι, ο κύκλος θα μπορούσε να είναι σχεδόν οτιδήποτε. Όμως ήταν ενδιαφέρον το ότι υπήρχε ένα **Ο** στη μια από τις δυο βάσεις. Ή μήπως δεν ήταν καθόλου ενδιαφέρον, αλλά αποτελούσε α- πλώς μια ηλίθια σύμπτωση; Ίσως ο Σέλντομ να είχε δει το γράμμα **Ο** στη βάση, και γι' αυτό να του είχε έρθει η λέξη *omertà*. Ο Σέλντομ είχε πει μετά και κάτι άλλο, τη μέ- ρα που μπήκαμε στην Covered Market... ότι εμπιστευό- ταν τα δικά μου μάτια κυρίως επειδή δεν ήμουν Άγγλος. Αλλά τι μπορεί να σήμαινε το να μη βλέπεις τα πράγμα- τα σαν Άγγλος;

Τρόμαξα ξαφνικά από το θόρυβο ενός φακέλου που είχε φρακάρει κάτω απ' την πόρτα καθώς κάποιος τον έσπρωχνε προς τα μέσα. Άνοιξα και είδα την Μπεθ να ση- κώνεται βιαστικά, κατακόκκινη. Κρατούσε στο χέρι πολ- λούς φακέλους.

«Νόμιζα ότι δεν ήσουν εδώ» είπε. «Αν το ήξερα, θα είχα χτυπήσει».

Της είπα να περάσει μέσα και σήκωσα το φάκελο από κάτω. Ανοίγοντάς τον, είδα μια κάρτα με μια από τις ζω- γραφιές της Αλίκης και του Χάμπτυ Ντάμπτυ και μια ε- πιγραφή γραμμένη σαν βασιλικό διάταγμα που έλεγε: *Πρόσκληση σε ένα μη γάμο.*

Την κοίταξα χαμογελώντας παραξενεμένος.

«Δεν μπορούμε να παντρευτούμε ακόμα» είπε η Μπεθ.

«Και το δικαστήριο για το διαζύγιο μπορεί να πάρει πολύ καιρό... όμως θέλουμε παρ' όλα αυτά να κάνουμε ένα πάρτι». Είδε πίσω μου τις φωτογραφίες που ήταν απλωμένες πάνω στο κρεβάτι. «Οικογενειακές φωτογραφίες;»

«Όχι, δεν έχω οικογένεια με την κλασική έννοια της λέξης. Είναι οι φωτογραφίες που τράβηξε η αστυνομία τη μέρα που σκότωσαν την κυρία Ίγκλετον».

Σκέφτηκα ότι η Μπεθ ήταν σίγουρα Αγγλίδα και ότι η ματιά της μπορούσε να είναι εξίσου αντιπροσωπευτική με οποιαδήποτε άλλη. Επιπλέον, η Μπεθ ήταν η τελευταία που είχε δει την κυρία Ίγκλετον ζωντανή και ίσως να μπορούσε να διακρίνει κάποια αλλαγή στο μικρό σκηνικό. Της έκανα νόημα να πλησιάσει και την είδα να διστάζει με μια έκφραση τρόμου. Τελικά έκανε δυο βήματα προς το κρεβάτι και τους έριξε μια βιαστική ματιά, σαν να φοβόταν να κοιτάξει περισσότερο οποιαδήποτε απ' αυτές.

«Γιατί σ' τις έδωσαν μετά από τόσο καιρό; Τι νομίζουν ότι θα ανακαλύψουν εδώ;»

«Θέλουν να βρουν τη σχέση που είχε το πρώτο σύμβολο με την κυρία Ίγκλετον. Ίσως, κοιτάζοντάς τες τώρα, να μπορείς να διακρίνεις κάτι παραπάνω, κάτι που λείπει ή που έχει αλλάξει θέση...»

«Μα αυτό ακριβώς είπα και στον επιθεωρητή Πίτερσεν: δεν μπορώ να θυμηθώ πώς ακριβώς ήταν το καθετί τη στιγμή που έφυγα. Όταν κατέβηκα τη σκάλα, είδα ότι είχε κοιμηθεί και βγήκα όσο πιο αθόρυβα μπορούσα, χωρίς καν να ξανακοιτάξω προς τα κει. Ήδη το έχω περάσει μια φορά αυτό: εκείνο το απόγευμα, όταν ο θείος Άρθουρ ήρθε να μου το ανακοινώσει στο θέατρο, εκείνοι με περίμεναν εδώ πάνω στο σαλόνι και το πτώμα ήταν ακόμα εκεί». Έπιασε, σαν να προσπαθούσε να υπερνικήσει έναν παλιό φόβο, τη φωτογραφία με το πτώμα της κυρίας Ίγκλετον ξαπλωμένο στη σεζλόγκ. «Το μόνο που μπόρεσα να τους πω» είπε, δείχνοντας τη φωτογραφία, «είναι ότι έλειπε η κουβέρτα απ' τα πόδια της. Ποτέ, ούτε καν τις πιο ζεστές μέρες, δεν ξάπλωνε χωρίς την κουβέρτα στα πόδια της. Δεν ήθελε να βλέπει κανείς τις ουλές της. Ψάξαμε να τη βρούμε σ' όλο το σπίτι, όμως η κουβέρτα δε βρέθηκε».

«Πράγματι» είπα, ξαφνιασμένος που μας είχε διαφύγει αυτό. «Ποτέ δεν την είδα χωρίς εκείνη την κουβέρτα. Για ποιο λόγο να ήθελε ο δολοφόνος να φανούν οι ουλές της; Ή μπορεί να πήρε την κουβέρτα ως σουβενίρ και να έχει κρατήσει αναμνηστικά κι απ' τους άλλους δύο φόνους».

«Δεν ξέρω, θα 'θελα να μη χρειαστεί να ξανασκεφτώ τίποτα απ' όλα αυτά» είπε η Μπεθ πηγαίνοντας προς την πόρτα. «Ήταν ένας εφιάλτης για μένα... θα 'θελα να είχαν τελειώσει όλα. Όταν είδαμε τον Μπενίτο να πεθαίνει στη μέση της συναυλίας και εμφανίστηκε ο Πίτερσεν στη σκηνή, νόμιζα ότι θα πέθαινα κι εγώ επιτόπου. Το μόνο πράγμα που σκεφτόμουν ήταν ότι θα ήθελε, με κάποιο τρόπο, να ενοχοποιήσει εμένα».

«Όχι, απέκλεισε αμέσως το ενδεχόμενο να ήταν κάποιος απ' την ορχήστρα, πρέπει να ήταν κάποιος που σκαρφάλωσε για να του επιτεθεί από πίσω».

«Τέλος πάντων» είπε η Μπεθ κουνώντας το κεφάλι «ελπίζω μόνο να τον πιάσουν σύντομα και να τελειώσουν όλα». Έπιασε το χερούλι της πόρτας και γύρισε για να μου πει: «Φυσικά, η κοπέλα σου μπορεί να έρθει κι εκείνη στο πάρτι. Είναι η κοπέλα με την οποία έπαιζες τένις, έτσι δεν είναι;».

Όταν έφυγε η Μπεθ, ξαναέβαλα αργά αργά τις φωτογραφίες στο φάκελο. Η πρόσκληση είχε μείνει ανοιχτή πάνω στο κρεβάτι. Η φωτογραφία ήταν τραβηγμένη, στην πραγματικότητα, σε ένα πάρτι μη γενεθλίων. Ένα από τα τριακόσια εξήντα τέσσερα πάρτι μη γενεθλίων. Ο σοφός Τσαρλς Ντόγκσον* ήξερε ότι είναι απείρως περισσότερα αυτά που αφήνει απ' έξω η κάθε κατάφαση. Η κουβέρτα ήταν ένα μικρό και εξοργιστικό προειδοποιητικό μήνυμα. Πόσα πράγματα υπήρχαν ακόμα σε κάθε υπόθεση τα οποία δεν είχαμε μπορέσει να δούμε; Αυτό ίσως περίμενε ο Σέλντομ από μένα: να φανταστώ αυτό που δεν ήταν εκεί και που θα 'πρεπε να το είχαμε δει.

Έψαξα στο συρτάρι να βρω μια πετσέτα για να κάνω ντους, έχοντας ακόμα στο μυαλό μου την Μπεθ. Χτύπησε το τηλέφωνο. Ήταν η Λόρνα: της είχαν δώσει ένα επιπλέον ρεπό και ήταν ελεύθερη κι εκείνο το βράδυ. Τη ρώτησα αν ήθελε να έρθει μαζί μας στην παράσταση του μάγου.

«Φυσικά και θέλω» είπε. «Δεν πρόκειται να χάσω ποτέ ξανά καμία απ' τις εξόδους σου. Αλλά, βέβαια, τώρα που θα έρθω κι εγώ, το μόνο που θα δούμε είναι ηλίθια κουνέλια να βγαίνουν μέσα από ημίψηλα καπέλα».

---

* Σ.τ.Μ.: Το πραγματικό όνομα του Λιούις Κάρρολ, συγγραφέα της *Αλίκης στη Χώρα των Θαυμάτων.*

ΚΕΦΑΛΑΙΟ 21

ΌΤΑΝ ΦΤΑΣΑΜΕ ΣΤΟ ΘΕΑΤΡΟ, δεν υπήρχαν άλλες θέσεις στις πρώτες σειρές, όμως ο Σέλντομ προσφέρθηκε ιπποτικά να αλλάξει θέσεις με τη Λόρνα και να κάτσει πιο πίσω. Η σκηνή ήταν σκοτεινή, αν και μπορούσε να διακρίνει κανείς ένα τραπέζι πάνω στο οποίο υπήρχε μόνο ένα ποτήρι νερό και μια πολυθρόνα με ψηλή πλάτη απέναντι στο κοινό. Κάπως πιο πίσω, δώδεκα άδειες καρέκλες σχημάτιζαν ένα ημικύκλιο γύρω και πίσω απ' το τραπέζι. Μπήκαμε στην αίθουσα λίγο αργοπορημένοι και, μόλις κάτσαμε στις θέσεις μας, άρχισαν να χαμηλώνουν τα φώτα. Μου φάνηκε ότι το θέατρο έμεινε στο σκοτάδι μόνο για ένα κλάσμα του δευτερολέπτου. Όταν έπεσε το φως ενός προβολέα πάνω στη σκηνή, είδαμε το μάγο καθισμένο στην πολυθρόνα, σαν να καθόταν εκεί απ' την αρχή, να προσπαθεί να δει το κοινό έχοντας το χέρι στο μέτωπό του για να σκιάσει τα μάτια του.

«Φως! Κι άλλο φως!» διέταξε, καθώς σηκωνόταν όρθιος, προσπερνώντας το τραπέζι και πλησιάζοντας, με το χέρι ακόμα στο μέτωπο, την άκρη της σκηνής για να μας κοιτάξει όλους.

Ένα σκληρό φως χειρουργείου φώτισε την καμπουριασμένη μορφή του. Μόλις εκείνη τη στιγμή είδα έκπληκτος ότι ήταν μονόχειρας. Του έλειπε το δεξί του χέρι απ' τον ώμο, τελείως, σαν να μην το είχε ποτέ. Το αριστερό του μπράτσο σηκώθηκε ξανά κάνοντας μια αυταρχική κίνηση.

«Κι άλλο φως!» επανέλαβε. «Θέλω να τα δουν όλα, να μην μπορεί κανείς να πει ότι ήταν ένα κόλπο με καπνούς και σκιές... Να δουν ακόμα και τις ρυτίδες μου. Τις εφτά ρυτίδες μου. Ναι, είμαι πολύ γέρος, έτσι δεν είναι; Σχεδόν απίστευτα γέρος. Κι όμως, κάποτε ήμουν οχτώ χρονών. Κάποτε ήμουν οχτώ χρονών, είχα δυο χέρια, όπως όλοι εσείς, και ήθελα να μάθω να κάνω μαγικά. *Όχι, μη μου δείχνετε ταχυδακτυλουργικά τρικ, έλεγα στο δάσκαλό μου. Γιατί εγώ ήθελα να γίνω μάγος, δεν ήθελα να μάθω να κάνω τρικ.* Όμως, ο δάσκαλός μου, που ήταν σχεδόν τόσο γέρος όσο είμαι κι εγώ τώρα, μου είπε: το πρώτο βήμα, το πρώτο βήμα είναι να μάθεις τα κόλπα». Άνοιξε τα δάχτυλα του χεριού του και τα άπλωσε σαν βεντάλια μπροστά στο πρόσωπό του. «Μπορώ να σας πω, γιατί πλέον δεν έχει σημασία, ότι τα δάχτυλά μου ήταν ευκίνητα, ήταν ταχύτατα. Διέθετα ένα φυσικό χάρισμα και πολύ σύντομα γύριζα ολόκληρη τη χώρα μου, ο μικρός ταχυδακτυλουργός, ήμουν σχεδόν κάτι σαν τέρας του τσίρκου. Όμως στα δέκα μου χρόνια είχα ένα ατύχημα. Ή μπορεί και να μην ήταν ατύχημα. Όταν ξύπνησα, βρισκόμουν σε ένα κρεβάτι νοσοκομείου και μου είχε μείνει μόνο το αριστερό μου χέρι. Εγώ που ήθελα να γίνω μάγος, εγώ που ήμουν δεξιόχειρας. Όμως ήταν εκεί ο παλιός μου δάσκαλος και, ενώ οι γονείς μου έκλαιγαν, εκείνος μου είπε μόνο: αυτό είναι το δεύτερο βήμα, ίσως, ίσως να γίνεις μάγος κάποια μέρα. Ο δάσκαλός μου πέθανε, ποτέ κανείς δε μου είπε ποιο ήταν το τρίτο βήμα. Κι από τότε, κάθε φορά που ανεβαίνω στη σκηνή, αναρωτιέμαι αν ήρθε εκείνη η μέρα. Ίσως να είναι κάτι που μόνο εσείς μπορείτε να το πείτε. Γι' αυτό πάντα θέλω φως και σας ζητάω να περάσετε, να περάσετε και να δείτε. Εδώ, από δω». Σήκωσε στη σκηνή τη μισή πρώτη σειρά και τους έβαλε να καθίσουν γύρω του, στις άδειες καρέκλες. «Πιο κοντά, ελάτε πιο κοντά, θέλω να παρακολουθείτε το χέρι μου, να μην αιφνιδιαστείτε, γιατί να θυμάστε ότι, πλέον, δε θέλω να κάνω τρικ».

Άπλωσε το γυμνό του χέρι πάνω στο τραπέζι, κρατώντας ανάμεσα στο δείκτη και στον αντίχειρα κάτι άσπρο και πολύ μικρό, που δεν μπορούσα να το δω από κει που καθόμασταν.

«Κατάγομαι από μια χώρα την οποία αποκαλούσαν *σιτοβολώνα του κόσμου*. Μη φεύγεις, γιε μου, μου έλεγε η μητέρα μου, εδώ δεν πρόκειται να σου λείψει ποτέ ένα κομμάτι ψωμί. Έφυγα, έφυγα, όμως πάντα έχω μαζί μου αυτό το ψίχουλο». Μας το έδειξε, κάνοντας μια κυκλική κίνηση με το χέρι, πιέζοντας ανάμεσα στα δάχτυλα την άσπρη μπαλίτσα, προτού την αφήσει προσεκτικά στο τραπέζι. Ακούμπησε την παλάμη του πάνω της, σαν να πήγαινε να τη λιώσει. «Παράξενα τα μονοπάτια από ψίχουλα, τα σβήνουν τα πουλιά τη νύχτα και πια δεν μπορείς να γυρίσεις πίσω. Γύρνα, γιε μου, μου έλεγε η μητέρα μου, εδώ δεν πρόκειται να σου λείψει ποτέ ένα κομμάτι ψωμί. Όμως δεν μπορούσα να γυρίσω πίσω. Παράξενα τα μονοπάτια από ψίχουλα. Μονοπάτια για να φεύγεις αλλά όχι για να γυρνάς» –το χέρι του γύριζε υπνωτικά πάνω απ' το τραπέζι– «γι' αυτό, εγώ δεν έριξα στο μονοπάτι όλα τα ψίχουλα. Και, όπου κι αν πάω, πάντα έχω μαζί μου...» σήκωσε το χέρι του και είδαμε ότι τώρα κρατούσε ένα μικρό ψωμάκι με στρογγυλεμένες άκρες, που εξείχαν απ' την παλάμη του, «ένα κομμάτι ψωμί».

Γύρισε στο πλάι και άπλωσε το χέρι στον πρώτο από το ημικύκλιο.

«Μη φοβάστε, δοκιμάστε το». Το χέρι, σαν δείκτης του ρολογιού, μετακινήθηκε προς τη δεύτερη καρέκλα και ξανάνοιξε, αποκαλύπτοντας ξανά στρογγυλό και ολόκληρο το ψωμάκι. «Μπορείτε να πάρετε και μεγαλύτερο κομμάτι. Εμπρός, δοκιμάστε το». Έκανε τον κύκλο, μέχρι που όλοι είχαν πάρει το κομμάτι τους.

«Ναι» είπε σκεπτικός τελειώνοντας· έδειξε την παλάμη του κι εκεί ήταν ακόμα ολόκληρο το ψωμάκι. Άπλωσε τα δάχτυλά του, τα μακριά δάχτυλά του, σαν να μπορούσε να το συμπιέσει απ' τις άκρες, κι έκλεισε σιγά σιγά την παλάμη του. Όταν άνοιξε το χέρι του, υπήρχε μόνο η μπαλίτσα, που μας την ξαναέδειξε κρατώντας την ανάμεσα στο δείκτη και στον αντίχειρα: «Δε χρειάζεται να πετάτε στο μονοπάτι όλα τα ψίχουλα».

Σηκώθηκε για να δεχτεί τα πρώτα χειροκροτήματα και αποχαιρέτισε από την άκρη της σκηνής την ομάδα που είχε καθίσει στις καρέκλες. Στη δεύτερη ομάδα που ανέβηκε ήμασταν κι η Λόρνα κι εγώ. Τον έβλεπα τώρα προφίλ, τη γαμψή μύτη, το κατάμαυρο μουστάκι, σαν να το είχε βουτήξει στην μπογιά, τα μακριά γκρίζα μαλλιά που δεν του είχαν πέσει ακόμα. Και κυρίως το χέρι, μεγάλο και κοκαλιάρικο, με τους γεροντικούς λεκέδες στο πάνω μέρος της παλάμης. Το πέρασε κάτω απ' το μεγάλο ποτήρι με το νερό και ήπιε μια γουλιά προτού συνεχίσει.

«Μ' αρέσει να ονομάζω αυτό το νούμερο *Βραδύτητα*» είπε. Είχε βγάλει από την τσέπη του μια τράπουλα την οποία ανακάτευε με απίστευτο τρόπο με το ένα του χέρι. «"Τα τρικ δεν επαναλαμβάνονται" μου έλεγε ο δάσκαλός μου. Όμως εγώ δεν ήθελα να κάνω τρικ, εγώ ήθελα να κάνω μαγικά. Μπορεί να επαληφθεί ένα μα-

γικό; Μόνο έξι φύλλα» είπε κι έβγαλε απ' την τράπου-
λα έξι φύλλα: «τρία κόκκινα και τρία μαύρα. Κόκκινο και
μαύρο, το μαύρο της νύχτας, το κόκκινο της ζωής. Ποιος
μπορεί να κυβερνήσει τα χρώματα; Ποιος θα μπορούσε
ποτέ να τα βάλει σε τάξη;» Έριξε τα φύλλα ένα ένα α-
νοιχτά στο τραπέζι με μια κίνηση του αντίχειρα: «Κόκκι-
νο, μαύρο, κόκκινο, μαύρο, κόκκινο, μαύρο». Τα φύλλα
είχαν σχηματίσει μια γραμμή εναλλάξ, με βάση τα χρώ-
ματά τους. «Και τώρα, προσέξτε το χέρι μου: θέλω να
το κάνω πολύ αργά». Το χέρι μάζεψε τα φύλλα ακριβώς
με τη σειρά που είχαν τοποθετηθεί. «Ποιος θα μπορού-
σε ποτέ να τα βάλει σε τάξη;» ξαναείπε και τα έριξε στο
τραπέζι με την ίδια κίνηση του αντίχειρα: «Κόκκινο, κόκ-
κινο, κόκκινο, μαύρο, μαύρο, μαύρο. Δεν μπορεί να γίνει
πιο αργά» είπε τότε, μαζεύοντας τα φύλλα, «ή ίσως...
ίσως ναι, ίσως και να μπορεί να γίνει πιο αργά». Έριξε
πάλι τα φύλλα με τα χρώματα εναλλάξ, αφήνοντάς τα
να πέσουν πολύ αργά: «Κόκκινο, μαύρο, κόκκινο, μαύρο,
κόκκινο, μαύρο». Γύρισε το κεφάλι προς το μέρος μας,
για να μη χάσουμε την κίνηση, και κούνησε το χέρι του με
ταχύτητα χελώνας, προσέχοντας να αγγίξει μόνο το πρώ-
το φύλλο με την άκρη των δαχτύλων. Τα μάζεψε με τερά-
στια χάρη και, όταν τα έριξε στο τραπέζι, τα χρώματα
είχαν πάλι ενωθεί: «Κόκκινο, κόκκινο, κόκκινο, μαύρο,
μαύρο, μαύρο».

«Όμως αυτός ο νέος» είπε, καρφώνοντας ξαφνικά τα
μάτια του πάνω μου, «παραμένει σκεπτικιστής: ίσως έχει
διαβάσει πολλά εγχειρίδια μαγείας και πιστεύει ότι το
κόλπο βρίσκεται στον τρόπο που μαζεύω τα φύλλα ή ότι
γλιστράνε με κάποιο τέχνασμα. Ναι, θα το έκανα έτσι...
το έχω κάνει κι εγώ έτσι όταν είχα και τα δυο μου χέρια.
Όμως τώρα έχω μόνο ένα. Και ίσως κάποια μέρα να μην

έχω κανένα». Ξανάριξε τα φύλλα ένα ένα στο τραπέζι: «κόκκινο, μαύρο, κόκκινο, μαύρο, κόκκινο, μαύρο», το βλέμμα του ξαναγύρισε σε μένα, αυταρχικό. «Μαζέψτε τα. Και τώρα, χωρίς να τ' αγγίξω εγώ, ρίξτε τα πάλι ένα ένα». Υπάκουσα, και τα φύλλα, καθώς τα έριχνα, ήταν σαν να υπάκουαν στη θέλησή του. Κόκκινο, κόκκινο, κόκκινο, μαύρο, μαύρο, μαύρο.

Όταν γυρίσαμε στις θέσεις μας, καθώς ακόμα ακούγονταν χειροκροτήματα, μου φάνηκε ότι κατάλαβα γιατί ο Σέλντομ επέμενε ότι έπρεπε να δω την παράσταση. Καθένα από τα νούμερα που ακολούθησαν ήταν σαν αυτά, εξαιρετικά απλά και ταυτόχρονα εξαιρετικά ξεκάθαρα, λες κι ο ηλικιωμένος μάγος είχε φτάσει πράγματι σε μια άυλη φάση, στην οποία δε χρειαζόταν πια τα χέρια του. Έμοιαζε επίσης να το διασκεδάζει από μέσα του καθώς έκαιγε ένα προς ένα τα μυστικά του επαγγέλματος. Είχε επαναλάβει τρικ, είχε βάλει ανθρώπους να κάθονται σε όλη τη διάρκεια της παράστασης πίσω του, είχε αποκαλύψει τεχνάσματα με τα οποία άλλοι μάγοι παλιότερα είχαν επιχειρήσει να κάνουν το ίδιο μ' αυτόν. Κάποια στιγμή γύρισα και είδα τον Σέλντομ να κάθεται τελείως απορροφημένος από τον ταχυδακτυλουργό, έκπληκτος και ευτυχισμένος, σαν παιδί που δεν κουράζεται να βλέπει το ίδιο κόλπο ξανά και ξανά. Θυμήθηκα τη σοβαρότητα με την οποία μου είχε πει ότι προτιμούσε την εκδοχή του φαντάσματος στον τρίτο θάνατο και αναρωτήθηκα αν ήταν πραγματικά δυνατόν να πιστεύει σε τέτοια πράγματα. Παρ' όλα αυτά, δύσκολα μπορούσε κανείς να μην παραδοθεί στο μάγο: η τέχνη του κάθε νούμερου ήταν ότι παρουσίαζε το αδύνατο με τέτοια διαφάνεια, που δε σου άφηνε περιθώριο να υποθέσεις ότι συνέβαινε κάτι άλλο πέρα απ' αυτό που έβλεπες. Δεν έγινε διάλειμμα και σύντομα, ή, όπως μου φάνηκε εμένα, υπερβολικά σύντομα, ανακοίνωσε το τελευταίο του νούμερο.

«Θα αναρωτιέστε» είπε «ποιος ο λόγος για ένα τόσο μεγάλο ποτήρι, αφού ήπια μόνο μια γουλιά νερό; Εδώ μέσα υπάρχει αρκετό νερό για να κολυμπήσει ένα ψάρι». Έβγαλε ένα κόκκινο μεταξωτό μαντίλι και σκούπισε αργά το τζάμι. «Και ίσως» είπε «αν καθαρίσουμε καλά το τζάμι και φανταστούμε πολύχρωμες πετρούλες, ίσως, όπως στη σπηλιά του Πρεβέρ, να μπορέσουμε να πιάσουμε ένα ψάρι». Τράβηξε το μαντίλι και είδαμε ότι μέσα στο ποτήρι κολυμπούσε πράγματι ένα κόκκινο *Carassius** και ότι στον πάτο υπήρχαν μερικές πετρούλες.

«Εμάς τους μάγους, όπως θα ξέρετε, μας έχουν κυνηγήσει άγρια σε διάφορες εποχές, από την εποχή εκείνης της πρώτης φωτιάς που εξόντωσε τους παλαιότερους προγόνους μας, τους πυθαγόρειους μάγους. Ναι, τα μαθηματικά και η μαγεία έχουν κοινή ρίζα και φύλαγαν για πολύ καιρό το ίδιο μυστικό. Απ' όλες τις διώξεις, ίσως η πιο απάνθρωπη να ήταν εκείνη που ξεκίνησε μετά τη διαμάχη ανάμεσα στον Πέτρο και στο Σίμωνα το Μάγο, όταν η μαγεία απαγορεύτηκε επίσημα από τους χριστιανούς. Φοβούνταν ότι μπορεί και κάποιος άλλος να κατάφερνε να πολλαπλασιάσει το ψωμί και τα ψάρια. Τότε οι μάγοι συνέλαβαν τη στρατηγική που μέχρι σήμερα τους εξασφαλίζει την επιβίωσή τους: έγραφαν εγχειρίδια με τα πιο προφανή τρικ και τα μοίραζαν στον κόσμο, συμπεριλάμβαναν στις παραστάσεις τους γελοία κουτιά και καθρέφτες. Έπεισαν σε λίγο όλο τον κόσμο ότι πίσω από κάθε μαγικό κρύβεται ένα τρικ, έγιναν μάγοι των σαλονιών, ταυτίστηκαν με τους ταχυδακτυλουργούς και μ' αυτό τον

---

* Σ.τ.Μ.: Χρυσόψαρο.

τρόπο μπόρεσαν να συνεχίσουν κρυφά, κάτω απ' τη μύτη των διωκτών τους, το δικό τους πολλαπλασιασμό του ψωμιού και των ψαριών. Ναι, το πιο μακροχρόνιο και το πιο επιδέξιο κόλπο ήταν το να πείσουν όλο τον κόσμο ότι η μαγεία δεν υπάρχει. Εγώ ο ίδιος χρησιμοποίησα μόλις τώρα αυτό το μαντίλι, αν και, για τους πραγματικούς μάγους, το μαντίλι δεν κρύβει το τρικ, το μαντίλι κρύβει ένα πολύ παλιότερο μυστικό. Γι' αυτό να θυμάστε» είπε, με ένα μεφιστοφελικό χαμόγελο, «να το θυμάστε πάντα: η μαγεία δεν υπάρχει». Χτύπησε τα δάχτυλά του κι άλλο ένα κόκκινο ψάρι πήδησε στο νερό. «Η μαγεία δεν υπάρχει». Ξαναχτύπησε τα δάχτυλά του κι ένα τρίτο ψάρι πήδησε στο ποτήρι. Σκέπασε το ενυδρείο με το μαντίλι και, όταν το τράβηξε από την άκρη, δεν υπήρχαν πια ούτε ποτήρι ούτε πετρούλες ούτε ψάρια. «Η μαγεία... δεν υπάρχει».

ΚΕΦΑΛΑΙΟ 22

ΗΜΑΣΤΑΝ ΣΤΟ *The Eagle and Child* και ο Σέλντομ με τη Λόρνα με κορόιδευαν που έκανα τόση ώρα για να πιω την πρώτη μου μπίρα. *«Δεν μπορεί να πιει πιο αργά... ή ίσως ναι, ίσως και να μπορεί να πιει πιο αργά»* είπε η Λόρνα, μιμούμενη τη βραχνή και βαριά φωνή του μάγου. Είχαμε κάτσει λίγα λεπτά μετά την παράσταση στο καμαρίνι του Λαβάντ, όμως ο Σέλντομ δεν είχε καταφέρει να τον πείσει να έρθει μαζί μας. *Α, μάλιστα, ο σκεπτικιστής νεαρός*, είπε αφηρημένα όταν με σύστησε ο Σέλντομ, και μετά, όταν έμαθε ότι ήμουν από την Αργεντινή, μου είπε στα ισπανικά, που όμως φαινόταν ότι είχε καιρό να τα χρησιμοποιήσει: *η μαγεία δε διατρέχει κανένα κίνδυνο χάρη στους σκεπτικιστές*. Ήταν πολύ κουρασμένος, μας είπε ξαναγυρίζοντας στα αγγλικά· κάθε φορά όλο και συντόμευε τις παραστάσεις του, αλλά δεν κατάφερνε να ξεγελάσει τα κόκαλά του. Πρέπει να μιλήσουμε προτού φύγω, φυσικά, είχε πει αποχαιρετώντας τον Σέλντομ, κι ελπίζω να βρεις κάτι σχετικά μ' αυτό που με ρώτησες στο βιβλίο που σου έδωσα.

«Τι είχες ρωτήσει το μάγο; Σε ποιο βιβλίο αναφερόταν;» ρώτησε η Λόρνα με θράσος και περιέργεια. Η μπίρα έμοιαζε να την κάνει να ανακτά μια παλιά οικειότητα, πράγμα που είχα ήδη προσέξει στο χαμόγελό της όταν τσούγκρισε το ποτήρι της με τον Σέλντομ και αναγκάστηκα να αναρωτηθώ ξανά μέχρι ποιου σημείου είχε φτάσει η μεταξύ τους φιλία.

«Έχει να κάνει με το θάνατο του μουσικού» είπε ο Σέλντομ. «Μια ιδέα που πέρασε για λίγο απ' το μυαλό μου, όταν θυμήθηκα τον τρόπο που πέθανε η κυρία Κράφορντ».

«Α, ναι» είπε η Λόρνα ενθουσιασμένη «η περίπτωση με την τηλεπάθεια».

«Ήταν μια από τις πιο διάσημες υποθέσεις που έχει ερευνήσει ο Πίτερσεν» είπε ο Σέλντομ απευθυνόμενος σε μένα: «Ο θάνατος της κυρίας Κράφορντ, μιας πολύ ηλικιωμένης πλούσιας γυναίκας, που ήταν πρόεδρος της τοπικής λέσχης παραψυχολογίας. Ήταν την εποχή που διεξάγονταν εδώ οι προκριματικοί του Παγκόσμιου Σκακιστικού Πρωταθλήματος. Είχε έρθει στην Οξφόρδη ένας αρκετά γνωστός Ινδός τηλεπαθητικός και ο κύριος και η κυρία Κράφορντ διοργάνωσαν μια κλειστή συγκέντρωση στην έπαυλή τους για να κάνουν ένα τηλεπαθητικό πείραμα εξ αποστάσεως. Το σπίτι των Κράφορντ είναι στο Σαμμερτάουν, κοντά στην περιοχή που μένετε εσείς. Ο τηλεπαθητικός θα βρισκόταν στη Φόλλυ Μπριτζ, στην άλλη άκρη της πόλης. Η απόσταση υποτίθεται ότι θα συνιστούσε κάποιο νέο γελοίο ρεκόρ. Η κυρία Κράφορντ είχε προσφερθεί με μεγάλη χαρά να είναι η πρώτη εθελόντρια. Ο Ινδός τηλεπαθητικός τής φόρεσε με πολλή επισημότητα κάτι σαν κράνος στο κεφάλι, την άφησε να κάθεται στο κέντρο του σαλονιού και βγήκε από την έπαυλη με κατεύθυνση προς τη γέφυρα. Τη συμφωνημένη ώρα έσβησαν τα φώτα. Το κράνος φωσφόριζε κι έλαμπε μες στο σκοτάδι, το κοινό έβλεπε το πρόσωπο της κυρίας Κράφορντ μέσα σ' ένα φωτοστέφανο. Πέρασαν τριάντα δευτερόλεπτα και ξαφνικά ακούστηκε μια φρικτή κραυγή, ακολουθούμενη από ένα μακρόσυρτο τσιτσίρισμα, σαν τον ήχο που κάνουν τα αυγά όταν τηγανίζονται. Όταν ο κύριος Κράφορντ άναψε τα φώτα, βρήκαν την ηλικιωμένη γυναίκα νεκρή στην καρέκλα της, με το κεφάλι τελείως καμένο, σαν να την είχε χτυπήσει κεραυνός. Ο καημένος ο Ινδός κλείστηκε προληπτικά στη φυλακή, μέχρι που κατάφερε να εξηγήσει ότι το κράνος ήταν εντελώς ακίνδυνο, ήταν ένα κομμάτι ύφασμα βαμμένο με φωσφοριζέ χρώματα, που σκοπό είχε μόνο να δημιουργήσει εντυπώσεις. Ο άνθρωπος ήταν εξίσου μπερδεμένος με τους υπόλοιπους: είχε εκτελέσει το τηλεπαθητικό του νούμερο εξ αποστάσεως σε πολλές χώρες και με όλες τις κλιματολογικές συνθήκες, κι εκείνη η μέρα ήταν ιδιαιτέρως διαυγής και ηλιόλουστη. Οι υποψίες του Πίτερσεν έπεσαν φυσικά αμέσως στον κύριο Κράφορντ. Ήξερε ότι διατηρούσε δεσμό με μια πολύ νεότερη γυναίκα, αλλά δε διέθετε και πολλά άλλα στοιχεία για να τον κατηγορήσει. Ήταν δύσκολο ακόμα και το να φανταστεί κανείς το πώς το έκανε. Ο Πίτερσεν στήριξε τη θεωρία του σε βάρος του σε ένα και μοναδικό στοιχείο: η κυρία Κράφορντ είχε φορέσει εκείνη τη μέρα «την καλή της περούκα», όπως η ίδια έλεγε, η οποία είχε από μέσα ένα συρμάτινο φιλέ. Όλοι είχαν δει το σύζυγο να πλησιάζει τη γυναίκα του για να της δώσει ένα τρυφερό φιλί προτού σβήσουν τα φώτα. Ο Πίτερσεν υποστήριξε ότι εκείνη τη στιγμή τής είχε συνδέσει ένα καλώδιο για να της προκαλέσει ηλεκτροπληξία, ένα καλώδιο το οποίο είχε εξαφανίσει μετά, ενώ έκανε ότι τη βοηθούσε. Δεν ήταν αδύνατον, αλλά, όπως αποδείχθηκε στην πορεία, ήταν αρκετά περίπλοκο. Ο δικηγόρος του

ΓΚΙΓΕΡΜΟ ΜΑΡΤΙΝΕΣ

Κράφορντ είχε, απ' την άλλη μεριά, μια άλλη απλή εξήγηση, που, με τον τρόπο της, ήταν εκπληκτική: αν κοιτάξετε το χάρτη της πόλης, ακριβώς στη μέση του δρόμου ανάμεσα στη Φόλλυ Μπριτζ και στο Σαμμερτάουν, υπάρχει το *Playhouse*, όπου διεξαγόταν το σκακιστικό πρωτάθλημα. Τη στιγμή του θανάτου υπήρχαν τουλάχιστον εκατό σκακιστές προσηλωμένοι με πάθος στις σκακιέρες τους. Η υπεράσπιση υποστήριζε ότι η πνευματική ενέργεια που απελευθερώθηκε από τον τηλεπαθητικό μεγιστοποιήθηκε ξαφνικά περνώντας από το θέατρο μαζί με το σύνολο της ενέργειας των σκακιστών και εξαπολύθηκε τελικά σαν ανεμοστρόβιλος στο Σαμμερτάουν· αυτό θα εξηγούσε το γιατί ό,τι στην αρχή δεν ήταν παρά ένα ακίνδυνο εγκεφαλικό κύμα κατέληξε να πέσει στην κυρία Κράφορντ με τη δύναμη ενός κεραυνού. Η δίκη του Κράφορντ χώρισε την Οξφόρδη στα δυο. Η υπεράσπιση κάλεσε στο βήμα μια ολόκληρη στρατιά από πνευματιστές και υποτιθέμενους μελετητές της παραψυχολογίας, οι οποίοι, όπως ήταν αναμενόμενο, υποστήριξαν τη θεωρία με διάφορες γελοίες ερμηνείες, με τη συνηθισμένη ψευδο-επιστημονική ορολογία. Το περίεργο είναι ότι, όσο πιο ανόητες ήταν οι θεωρίες, τόσο περισσότερο ήθελαν οι ένορκοι —και ολόκληρη η πόλη— να τις πιστέψουν. Εγώ εκείνη την εποχή μόλις ξεκινούσα τις έρευνές μου σχετικά με την αισθητική της σκέψης και είχα εντυπωσιαστεί από τη δύναμη της πειθούς που μπορούσε να ασκήσει μια ελκυστική ιδέα. Θα μπορούσε να πει κανείς, βέβαια, ότι το σώμα των ενόρκων απαρτιζόταν από ανθρώπους που δεν ήταν απαραίτητα εξασκημένοι στην επιστημονική σκέψη, από ανθρώπους που ήταν περισσότερο συνηθισμένοι στο να εμπιστεύονται τα ωροσκόπια ή τα ταρό, παρά να δυσπιστούν απέναντι σε παραψυχολόγους και τηλεπαθητικούς. Όμως το ενδιαφέρον είναι ότι ολόκληρη η πόλη είχε αγκαλιάσει την ιδέα και ήθελε να πιστέψει σ' αυτήν, όχι εξαιτίας μιας επιδημίας παραλογισμού αλλά για δήθεν επιστημονικούς λόγους. Ήταν κατά κάποιον τρόπο μια μάχη μέσα στα πλαίσια της λογικής, και η θεωρία με τους σκακιστές ήταν απλώς πιο γοητευτική, πιο ξεκάθαρη, πιο γόνιμη, όπως θα έλεγε ένας ζωγράφος, από τη θεωρία του καλωδίου κάτω απ' την περούκα. Όμως τότε, τη στιγμή που όλα έμοιαζαν να συγκλίνουν υπέρ του Κράφορντ, δημοσιεύτηκε στους *Oxford Times* η επιστολή μιας αναγνώστριας, κάποιας Λόρνα Κρεγκ, μιας κοπέλας που διάβαζε μετά μανίας αστυνομικά μυθιστορήματα» είπε ο Σέλντομ, δείχνοντας με το ποτήρι του προς το μέρος της Λόρνα· χαμογέλασαν κι οι δυο, σαν να θυμήθηκαν ένα παλιό ανέκδοτο. «Η επιστολή απλώς ανέφερε ότι σε κάποιο απ' τα διηγήματα ενός παλιού τεύχους του περιοδικού *Ellery Queen* υπήρχε ένας παρόμοιος φόνος, μέσω τηλεπάθειας εξ αποστάσεως, με τη μοναδική διαφορά ότι το εγκεφαλικό κύμα πέρασε μέσα από ένα γήπεδο ποδοσφαίρου κατά τη διάρκεια μιας εκτέλεσης πέναλτι, αντί για μια αίθουσα γεμάτη σκακιστές. Το αστείο είναι ότι το διήγημα θεωρούσε αυτονόητο ότι η θεωρία της εγκεφαλικής καταιγίδας που υποστήριζε η υπεράσπιση αποτελούσε λύση του αινίγματος, όμως —τι ευμετάβλητη που είναι η ανθρώπινη φύση—, μόλις ο κόσμος έμαθε ότι ο Κράφορντ θα μπορούσε να είχε αντιγράψει την ιδέα, όλοι στράφηκαν εναντίον του. Ο δικηγόρος απέδειξε, στο βαθμό που μπορούσε, ότι ο Κράφορντ δεν ήταν πολύ φανατικός αναγνώστης και ότι δύσκολα θα μπορούσε να ξέρει την ιστορία, όμως όλα ήταν μάταια. Η ιδέα, λόγω της επανάληψης, είχε χάσει κάτι από την αύρα της, και τώρα φαινόταν σε όλους γελοία, καθώς μόνο ένας συγγραφέας θα μπορούσε να τη σκεφτεί. Το σώμα των ενόρκων, που απαρτιζόταν από ανθρώπους που είναι επιρρεπείς σε λάθη, όπως θα έλεγε και ο Καντ, τον καταδίκασε σε ισόβια κάθειρξη, αν και δεν μπόρεσαν να βρουν άλλες αποδείξεις σε βάρος του. Για να το πούμε διαφορετικά: η μοναδική πραγματική απόδειξη που εμφανίστηκε σε όλη τη δίκη ήταν ένα φανταστικό διήγημα που ο καημένος ο Κράφορντ δεν είχε διαβάσει».

«Ο καημένος ο Κράφορντ τηγάνισε τη γυναίκα του!» φώναξε η Λόρνα.

«Όπως βλέπετε» είπε ο Σέλντομ γελώντας «υπάρχουν άνθρωποι που ήταν απολύτως πεπεισμένοι και δε χρειάζονταν καμία απόδειξη. Όπως και να 'χει, ξαναθυμήθηκα αυτή την υπόθεση τη βραδιά της συναυλίας. Θα θυμάστε ότι η ασφυξία του μουσικού επήλθε όταν η ορχήστρα έφτασε στην κορύφωση: ήθελα να ρωτήσω τον Λαβάντ για τα ταχυδακτυλουργικά τρικ που μπορούν να γίνουν εξ αποστάσεως. Μαζί με τα εισιτήρια της παράστασης μου έστειλε κι ένα βιβλίο για τον υπνωτισμό, όμως ακόμα δεν είχα το χρόνο να το διαβάσω».

Μια σερβιτόρα πλησίασε για να μας πάρει παραγγελία. Η Λόρνα μού έδειξε στο μενού το κλασικό *fish and chips* και σηκώθηκε για να πάει στην τουαλέτα. Όταν ο Σέλντομ παράγγειλε και η σερβιτόρα μάς άφησε μόνους, του επέστρεψα το φάκελο με τις φωτογραφίες.

«Μπορέσατε να θυμηθείτε *κάτι*;» με ρώτησε ο Σέλντομ και, όταν είδε το διστακτικό ύφος μου, είπε: «Είναι δύσκολο, έτσι δεν είναι; Το να ξαναγυρίσετε στην αρχή σαν να μη γνωρίζετε τίποτα. Το να αποβάλετε ό,τι έγινε μετά. Μπορέσατε να δείτε κάτι που σας είχε διαφύγει στην αρχή;».

«Μόνο αυτό: το πτώμα της κυρίας Ίγκλετον, όταν το

βρήκαμε, δεν είχε την κουβέρτα στα πόδια του» είπα. Ο Σέλντομ έσπρωξε προς τα πίσω την καρέκλα του και έτριψε το μέτωπό του.

«Αυτό... μπορεί να είναι ενδιαφέρον» είπε. «Ναι, τώρα που το λέτε, το θυμάμαι πολύ καλά, πάντα είχε σκεπασμένα τα πόδια της, τουλάχιστον όταν έβγαινε έξω, με μια σκοτσέζικη κουβέρτα».

«Η Μπεθ είναι βέβαιη ότι είχε ακόμα την κουβέρτα όταν εκείνη κατέβηκε τις σκάλες στις δύο η ώρα. Μετά έψαξαν όλο το σπίτι και η κουβέρτα δε βρέθηκε. Ο Πίτερσεν δε μας είπε τίποτα γι' αυτό» είπα κάπως ενοχλημένος.

«Μάλιστα» είπε ο Σέλντομ με μια ελαφρά ειρωνεία, «ο επιθεωρητής της Σκότλαντ Γιαρντ που είναι επικεφαλής της υπόθεσης πιθανώς να μην ένιωσε την υποχρέωση να μας ενημερώσει για όλες τις λεπτομέρειες».

Αναγκάστηκα να γελάσω.

«Μα εμείς ξέρουμε περισσότερα απ' αυτόν» είπα.

«Μόνο απ' αυτή την άποψη» είπε ο Σέλντομ. «Ότι εμείς, δηλαδή, ξέρουμε καλύτερα το πυθαγόρειο θεώρημα».

Το πρόσωπό του σκοτείνιασε, σαν κάτι στη συζήτηση να τον είχε κάνει να θυμηθεί τα χειρότερα προαισθήματά του. Έσκυψε προς το μέρος μου σαν να ήθελε να μου πει ένα μυστικό.

«Η κόρη του μου είπε ότι δεν κοιμάται τη νύχτα και ότι τον έχει βρει κάποιες φορές ξάγρυπνο τα ξημερώματα να προσπαθεί να διαβάσει βιβλία μαθηματικών. Μου τηλεφώνησε πάλι σήμερα. Νομίζω ότι φοβάται, όπως κι εγώ, ότι η Πέμπτη είναι πολύ μακριά».

«Μα η Πέμπτη είναι μεθαύριο» είπα.

«Μεθαύριο...» επανέλαβε ο Σέλντομ, προσπαθώντας

να συλλάβει την ισπανική έκφραση. Είναι ένας ενδιαφέρων συνδυασμός χρόνων» είπε. Το παρελθόν μαζί με το μέλλον...* Το πρόβλημα είναι πως η αυριανή μέρα δεν είναι μια οποιαδήποτε μέρα. Γι' αυτό ακριβώς μου τηλεφώνησε ο Πίτερσεν. Θέλει να στείλει μερικούς απ' τους άντρες του στο Κέιμπριτζ».

«Τι θα γίνει αύριο στο Κέιμπριτζ;» Η Λόρνα είχε γυρίσει, φέρνοντας τρεις μπίρες, που τις άφησε στο τραπέζι.

«Φοβάμαι ότι έχει να κάνει με το ένα απ' τα βιβλία που δάνεισα εγώ ο ίδιος στον επιθεωρητή Πίτερσεν. Ένα βιβλίο με μια αρκετά φανταστική εκδοχή σχετικά με την ιστορία του θεωρήματος του Φερμά. Είναι το πιο παλιό άλυτο πρόβλημα στην ιστορία των μαθηματικών» είπε εκείνος στη Λόρνα. «Πάνω από τριακόσια χρόνια οι μαθηματικοί παλεύουν μ' αυτό, και πιθανώς αύριο στο Κέιμπριτζ να καταφέρουν για πρώτη φορά να το αποδείξουν. Στο βιβλίο σκιαγραφείται η προέλευση της εικασίας των πυθαγόρειων τριάδων, ενός από τα μυστικά της πρώτης εποχής της σέκτας, πριν τη φωτιά, όταν ακόμα, όπως είπε ο Λαβάντ, δεν είχε διαχωριστεί η μαγεία από τα μαθηματικά. Οι πυθαγόρειοι πίστευαν ότι οι αριθμητικές ιδιότητες και σχέσεις αποτελούσαν τη μυστική υπογραφή μιας θεότητας, που δεν έπρεπε να διαρρεύσει έξω από τη σέκτα. Μπορούσαν να διαρρεύσουν οι διατυπώσεις των θεωρημάτων, για να χρησιμοποιηθούν στην καθημερινή ζωή, ποτέ όμως οι αποδείξεις τους, με τον ίδιο τρόπο που οι μάγοι ορκίζονται ότι δε θα αποκαλύψουν τα κόλπα

---

* Σ.τ.Μ.: Pasado mañana: pasado σημαίνει «παρελθόν», αλλά στη συγκεκριμένη έκφραση έχει την έννοια του «μετά»· mañana σημαίνει «αύριο» (η επομένη της αυριανής).

τους. Η τιμωρία για όποιον παραβίαζε το νόμο ήταν ο θάνατος. Το βιβλίο υποστηρίζει ότι ο ίδιος ο Φερμά ανήκε σε μια πιο σύγχρονη σέκτα, όχι όμως λιγότερο αυστηρή από εκείνη των πυθαγόρειων. Είχε ανακοινώσει στο περίφημο σχόλιο στο περιθώριο των *Αριθμητικών* του Διόφαντου ότι είχε μια απόδειξη της υπόθεσής του, όμως μετά το θάνατό του ούτε αυτή ούτε καμία άλλη από τις αποδείξεις του δε βρέθηκε στα χαρτιά του. Αν και φαντάζομαι πως αυτό που ανησύχησε τον Πίτερσεν είναι οι παράξενοι θάνατοι που περιβάλλουν την ιστορία του θεωρήματος. Φυσικά, μέσα σε τριακόσια χρόνια, πολύς κόσμος πεθαίνει, ακόμα κι αυτοί που είναι κοντά στην εξεύρεση μιας απόδειξης. Όμως ο συγγραφέας είναι πονηρός και τα καταφέρνει έτσι ώστε κάποιοι απ' αυτούς τους θανάτους να φαίνονται πραγματικά ύποπτοι. Για παράδειγμα, η αυτοκτονία πριν λίγο καιρό του Τανιγιάμα, με εκείνο το τόσο περίεργο γράμμα που άφησε στην αρραβωνιαστικιά του».

«Τότε, σ' αυτή την περίπτωση, οι φόνοι θα ήταν...»

«Μια προειδοποίηση» είπε ο Σέλντομ. «Μια προειδοποίηση προς τον κύκλο των μαθηματικών. Η συνωμοσία που φαντάζεται ο συγγραφέας του βιβλίου, όπως έχω ήδη πει στον Πίτερσεν, μου φαίνεται σαν ένα μεγαλοφυές σύνολο από ανοησίες. Όμως υπάρχει κάτι που παρ' όλα αυτά με απασχολεί: ο Άντριου Ουάιλς δούλεψε μέσα σε απόλυτη μυστικότητα τα τελευταία εφτά χρόνια. Κανείς δεν έχει ιδέα για το πώς θα γίνει η απόδειξή του: ούτε καν εμένα δεν άφησε ποτέ να δω κανένα απ' τα χαρτιά του. Αν κάτι τού συμβεί πριν τη διάλεξη κι εξαφανιστούν αυτά τα χαρτιά, μπορεί να περάσουν άλλα τριακόσια χρόνια προτού κάποιος μπορέσει να επαναλάβει αυτή την απόδειξη. Γι' αυτό, άσχετα με το τι πιστεύω εγώ, δε μου φαίνεται κακή ιδέα να στείλει ο Πίτερσεν μερικούς απ' τους άντρες του. Αν συμβεί κάτι στον Άντριου» είπε και το πρόσωπό του ξανασκοτείνιασε «δε θα μου το συγχωρήσω ποτέ».

ΚΕΦΑΛΑΙΟ 23

ΤΗΝ ΤΕΤΑΡΤΗ 23 ΙΟΥΝΙΟΥ ξύπνησα γύρω στο μεσημέρι. Απ' τη μικρή κουζίνα της Λόρνα ερχόταν η μυρωδιά του καφέ και μια δεύτερη παραδεισένια μυρωδιά, από φρεσκοψημένες βάφλες. Ο σερ Τόμας, ο γάτος της Λόρνα, είχε καταφέρει να πετάξει στο πάτωμα σχεδόν όλα τα σκεπάσματα και ήταν κουλουριασμένος στα πόδια του κρεβατιού. Πέρασα από δίπλα του και αγκάλιασα τη Λόρνα στην κουζίνα. Η εφημερίδα ήταν ανοιγμένη πάνω στο τραπέζι και, καθώς η Λόρνα σέρβιρε τον καφέ, έριξα μια ματιά στις ειδήσεις. Η ακολουθία των φόνων με τα μυστηριώδη σύμβολα, έγραφαν οι *Oxford Times* με μια απροκάλυπτα τοπικιστική διάθεση, είχε γίνει πρωτοσέλιδο στις μεγαλύτερες εφημερίδες του Λονδίνου. Αναδημοσίευαν στην πρώτη σελίδα τούς μεγάλους τίτλους που είχαν εμφανιστεί την προηγούμενη μέρα στις εφημερίδες εθνικής κυκλοφορίας, όμως αυτό ήταν όλο, δεν υπήρχε προφανώς κανένα νεότερο στην υπόθεση.

Έψαξα στις μέσα σελίδες να βρω κάποια είδηση για το σεμινάριο στο Κέιμπριτζ. Υπήρχε μόνο ένα πολύ συγκρατημένο μονόστηλο, με τίτλο *Ο Μόμπυ Ντικ των μαθηματικών*, στο οποίο απαριθμούνταν με χρονολογική σειρά όλες οι αποτυχημένες προσπάθειες απόδειξης του θεωρήματος του Φερμά. Η εφημερίδα ανέφερε στο τέλος ότι παίζονταν στοιχήματα στην Οξφόρδη σχετικά με το τι θα συνέβαινε εκείνο το απόγευμα στην τελευταία από τις τρεις διαλέξεις και ότι μέχρι στιγμής ήταν έξι προς ένα κατά του Ουάιλς.

Η Λόρνα είχε κλείσει ένα γήπεδο για να παίξουμε τένις στη μία η ώρα. Περάσαμε από την Κάνλιφ Κλόουζ για να πάρουμε τη ρακέτα μου και παίξαμε για πολλή ώρα, χωρίς να μας διακόψει κανείς, χωρίς να μας νοιάζει τίποτα άλλο από το να περνάμε την μπάλα πάνω απ' το δίχτυ, μέσα σε κείνο το μικρό παραλληλόγραμμο στο οποίο χανόταν η έννοια του χρόνου. Όταν φύγαμε από τα γήπεδα, είδα στο ρολόι της λέσχης ότι ήταν σχεδόν τρεις η ώρα και ζήτησα απ' τη Λόρνα, πριν γυρίσουμε πίσω, να περάσουμε απ' το ινστιτούτο. Το κτίριο ήταν άδειο και, καθώς ανέβαινα τις σκάλες, άναβα στο πέρασμά μου και τα φώτα. Μπήκα στην αίθουσα με τους ηλεκτρονικούς υπολογιστές, που ήταν κι αυτή άδεια, και άνοιξα τα ηλεκτρονικά μου μηνύματα. Είχα ένα σύντομο μήνυμα που εξαπλωνόταν σαν σύνθημα σε όλους τους μαθηματικούς σε όλα τα μήκη και τα πλάτη της Γης: *Ο Ουάιλς τα κατάφερε!* Δεν υπήρχαν λεπτομέρειες σχετικά με την τελική απόδειξη· ανέφερε μόνο ότι η απόδειξη είχε καταφέρει να πείσει τους ειδικούς και ότι, όταν θα γραφόταν, μπορεί να έφτανε και τις διακόσιες σελίδες.

«Κανένα καλό νέο;» με ρώτησε η Λόρνα όταν γύρισα στο αυτοκίνητο.

Της το είπα και φαντάζομαι πως θα διέκρινε στο θαυμασμό της φωνής μου το παράξενο και αντιφατικό καμάρι που ένιωθα για τους μαθηματικούς.

«Ίσως προτιμάς να μείνεις εδώ απόψε» είπε και πρόσθεσε γελώντας: «Τι μπορώ να κάνω για να σε αποζημιώσω;».

Κάναμε έρωτα ευτυχισμένοι όλο το απόγευμα. Στις εφτά, όταν είχε αρχίσει να νυχτώνει και ήμασταν ακόμα ξαπλωμένοι ο ένας δίπλα στον άλλο, αμίλητοι και εξουθενωμένοι, χτύπησε το τηλέφωνο που βρισκόταν δίπλα μου. Η Λόρνα έσκυψε από πάνω μου για να το πιάσει. Την είδα να αναστατώνεται και μετά να σοκάρεται. Μου έκανε νόημα να ανοίξω την τηλεόραση και, με το ακουστικό στο πιγούνι της, άρχισε να ντύνεται βιαστικά.

«Έγινε ατύχημα στην είσοδο της Οξφόρδης, σε ένα σημείο που το λένε "τυφλό τρίγωνο". Ένα λεωφορείο έσπασε τις μπάρες της γέφυρας κι έπεσε στον γκρεμό. Περιμένουν να έρθουν στο Ράντκλιφ πολλά ασθενοφόρα με τραυματίες: Θα με χρειαστούν στο Ακτινολογικό».

Έψαξα τα κανάλια μέχρι να βρω το τοπικό ειδησεογραφικό. Μια δημοσιογράφος μιλούσε καθώς πλησίαζε, ακολουθούμενη από την κάμερα, σε μια σπασμένη μπάρα. Πάτησα δυο τρία κουμπιά, όμως δεν μπορούσα να ανεβάσω την ένταση του ήχου από το τηλεκοντρόλ.

«Δε δουλεύει ο ήχος» είπε η Λόρνα. Είχε ήδη ντυθεί κι έψαχνε να βρει τη στολή της μέσα στην ντουλάπα.

«Το ξέρεις ότι ο Σέλντομ και όλη η ομάδα των μαθηματικών θα γύριζαν από το Κέιμπριτζ με λεωφορείο σήμερα το απόγευμα;» είπα.

Η Λόρνα γύρισε και, σαν να παρέλυσε από ένα κακό προαίσθημα, κάθισε δίπλα μου.

«Θεέ μου, θα έπρεπε να περάσουν απ' αυτή τη γέφυρα αν έρχονται από κει».

Μείναμε να κοιτάζουμε απελπισμένοι την οθόνη της τηλεόρασης. Η κάμερα έδειχνε τα σπασμένα τζάμια δίπλα στη γέφυρα και το σημείο όπου οι μπάρες είχαν καταστραφεί. Καθώς η δημοσιογράφος έσκυβε κι έδειχνε προς τα κάτω, είδαμε να εμφανίζεται ζουμαρισμένος ο σωρός από σίδερα στον οποίο είχε μετατραπεί το λεωφορείο. Η κάμερα μετακινήθηκε και ταλαντεύτηκε ακολουθώντας τη δημοσιογράφο που είχε αποφασίσει να κατέβει την απότομη πλαγιά του βουνού. Ένα κομμάτι από το σασί είχε μείνει στο σημείο όπου προφανώς το λεωφορείο είχε πάρει την πρώτη τούμπα. Όταν η κάμερα ξαναγύρισε στο βάθος του γκρεμού, από πολύ πιο κοντά αυτή τη φορά, είδαμε ότι πολλά ασθενοφόρα είχαν καταφέρει να πλησιάσουν από την κάτω πλευρά για να βοηθήσουν στη διάσωση. Εμφανίστηκε σε πρώτο πλάνο η φρικτή εικόνα των βουβών και κομματιασμένων παράθυρων του λεωφορείου και μετά ένα πορτοκαλί κομμάτι από το αμάξωμα μ' ένα έμβλημα που δεν το αναγνώρισα. Ένιωσα τη Λόρνα να μου σφίγγει το μπράτσο.

«Είναι σχολικό το λεωφορείο» είπε. «Θεέ μου, είναι παιδιά! Λες να...» ψιθύρισε, χωρίς να ολοκληρώσει την ερώτησή της, και με κοίταξε με ένα τρομαγμένο βλέμμα, σαν να παίζαμε ανέμελοι ένα παιχνίδι το οποίο ξαφνικά είχε μετατραπεί σε πραγματικό εφιάλτη. «Πρέπει να πάω στο νοσοκομείο τώρα» είπε και μου έδωσε ένα βιαστικό φιλί. «Αν θες να φύγεις, η πόρτα κλειδώνει μόνη της».

Έμεινα να κοιτάζω σαν υπνωτισμένος τις εικόνες που εναλλάσσονταν στην οθόνη. Η κάμερα είχε πάει απ' την πίσω πλευρά του λεωφορείου και εστίαζε σε ένα απ' τα παράθυρα, όπου είχε συγκεντρωθεί η ομάδα διάσωσης. Προφανώς κάποιος απ' τους άντρες είχε καταφέρει να μπει μέσα και προσπαθούσε να βγάλει έξω ένα απ' τα παιδάκια. Εμφανίστηκαν πρώτα τα αδύνατα και γυμνά πόδια, που έμειναν να αιωρούνται σαν ξεχαρβαλωμένα μέχρι να τα πιάσουν από κάτω τα χέρια που περίμεναν κρατώντας ένα φορείο. Φορούσε ένα σορτσάκι γυμναστικής που ήταν λερωμένο με αίμα στη μια πλευρά και άσπρα γυαλιστερά παπούτσια. Όταν άρχισε να βγαίνει το πάνω μέρος του σώματος, είδα ότι φορούσε ένα αμάνικο αθλητικό φανελάκι με ένα μεγάλο αριθμό στο στήθος. Η κάμερα εστίασε και πάλι στο παράθυρο. Δυο μεγάλα χέρια κρατούσαν από πίσω με μεγάλη προσοχή το κεφάλι του αγοριού. Από τους καρπούς του, σαν να κυλούσαν ανεξέλεγκτα απ' το λαιμό, έσταζαν μεγάλες σταγόνες αίμα. Η κάμερα εστίασε στο πρόσωπο του αγοριού και είδα έκπληκτος κάτω απ' τ' ανακατεμένα μακριά ξανθά μαλλιά τα τυπικά χαρακτηριστικά ενός παιδιού με σύνδρομο Ντάουν. Από πίσω βγήκε για πρώτη φορά το πρόσωπο του άντρα μέσα απ' το λεωφορείο. Το στόμα του επαναλάμβανε με απόγνωση μερικές λέξεις, καθώς έδειχνε με τα ματωμένα χέρια του ότι δεν υπήρχε κανείς άλλος μέσα. Η κάμερα ακολούθησε την πομπή που μετέφερε αυτό το τελευταίο παιδί πίσω απ' το λεωφορείο. Κάποιος εμπόδισε τον καμεραμάν να περάσει, όμως ακόμα κι από κει φάνηκε για μια στιγμή η μακριά σειρά από φορεία, με τα σώματα σκεπασμένα μέχρι πάνω με σεντόνια. Η εικόνα γύρισε στο στούντιο του σταθμού. Έδειξαν μια φωτογραφία της ομάδας των παιδιών πριν από έναν αγώνα. Ήταν πράγματι μια ομάδα μπάσκετ ενός σχολείου με παιδιά που έπασχαν από σύνδρομο Ντάουν, τα οποία γύριζαν από ένα διεθνές τουρνουά στο Κέιμπριτζ. Πολύ γρήγορα άρχισαν να περνάνε στο κάτω μέρος της οθόνης τα ονόματα των παιδιών: πέντε βασικοί και πέντε αναπληρωματικοί. Μετά το τελευταίο όνομα, μια λακωνική φράση ανακοίνωνε ότι και τα δέκα ήταν νεκρά. Στην οθόνη εμφανίστηκε μια δεύτερη φωτογραφία: το πρόσωπο ενός νέου άντρα που μου φάνηκε κάπως γνωστό, αν και το όνομα που εμφανίστηκε κάτω απ' τη φωτογραφία, Ραλφ Τζόνσον, μου ήταν τελείως άγνωστο. Ήταν ο οδηγός του λεωφορείου και προφανώς είχε καταφέρει να πηδήξει έξω πριν απ' το τρακάρισμα, όμως είχε πεθάνει κι εκείνος προτού φτάσει στο νοσοκομείο. Το πρόσωπο χάθηκε από την οθόνη και εμφανίστηκε μια λίστα με τα δυστυχήματα που είχαν συμβεί στο ίδιο σημείο.

Έκλεισα την τηλεόραση κι έγειρα προς τα πίσω με ένα μαξιλάρι πάνω στα μάτια, προσπαθώντας να θυμηθώ πού είχα ξαναδεί το πρόσωπο του οδηγού. Πιθανώς εκείνη η φωτογραφία να ήταν τραβηγμένη μερικά χρόνια νωρίτερα. Τα μαλλιά ήταν πολύ κοντά και κατσαρά, τα μάγουλα ξυρισμένα, τα μάτια βυθισμένα στις κόγχες τους... πράγματι, κάπου τον είχα ξαναδεί, αλλά όχι ως οδηγό, κάπου αλλού... πού; Σηκώθηκα εκνευρισμένος απ' το κρεβάτι και έκανα ένα ντους, προσπαθώντας να θυμηθώ, κάτω απ' το νερό, όλα τα πρόσωπα που είχα συναντήσει στην πόλη. Καθώς ντυνόμουν κι έψαχνα να βρω τα παπούτσια μου μέσα στο σπίτι, προσπάθησα να ξαναφέρω στο μυαλό μου το πρόσωπο που είχα δει στην οθόνη. Τις μικρές χτενισμένες μπούκλες, το τρελό βλέμμα... ναι, κάθισα στο κρεβάτι σαστισμένος από την έκπληξη, από τις πολλές και διάφορες προεκτάσεις, όμως δεν μπορεί να έκανα λάθος, στο κάτω κάτω, δεν είχα γνωρίσει και τόσο πολύ κόσμο στην Οξφόρδη. Τηλεφώνησα στο νοσοκομείο και ζήτησα τη Λόρνα. Μόλις άκουσα τη φωνή της στην άλλη άκρη της γραμμής, τη ρώτησα, χαμηλώνοντας ασυναίσθητα τη φωνή μου.

«Ο οδηγός του λεωφορείου... ήταν ο πατέρας της Κέιτλιν, έτσι δεν είναι;»

«Ναι» είπε μετά από ένα δευτερόλεπτο και πρόσεξα ότι κι εκείνη μιλούσε ψιθυριστά.

«Είναι αυτό που φαντάζομαι;» είπα.

«Δεν ξέρω, όμως δε θέλησα να πω τίποτα. Ένας από τους πνεύμονες είναι συμβατός. Η Κέιτλιν μόλις μπήκε στο χειρουργείο: πιστεύουν ότι ακόμα μπορούν να τη σώσουν».

ΚΕΦΑΛΑΙΟ 24

«Τις πρωτες ωρες νόμιζα ότι είχε γίνει κάποιο λάθος» είπε ο Πίτερσεν. «Νόμιζα ότι ο πραγματικός στόχος ήταν το δικό σας λεωφορείο, που ακολουθούσε πολύ κοντά από πίσω. Μάλιστα, έχω την εντύπωση ότι κάποιοι απ' τους μαθηματικούς είδαν την πτώση στον γκρεμό, έτσι δεν είναι;» είπε απευθυνόμενος στον Σέλντομ.

Καθόμασταν στο μικρό καφέ της Λιτλ Κλάρεντον Ρόουντ. Ο Πίτερσεν μας είχε πει να συναντηθούμε εκεί, μακριά απ' το γραφείο του, σαν να ήθελε να μας ζητήσει συγγνώμη ή να μας ευχαριστήσει για κάτι. Φορούσε ένα πολύ αυστηρό σκούρο κοστούμι και θυμήθηκα ότι εκείνο το πρωί θα γινόταν μνημόσυνο για τα παιδιά που είχαν σκοτωθεί. Ήταν η πρώτη φορά που έβλεπα τον Σέλντομ από τότε που είχε γυρίσει. Ήταν σοβαρός και αμίλητος και ο επιθεωρητής αναγκάστηκε να επαναλάβει την ερώτησή του.

«Ναι, είδαμε τη σύγκρουση με την μπάρα και την πρώτη από τις τούμπες. Το λεωφορείο μας σταμάτησε αμέσως και κάποιος τηλεφώνησε στο Ράντκλιφ. Κάποιοι έλεγαν ότι άκουγαν φωνές απ' το βάθος του γκρεμού. Το παράξενο» είπε ο Σέλντομ, σαν να θυμόταν έναν εφιάλτη που δεν του φαινόταν και πολύ λογικός, «είναι ότι, όταν σκύψαμε πάνω απ' τον γκρεμό, *υπήρχαν ήδη δυο ασθενοφόρα εκεί».*

«Τα ασθενοφόρα ήταν εκεί γιατί αυτή τη φορά το μήνυμα ήρθε πριν και όχι μετά το φόνο. Αυτό είναι το πρώτο που μου τράβηξε κι εμένα την προσοχή. Επίσης δεν το έστειλε σε σας, όπως τα προηγούμενα, αλλά κατευθείαν στα επείγοντα περιστατικά του νοσοκομείου. Εκείνοι με ειδοποίησαν καθώς ξεκινούσαν τα ασθενοφόρα».

«Τι έλεγε το μήνυμα;» ρώτησα εγώ.

«Η τέταρτη στην ακολουθία είναι η τετρακτύς. Δέκα κουκκίδες στο άτρωτο τρίγωνο. Ήταν ένα τηλεφωνικό μήνυμα, κι ευτυχώς έχει καταγραφεί. Έχουμε κι άλλα ηχογραφημένα μηνύματα με τη φωνή του και, παρ' ότι προσπάθησε να την αλλοιώσει λίγο, δεν υπάρχουν αμφιβολίες ότι είναι αυτός. Ξέρουμε επίσης από πού έγινε το τηλεφώνημα: από ένα τηλέφωνο με κερματοδέκτη σ' ένα βενζινάδικο έξω απ' το Κέιμπριτζ, όπου είχε σταματήσει, υποτίθεται, για να βάλει βενζίνη. Εκεί εντοπίσαμε την πρώτη περίεργη λεπτομέρεια, την οποία αντιλήφθηκε ο Σακς όταν έλεγξε τις αποδείξεις: είχε βάλει πολύ λίγη βενζίνη, πολύ λιγότερη απ' όση είχε βάλει φεύγοντας απ' την Οξφόρδη. Όταν βγήκε η πραγματογνωμοσύνη για το λεωφορείο, διαπιστώσαμε ότι πράγματι το ντεπόζιτο ήταν σχεδόν άδειο».

«Δεν ήθελε να πάρει φωτιά με την πτώση» είπε ο Σέλντομ, σαν να συμφωνούσε παρά τη θέλησή του με ένα άψογο σκεπτικό.

«Ναι» είπε ο Πίτερσεν «στην αρχή φαντάστηκα, σκεπτόμενος το παλιό σχέδιο, ότι ίσως να μας προειδοποίησε επειδή υποσυνείδητα ήθελε να τον πιάσουμε, ή ότι μπορεί να ήταν μέρος του παιχνιδιού του: ένα πλεονέκτημα που μας το παραχωρούσε. Όμως το μόνο που ήθελε ήταν να μην πάρουν φωτιά τα παιδιά και να είναι κοντά τα ασθενοφόρα, για να είναι σίγουρος ότι τα όργανα θα έφταναν το συντομότερο δυνατόν στο νοσοκομείο. Ήξερε ότι δέκα σώματα του παρείχαν αρκετές πιθανότητες για τη μεταμόσχευση. Φαντάζομαι ότι κατά κάποιο τρόπο θριάμβευσε: όταν το καταλάβαμε, ήταν πια αργά. Η επέμβαση έγινε σχεδόν αμέσως, το ίδιο απόγευμα, μόλις έδωσαν τη συγκατάθεσή τους οι γονείς, και, όπως μου είπαν, το κοριτσάκι θα ζήσει. Στην πραγματικότητα, μόλις χθες αρχίσαμε να τον υποψιαζόμαστε, όταν κατά τη διάρκεια ενός τυπικού ελέγχου είδαμε ότι το όνομά του υπήρχε και στη λίστα του Μπλένχαϊμ Πάλας. Είχε μεταφέρει στη συναυλία μια άλλη ομάδα από παιδιά του σχολείου και υποτίθεται ότι θα τα περίμενε στο πάρκιν. Μπορούσε κάλλιστα να πάει πίσω απ' το περίπτερο, να πνίξει τον περκασιονίστα και να γυρίσει αμέσως στη θέση του κατά τη διάρκεια της φασαρίας, χωρίς να τον δει κανείς. Στο Ράντκλιφ μάς επιβεβαίωσαν ότι γνώριζε την κυρία Ίγκλετον: οι νοσοκόμες τον είχαν δει να της μιλάει μερικές φορές. Ξέρουμε επίσης ότι η κυρία Ίγκλετον είχε μαζί της στην αίθουσα αναμονής το βιβλίο σας για τις λογικές ακολουθίες. Πιθανώς να του είπε ότι σας γνώριζε προσωπικά, χωρίς να ξέρει ότι αυτό την τοποθετούσε στη θέση του πρώτου του θύματος. Τέλος, ανάμεσα στα βιβλία του, ανακαλύψαμε ένα που αναφερόταν στους Σπαρτιάτες, ένα που μιλούσε για τους πυθαγόρειους και τις μεταμοσχεύσεις στην αρχαιότητα κι ένα άλλο για τη σωματική ανάπτυξη των παιδιών με σύνδρομο Ντάουν: ήθελε να βεβαιωθεί ότι υπήρχαν πιθανότητες να είναι συμβατοί οι πνεύμονες».

«Και πώς σκότωσε τον Κλαρκ;» ρώτησα εγώ.

«Αυτή τη στιγμή δεν μπορώ να το επιβεβαιώσω, αλ-

λά η θεωρία μου είναι η εξής: τον Κλαρκ δεν τον σκό-
τωσε. Απλώς παραφύλαξε στο δεύτερο όροφο μέχρι να
δει να βγάζουν ένα φορείο με ένα νεκρό από εκείνη την
αίθουσα, την αίθουσα που ήξερε ότι επισκεπτόταν ο Σέλ-
ντομ. Τα πτώματα παραμένουν σε ένα δωματιάκι στον
ίδιο όροφο, χωρίς να φυλάσσονται, καμιά φορά για πολ-
λές ώρες. Το μόνο που έκανε ήταν να μπει σ' αυτό το δω-
μάτιο και να καρφώσει στο μπράτσο του Κλαρκ τη βελό-
να μιας άδειας σύριγγας, για να αφήσει ένα σημάδι και να
το κάνει να φανεί σαν δολοφονία. Ο άνθρωπος προσπα-
θούσε πραγματικά, με τον τρόπο του, να κάνει όσο το δυ-
νατόν μικρότερο κακό. Νομίζω ότι, για να καταλάβουμε
το σκεπτικό του, πρέπει να αρχίσουμε απ' το τέλος. Θέ-
λω να πω, να αρχίσουμε απ' την ομάδα με τα παιδιά που
έπασχαν από σύνδρομο Ντάουν. Πιθανώς, απ' τη στιγ-
μή που του αρνήθηκαν για δεύτερη φορά τον πνεύμονα
για την κόρη του, άρχισε να συλλαμβάνει τις πρώτες ιδέες
προς αυτή την κατεύθυνση. Ακόμα δεν είχε πάρει άδεια
απ' τη δουλειά του και πηγαινοέφερνε κάθε πρωί με το
λεωφορείο αυτή την ομάδα με τα παιδιά. Άρχισε να τα
βλέπει σαν μια τράπεζα από υγιείς πνεύμονες που άφη-
νε να του ξεφεύγουν κάθε μέρα ενώ η κόρη του πέθαινε.
Η επανάληψη γεννά την επιθυμία, πράγματι, και η επιθυ-
μία γεννά εμμονές. Πιθανώς να σκέφτηκε πρώτα να σκο-
τώσει μόνο ένα απ' τα παιδιά, όμως ήξερε ότι δεν ήταν
τόσο εύκολο να βρεθεί συμβατός πνεύμονας. Ήξερε επί-
σης ότι πολλοί από τους γονείς σ' εκείνο το σχολείο ήταν
φανατικοί καθολικοί: είναι πολύ σύνηθες στους γονείς αυ-
τών των παιδιών να το ρίχνουν στη θρησκεία, κάποιοι μά-
λιστα πιστεύουν ότι τα παιδιά τους είναι κάτι σαν άγ-
γελοι. Δεν ήθελε να διακινδυνεύσει το ενδεχόμενο να του
αρνηθούν για άλλη μια φορά τη μεταμόσχευση διαλέγο-

ντας ένα στην τύχη, αλλά ούτε και μπορούσε απλώς να
τα ρίξει στον γκρεμό: οι γονείς θα τον υποπτεύονταν αμέ-
σως και κανείς τους δε θα ήθελε να δωρίσει τον πνεύμο-
να. Όλοι ήξεραν ότι ο Τζόνσον ήταν απελπισμένος με το
θέμα της κόρης του και ότι λίγο μετά την εισαγωγή της
στο νοσοκομείο είχε συμβουλευτεί την αγγλική νομοθε-
σία έχοντας την πρόθεση να αυτοκτονήσει. Χρειαζόταν,
τέλος πάντων, κάποιον που θα τα σκότωνε αντί γι' αυ-
τόν. Αυτό, υποθέτω, ήταν το πρόβλημά του, μέχρι που
διάβασε, ίσως μέσω της κυρίας Ίγκλετον ή σε εκείνη την
προδημοσίευση στην εφημερίδα, το κεφάλαιο του βιβλί-
ου σας για τους φόνους κατά συρροή. Τότε του ήρθε η
ιδέα που του έλειπε. Κατέστρωσε το σχέδιό του, ένα
σχέδιο απλό. Αν δεν μπορούσε να βρει κάποιον που θα
σκότωνε αντί γι' αυτόν τα παιδιά, θα επινοούσε ένα δο-
λοφόνο. Ένα φανταστικό κατά συρροή δολοφόνο, στον
οποίο θα πίστευαν όλοι. Είχε, ίσως, διαβάσει ήδη για τους
πυθαγόρειους και δε δυσκολεύτηκε να σκεφτεί μια ακο-
λουθία από σύμβολα που θα μπορούσαν να ερμηνευτούν
ως πρόκληση προς ένα μαθηματικό. Αν και μπορεί το
δεύτερο σύμβολο, το ψάρι, να είχε και μια πρόσθετη προ-
σωπική συνεκδοχική έννοια: είναι το σύμβολο των πρώ-
των χριστιανών. Ίσως να ήταν ένας τρόπος για να δείξει
ότι έπαιρνε την εκδίκησή του. Ξέρουμε επίσης ότι τον
γοήτευε ιδιαίτερα το σύμβολο της τετρακτύος, είναι
γραμμένο στο περιθώριο σχεδόν όλων των βιβλίων του,
πιθανώς λόγω της σχέσης με τον αριθμό δέκα, ολόκληρη
την ομάδα μπάσκετ, τον αριθμό των παιδιών που ήθελε
να σκοτώσει. Επέλεξε την κυρία Ίγκλετον για να αρχίσει
την ακολουθία γιατί δύσκολα θα μπορούσε να σκεφτεί
πιο εύκολο θύμα: μια ηλικιωμένη γυναίκα, ανάπηρη, που
έμενε μόνη στο σπίτι σχεδόν κάθε απόγευμα. Προπαντός

δεν ήθελε να τραβήξει την προσοχή της αστυνομίας. Αυτό ήταν ένα βασικό στοιχείο του σχεδίου: οι πρώτοι φόνοι να είναι διακριτικοί, να περάσουν απαρατήρητοι, έτσι ώστε να μη βρεθούμε αμέσως επί τα ίχνη του και να έχει το χρόνο να φτάσει στον τέταρτο. Του αρκούσε να ενημερωθεί ένας μόνο άνθρωπος: εσείς. Κάτι δεν του πήγε καλά σ' εκείνο τον πρώτο φόνο, όμως, παρ' όλα αυτά, ήταν πιο έξυπνος από μας και δεν ξανάκανε λάθος. Ναι, με τον τρόπο του, θριάμβευσε. Είναι παράξενο, όμως δυσκολεύομαι να τον καταδικάσω: έχω κι εγώ μια κόρη. Ποτέ δεν ξέρει κανείς μέχρι πού μπορεί να φτάσει για το παιδί του».

«Πιστεύετε ότι σχεδίαζε να γλιτώσει;» ρώτησε ο Σέλντομ.

«Αυτό δε νομίζω ότι θα το μάθουμε ποτέ» είπε ο Πίτερσεν. «Στην πραγματογνωμοσύνη βρήκαμε ότι είχε λιμάρει ελαφρά το σύστημα διεύθυνσης. Αυτό θα του πρόσφερε αρχικά ένα άλλοθι. Όμως, απ' την άλλη πλευρά, αν σκεφτόταν να πηδήσει, θα μπορούσε να το είχε κάνει νωρίτερα. Νομίζω ότι θέλησε να μείνει στο τιμόνι μέχρι τέλους, για να είναι σίγουρος ότι το λεωφορείο θα έπεφτε πραγματικά στον γκρεμό. Μόνο όταν πέρασε την μπάρα αποφάσισε να πηδήσει. Όταν τον βρήκαν, ήταν ήδη αναίσθητος και πέθανε στο ασθενοφόρο προτού φτάσει στο νοσοκομείο. Λοιπόν» είπε ο επιθεωρητής και φώναξε το σερβιτόρο κοιτάζοντας το ρολόι του «δε θέλω ν' αργήσω στο μνημόσυνο. Θέλω μόνο να σας πω για άλλη μια φορά ότι πραγματικά εκτιμώ τη βοήθειά σας» και χαμογέλασε για πρώτη φορά χωρίς επιφυλάξεις στον Σέλντομ «διάβασα όσο ήταν δυνατόν τα βιβλία που μου δανείσατε, όμως τα μαθηματικά ποτέ δεν ήταν το φόρτε μου».

Σηκωθήκαμε μαζί του και τον είδαμε να απομακρύ-

νεται προς την εκκλησία του Σαιντ Τζάιλς, όπου ήδη εί-
χε συγκεντρωθεί πολύς κόσμος. Κάποιες απ' τις γυναί-
κες φορούσαν μαύρο βέλο και άλλες τις κρατούσαν απ'
το χέρι για να μπουν στην εκκλησία, σαν να μην μπορού-
σαν να ανέβουν μόνες τα λιγοστά σκαλιά της εισόδου.

«Θα γυρίσετε στο ινστιτούτο;» με ρώτησε ο Σέλντομ.

«Ναι» είπα «στην πραγματικότητα δε θα 'πρεπε να
κάνω αυτό το διάλειμμα: πρέπει να τελειώσω και να στεί-
λω σήμερα οπωσδήποτε την εργασία για την υποτροφία
μου. Εσείς;».

«Εγώ;» είπε· κοίταξε προς την είσοδο της εκκλησίας
και για μια στιγμή μού φάνηκε πολύ μόνος και περίεργα
αδύναμος. «Νομίζω ότι θα περιμένω εδώ μέχρι να τελειώ-
σει το μνημόσυνο: θέλω να ακολουθήσω την πομπή στο
νεκροταφείο».

ΚΕΦΑΛΑΙΟ 25

ΤΙΣ ΕΠΟΜΕΝΕΣ ΩΡΕΣ συμπλήρωσα, σκοντάφτοντας όλο και πιο συχνά, σαν κουρασμένος εμποδιστής, τη σειρά από γελοία κουτάκια που μου ζητούσαν για την εργασία. Στις τέσσερις το απόγευμα κατάφερα επιτέλους να τυπώσω τα αρχεία και να βάλω όλα τα χαρτιά σε ένα μεγάλο φάκελο. Κατέβηκα στη γραμματεία, άφησα το φάκελο στην Κιμ για να τον στείλει στην Αργεντινή με το απογευματινό ταχυδρομείο και βγήκα στο δρόμο με μια ανάλαφρη αίσθηση απελευθέρωσης. Θυμήθηκα στο δρόμο της επιστροφής για την Κάνλιφ Κλόουζ ότι έπρεπε να καταβάλω στην Μπεθ το δεύτερο νοίκι και έκανα μια μικρή παράκαμψη για να σηκώσω λεφτά από το αυτόματο μηχάνημα αναλήψεων. Συνειδητοποίησα ότι έκανα την ίδια διαδρομή που είχα κάνει και πριν ένα μήνα περίπου την ίδια ώρα. Ο απογευματινός αέρας ήταν σχεδόν το ίδιο ζεστός, οι δρόμοι το ίδιο ήρεμοι, όλα έμοιαζαν να επαναλαμβάνονται, σαν να μου δινόταν μια τελευταία ευκαιρία να γυρίσω πίσω, στη μέρα που ξεκίνησαν όλα. Περπάτησα πάλι από την ίδια πλευρά της Μπάνμπερυ Ρόουντ, στο ηλιόλουστο πεζοδρόμιο, χαϊδεύοντας ελαφρά τους φράχτες από αγριομυρτιές, για να βυθιστώ μέσα σε κείνη τη μυστηριώδη σύμπτωση των επαναλήψεων. Μόνο όταν έφτασα στη στροφή της Κάνλιφ Κλόουζ είδα, κολλημένη ακόμα στο δρόμο, την τελευταία λωρίδα απ' το δέρμα του οπόσουμ, που πριν ένα μήνα δεν ήταν εκεί. Πίεσα τον εαυτό μου να πλησιάσει. Τα αυτοκίνητα, η βροχή, τα σκυλιά είχαν κάνει το έργο τους. Το αίμα είχε απορροφηθεί. Είχε μείνει μόνο αυτό το τελευταίο κομμάτι ξεραμένου δέρματος που εξείχε απ' το δρόμο, σαν φλοιός που ήταν έτοιμος να ξεκολλήσει. *Το οπόσουμ κάνει τα πάντα για να προστατεύσει τα μικρά του,* είχε πει η Μπεθ. Δεν είχα ακούσει μια παρόμοια φράση εκείνο το πρωί; Ναι, από τον επιθεωρητή Πίτερσεν: *Ποτέ δεν ξέρει κανείς μέχρι πού μπορεί να φτάσει για το παιδί του.* Πάγωσα, με τα μάτια κολλημένα σ' ό,τι είχε απομείνει από εκείνο το κουφάρι, ακούγοντας τη σιωπή. Ξαφνικά κατάλαβα, τα κατάλαβα όλα. Είδα, σαν να ήταν πάντα μπροστά στα μάτια μου, αυτό που ο Σέλντομ ήθελε να δω. *Μου το είχε πει,* μου το είχε σχεδόν συλλαβίσει, κι εγώ δεν τον είχα ακούσει. Μου το είχε επαναλάβει, με εκατό διαφορετικούς τρόπους, μου είχε βάλει φωτογραφίες κάτω απ' τη μύτη μου κι εγώ το μόνο που έβλεπα όλον αυτό τον καιρό ήταν μι, καρδιές και οχτάρια.

Έκανα μεταβολή και περπάτησα προς τα πίσω όλη τη λεωφόρο, σπρωγμένος από μία και μοναδική σκέψη: έπρεπε να δω τον Σέλντομ. Πέρασα μέσα απ' την αγορά, ανέβηκα τη Χάι Στριτ κι έκοψα δρόμο μέσα απ' την Κινγκ Έντουαρντ, για να φτάσω το συντομότερο δυνατόν στο Κολέγιο Μέρτον. Όμως ο Σέλντομ δεν ήταν εκεί. Έμεινα για λίγο κάπως σαστισμένος μπροστά στο παραθυράκι της υποδοχής. Ρώτησα αν τον είχαν δει να επιστρέφει την ώρα του φαγητού και μου είπαν ότι δε θυμούνταν να τον είχαν δει απ' το πρωί. Σκέφτηκα ότι μπορεί να ήταν στο νοσοκομείο, να είχε πάει να δει τον Φρανκ. Είχα μερικά ψιλά στην τσέπη και τηλεφώνησα από το κολέγιο στη Λόρνα, για να με συνδέσει με το δεύτερο όροφο. Όχι, ο κύριος Κάλμαν δεν είχε δεχτεί καμία επίσκεψη όλη τη μέρα. Ζήτησα να μου δώσουν ξανά τη Λόρνα.

«Μπορείς να σκεφτείς κανένα άλλο μέρος που ίσως βρίσκεται;»

Έγινε μια παύση στην άλλη άκρη της γραμμής και δεν μπορούσα να καταλάβω αν η Λόρνα απλώς σκεφτόταν ή προσπαθούσε να αποφασίσει αν έπρεπε να μου πει κάτι που μπορεί να μου αποκάλυπτε την πραγματική σχέση που είχε με τον Σέλντομ.

«Τι ημερομηνία έχουμε σήμερα;» με ρώτησε ξαφνικά.

Ήταν 25 Ιουνίου. Της το είπα και η Λόρνα αναστέναξε, σαν να υποχωρούσε.

«Είναι η μέρα που πέθανε η γυναίκα του, η μέρα του ατυχήματος. Νομίζω ότι θα τον βρεις στο μουσείο Ασμόλιαν».

Γύρισα πίσω από τη Μάγκνταλεν Στριτ και ανέβηκα τις σκάλες του μουσείου. Δεν είχα ξαναπάει ποτέ εκεί. Διέσχισα ένα μικρό διάδρομο με πορτρέτα, ανάμεσα στα οποία ξεχώριζε το ανέκφραστο πρόσωπο του Τζον Ντένγουεϋ, και ακολούθησα τα βέλη που οδηγούσαν στη μεγάλη ασσυριακή ζωφόρο. Ο Σέλντομ ήταν ο μόνος άνθρωπος μέσα στην αίθουσα. Καθόταν σε έναν από τους πάγκους που ήταν τοποθετημένοι αρκετά μακριά από τον κεντρικό τοίχο. Καθώς προχωρούσα, είδα ότι η ζωφόρος εκτεινόταν σαν ένας λεπτός και πολύ μακρύς πέτρινος πάπυρος σε όλο το μήκος της αίθουσας. Χωρίς να το καταλάβω, άρχισα να περπατάω αθόρυβα όσο πλησίαζα: ο Σέλντομ έμοιαζε βυθισμένος σε βαθιές σκέψεις, με τα μάτια καρφωμένα σε μια λεπτομέρεια της πέτρας, ακίνητα και ανέκφραστα, σαν να είχε πάψει εδώ και πολλή ώρα

να βλέπει αυτό που κοίταζε. Για μια στιγμή αναρωτήθη-
κα μήπως θα 'πρεπε να τον περιμένω έξω. Όταν γύρισε
προς το μέρος μου, δε φάνηκε να ξαφνιάζεται που με
έβλεπε και είπε μόνο, με το γνωστό απλό του ύφος:

«Μάλιστα, για να έρθετε μέχρι εδώ, θα πει ότι ξέρετε,
ότι νομίζετε πως ξέρετε, έτσι δεν είναι; Καθίστε» είπε και
μου έδειξε το διπλανό πάγκο. «Αν θέλετε να δείτε ολό-
κληρη τη ζωφόρο, πρέπει να καθίσετε εκεί».

Κάθισα εκεί που μου έδειξε και είδα την ακολουθία
από χρωματιστές εικόνες που έμοιαζε με τεράστιο πεδίο
μάχης. Οι φιγούρες ήταν μικρές και χαραγμένες με θαυ-
μαστή ακρίβεια πάνω στην κίτρινη πέτρα. Στις επαναλαμ-
βανόμενες σκηνές της μάχης ένας και μοναδικός πολεμι-
στής έμοιαζε να τα βάζει με έναν ολόκληρο στρατό. Ξε-
χώριζε από μια μακριά γενειάδα κι ένα σπαθί που εξείχε
πάνω απ' όλα τ' άλλα. Η ακούραστη επανάληψη της μορ-
φής του πολεμιστή έδινε, αν κοίταζε κανείς τη ζωφόρο από
τα αριστερά προς τα δεξιά, μια ολοζώντανη αίσθηση κίνη-
σης. Κοιτάζοντάς τη για δεύτερη φορά, παρατηρούσε κα-
νείς ότι τις διαδοχικές θέσεις μπορούσε να τις δει μόνο ως
μια εξέλιξη μέσα στο χρόνο και ότι στο τέλος της ζωφό-
ρου ήταν πολύ περισσότερες οι πεσμένες φιγούρες, σαν να
είχε νικήσει ο πολεμιστής μόνος του όλο το στρατό.

«Ο βασιλιάς Νίσσαμ, ο αιώνιος πολεμιστής» είπε ο
Σέλντομ με ένα παράξενο ύφος. «Αυτό είναι το όνομα με
το οποίο παρουσιάστηκε η ζωφόρος στο βασιλιά Νίσσαμ
και επίσης το όνομα με το οποίο ήρθε στο Βρετανικό
Μουσείο τρεις χιλιάδες χρόνια αργότερα. Όμως αυτή η
πέτρα κρύβει άλλη μια ιστορία για όποιον έχει την υπο-
μονή να την κοιτάξει. Η γυναίκα μου κατάφερε να την
αναστηλώσει σχεδόν ολόκληρη όταν ήρθε εδώ η ζωφόρος.
Αν κοιτάξετε την επιγραφή στο πλάι, θα δείτε ότι το έρ-

γο είχε ανατεθεί στον Χασσίρι, το μεγαλύτερο Ασσύριο γλύπτη, για τον εορτασμό των γενεθλίων του βασιλιά. Ο Χασσίρι είχε ένα γιο, τον Νεμρόντ, στον οποίο είχε μάθει την τέχνη του και δούλευε μαζί του. Ο Νεμρόντ ήταν αρραβωνιασμένος με μια πολύ νέα κοπέλα, την Αγκάρτις. Την ίδια μέρα που πατέρας και γιος ετοίμαζαν την πέτρα για να αρχίσουν τις εργασίες, ο βασιλιάς Νίσσαμ, κατά τη διάρκεια ενός κυνηγιού, συνάντησε την κοπέλα δίπλα στο ποτάμι. Θέλησε να την πάρει με τη βία και η Αγκάρτις, που δεν αναγνώρισε το βασιλιά, προσπάθησε να το σκάσει μέσα απ' το δάσος. Ο βασιλιάς δε δυσκολεύτηκε να την πιάσει και της έκοψε το κεφάλι με το σπαθί του αφού τη βίασε. Όταν γύρισε στο παλάτι και πέρασε μπροστά απ' τους γλύπτες, ο πατέρας και ο γιος είδαν το κεφάλι της κοπέλας να κρέμεται απ' το άλογο μαζί με τα υπόλοιπα θηράματα. Καθώς ο Χασσίρι πήγαινε να δώσει τα κακά μαντάτα στη μάνα του κοριτσιού, ο γιος του, σ' ένα ξέσπασμα απελπισίας, χάραξε πάνω στην πέτρα τη φιγούρα του βασιλιά να κόβει το κεφάλι μιας γονατισμένης γυναίκας. Ο Χασσίρι, επιστρέφοντας, βρήκε το γιο του τρελαμένο, να σφυρηλατεί στην πέτρα μια εικόνα που θα τον καταδίκαζε σε θάνατο. Τον απομάκρυνε απ' τον τοίχο, τον έστειλε σπίτι κι έμεινε μόνος με το δίλημμά του. Πιθανώς να ήταν εύκολο γι' αυτόν να σβήσει από την πέτρα αυτή την εικόνα. Όμως ο Χασσίρι ήταν παλιός τεχνίτης και πίστευε ότι κάθε έργο φέρει μια μυστηριώδη αλήθεια που την προστατεύει ένα θεϊκό χέρι, μια αλήθεια που οι άνθρωποι δεν έχουν δικαίωμα να καταστρέψουν. Πιθανώς να ήθελε επίσης, όπως κι ο γιος του, σε κάποιο απώτερο μέλλον να μάθουν οι άνθρωποι τι είχε συμβεί. Κατά τη διάρκεια της νύχτας άπλωσε ένα ύφασμα πάνω στον τοίχο και ζήτησε να τον

αφήσουν να δουλέψει μόνος, κρυμμένος κάτω απ' το ύφα-
σμα, γιατί το έργο που ετοίμαζε –είπε– θα ήταν διαφο-
ρετικό απ' όλες τις προηγούμενες δουλειές του, ένα έρ-
γο που μόνο το βλέμμα του βασιλιά μπορούσε να το
εγκαινιάσει. Μόνος μ' εκείνη την πρώτη εικόνα πάνω στην
πέτρα, ο Χασσίρι είχε το ίδιο δίλημμα με το στρατηγό του
Τσέστερτον στο *Σημάδι του σπασμένου σπαθιού*: ποιο εί-
ναι το καλύτερο σημείο για να κρύψει κανείς έναν κόκκο
άμμου; Μια αμμουδιά, ναι, αλλά αν δεν υπάρχει αμμου-
διά; Ποιο είναι το καλύτερο σημείο για να κρύψει κανείς
ένα νεκρό στρατιώτη; Ένα πεδίο μάχης, ναι, αλλά αν δεν
υπάρχει πεδίο μάχης; Ένας στρατηγός μπορεί να ξεκινή-
σει μια μάχη, κι ένας γλύπτης... μπορεί να τη φανταστεί.
Ο βασιλιάς Νίσσαμ, ο αιώνιος πολεμιστής, ποτέ δε συμ-
μετείχε σε καμία μάχη: η βασιλεία του ήταν απίστευτα
ειρηνική, πιθανώς στη ζωή του να είχε σκοτώσει μόνο α-
νυπεράσπιστες γυναίκες. Όμως η ζωφόρος, παρ' ότι το
πολεμικό μοτίβο τον παραξένεψε κάπως, κολάκεψε το
βασιλιά και του φάνηκε καλή ιδέα να την εκθέσει στο πα-
λάτι για να εκφοβίζει τους γειτονικούς βασιλιάδες. Ο Νίσ-
σαμ, και μετά απ' αυτόν ολόκληρες γενιές ανδρών, είδαν
μόνο αυτό που ήθελε ο καλλιτέχνης να δουν: μια βαρετή
ακολουθία εικόνων από τις οποίες σύντομα ξεκολλάει το
μάτι γιατί νομίζει ότι κατάλαβε την επανάληψη, νομίζει
ότι αντιλήφθηκε τον κανόνα, νομίζει ότι το κάθε κομμάτι
αντιπροσωπεύει το όλον. Αυτή είναι η παγίδα στην επα-
νάληψη της μορφής με το σπαθί. Υπάρχει όμως ένα μι-
κροσκοπικό κομμάτι, ένα κρυμμένο κομμάτι που αναι-
ρεί και καταστρέφει το υπόλοιπο, ένα κομμάτι, που εί-
ναι από μόνο του ένα άλλο όλον. Εγώ δε χρειάστηκε να
περιμένω τόσο όσο ο Χασσίρι. Ήθελα κι εγώ κάποιος,
τουλάχιστον ένας άνθρωπος, να το ανακαλύψει, κάποιος

να μάθει την αλήθεια και να κρίνει. Υποθέτω ότι πρέπει να χαίρομαι που επιτέλους το είδατε».

Ο Σέλντομ σηκώθηκε και άνοιξε το παράθυρο πίσω μου καθώς έστριβε ένα τσιγάρο. Συνέχισε να μιλάει όρθιος, σαν να μην μπορούσε πια να ξανακάτσει.

«Εκείνο το πρώτο απόγευμα, όταν γνωριστήκαμε, είχα πράγματι λάβει ένα μήνυμα, όμως δεν ήταν από κάποιον άγνωστο, δεν ήταν από κάποιον τρελό, αλλά, δυστυχώς, από κάποιον πολύ κοντινό μου άνθρωπο. Ήταν η ομολογία ενός φόνου και μια απελπισμένη έκκληση για βοήθεια. Το μήνυμα βρισκόταν μέσα στη θυρίδα μου, όπως είπα στον Πίτερσεν, απ' την ώρα που μπήκα στην αίθουσα διδασκαλίας, όμως το βρήκα και το διάβασα όταν κατέβηκα στην καφετέρια, μια ώρα αργότερα. Πήγα αμέσως στην Κάνλιφ Κλόουζ και βρήκα εσάς στην εξώπορτα. Εξακολουθούσα να πιστεύω ότι το μήνυμα μπορεί να ήταν κάπως υπερβολικό. Έκανα κάτι τρομερό, έλεγε, όμως δεν μπορούσα ποτέ να φανταστώ αυτό που αντικρίσαμε. Μια κοπέλα που την κρατάτε στην αγκαλιά σας από τότε που ήταν μωρό εξακολουθεί να είναι για σας μωρό σε όλη της τη ζωή. Πάντα την προστάτευα. Δεν μπορούσα να τηλεφωνήσω στην αστυνομία. Αν ήμουν μόνος εκεί, φαντάζομαι ότι θα είχα προσπαθήσει να σβήσω τα αποτυπώματα, να καθαρίσω το αίμα, να εξαφανίσω το μαξιλάρι. Όμως ήμουν μαζί σας και αναγκάστηκα να κάνω εκείνο το τηλεφώνημα. Είχα διαβάσει τις υποθέσεις του Πίτερσεν και ήξερα ότι, μόλις θα την αναλάμβανε και θα βρισκόταν στα ίχνη της, εκείνη ήταν χαμένη. Όση ώρα περιμέναμε τους αστυνομικούς, αντιμετώπισα κι εγώ το δίλημμα του Χασσίρι. Πού μπορεί να κρύψει κανείς έναν κόκκο άμμου; Στην αμμουδιά. Πού μπορεί να κρύψει κανείς μια μορφή με σπαθί; Σε ένα πεδίο μάχης. Και πού μπορεί να κρύψει ένα φόνο; Δεν μπορούσε πια να κρυφτεί στο παρελθόν. Η απάντηση ήταν απλή αλλά τρομερή: υπήρχε μόνο το μέλλον, μπορούσε να κρυφτεί μόνο μέσα σε μια σειρά από φόνους. Ήταν αλήθεια ότι μετά τη δημοσίευση του βιβλίου μου είχα δεχτεί μηνύματα από κάθε είδους ψυχοπαθείς. Θυμόμουν κυρίως έναν που με διαβεβαίωνε ότι σκότωνε έναν άστεγο κάθε φορά που το εισιτήριό του στο λεωφορείο ήταν πρώτος αριθμός. Δε μου ήταν δύσκολο να επινοήσω ένα δολοφόνο που άφηνε σε κάθε φόνο, ως πρόκληση, το σύμβολο μιας λογικής ακολουθίας. Όμως, φυσικά, δεν ήμουν διατεθειμένος να διαπράξω τους φόνους. Δεν ήμουν σίγουρος ακόμα πώς θα έλυνα αυτό το ζήτημα, όμως δεν είχα πολύ χρόνο για να το σκεφτώ. Όταν ο ιατροδικαστής προσδιόρισε την ώρα θανάτου ανάμεσα στις δύο και στις τρεις το μεσημέρι, κατάλαβα ότι θα την έπιαναν αμέσως και αποφάσισα να κάνω βουτιά στο κενό. Το χαρτί που είχα πετάξει στο καλάθι των αχρήστων εκείνο το απόγευμα ήταν ένα πρόχειρο σημείωμα μιας λανθασμένης απόδειξης που αργότερα θέλησα να ξαναβρώ, και ήμουν σίγουρος ότι ο Μπρεντ θα το θυμόταν αν η αστυνομία αποφάσιζε να τον ρωτήσει. Επινόησα ένα σύντομο κείμενο που έμοιαζε με ραντεβού. Ήθελα πάνω απ' όλα να της δώσω ένα άλλοθι: το σημαντικότερο απ' όλα ήταν η ώρα. Επέλεξα τις τρεις το απόγευμα, το ανώτατο όριο που είχε καθορίσει ο ιατροδικαστής, ήξερα ότι εκείνη την ώρα θα ήταν στην πρόβα. Όταν ο επιθεωρητής με ρώτησε αν υπήρχε κάποια άλλη λεπτομέρεια στο μήνυμα, θυμήθηκα ότι πριν από λίγο μιλούσαμε στα ισπανικά και ότι, κοιτάζοντας τις βάσεις, είχα δει να σχηματίζεται η λέξη "aro"*. Σκέ-

---

* Σ.τ.Μ.: δακτύλιος (ισπανικά.).

φτηκα αμέσως τον κύκλο: αυτό ακριβώς ήταν το σύμβολο που εγώ ο ίδιος πρότεινα στο βιβλίο μου για το πώς θα άρχιζε μια ακολουθία με τη μέγιστη αοριστία».

«"Aro"» είπα. «Αυτό θέλατε να δω στις φωτογραφίες».

«Ναι, προσπάθησα να σας το πω με όλους τους δυνατούς τρόπους. Μόνο εσείς, που δεν είστε Άγγλος, θα μπορούσατε να ενώσετε τα γράμματα και να διαβάσετε εκείνη τη λέξη όπως τη διάβασα εγώ. Αφού μας πήραν τις καταθέσεις, καθώς περπατούσαμε προς το θέατρο, ήθελα να μάθω κυρίως αν το είχατε προσέξει ή αν είχατε δώσει προσοχή σε κάποια άλλη λεπτομέρεια που ίσως να μου διέφευγε και μπορεί να την ενοχοποιούσε. Μου στρέψατε την προσοχή στην τελική θέση του κεφαλιού, με τα μάτια γυρισμένα προς την πλάτη της σεζλόγκ. Εκείνη μου εξομολογήθηκε μετά ότι, πράγματι, δεν είχε αντέξει να κοιτάζει εκείνα τα ακίνητα και ορθάνοιχτα μάτια».

«Και γιατί εξαφάνισε την κουβέρτα;»

«Στο θέατρο της ζήτησα να μου τα διηγηθεί όλα, βήμα προς βήμα, ακριβώς όπως τα είχε κάνει. Γι' αυτό επέμενα να πάω εγώ και να της το ανακοινώσω: ήθελα να μιλήσει μαζί μου προτού έρθει αντιμέτωπη με την αστυνομία. Έπρεπε να της πω το σχέδιό μου και ήθελα, κυρίως, να μάθω αν είχε κάνει καμία άλλη απροσεξία. Μου είπε ότι είχε χρησιμοποιήσει τα καλά της γάντια για να μην αφήσει αποτυπώματα, αλλά ότι, πράγματι, χρειάστηκε να παλέψει μαζί της και ότι το τακούνι του παπουτσιού της είχε σκίσει την κουβέρτα. Σκέφτηκε ότι ίσως η αστυνομία να υποψιαζόταν εξαιτίας αυτής της λεπτομέρειας ότι ο δολοφόνος ήταν γυναίκα. Είχε ακόμα την κουβέρτα στην τσάντα της και συμφωνήσαμε να την εξαφανίσω. Ήταν πολύ νευρική και πίστεψα ότι δε θα άντεχε αυτή την πρώτη συνάντηση με τον Πίτερσεν. Ήξερα ότι, αν ο Πίτερσεν επικεντρωνόταν σ' αυτήν, ήταν χαμένη. Και ήξερα επίσης ότι, για να εδραιωθεί η θεωρία της ακολουθίας, έπρεπε να του προσφέρω το συντομότερο δυνατόν ένα δεύτερο φόνο. Ευτυχώς *εσείς* μου είχατε δώσει σε κείνη την πρώτη μας συζήτηση την ιδέα που μου έλειπε, όταν μιλήσαμε για τους φόνους που περνάνε *απαρατήρητοι. Φόνοι που κανείς δε θα τους θεωρούσε φόνους.* Ένας φόνος που πραγματικά περνάει απαρατήρητος, συνειδητοποίησα, δε χρειάζεται καν να είναι φόνος. Σκέφτηκα αμέσως το δωμάτιο του Φρανκ. Έβλεπα κάθε βδομάδα να βγαίνουν πτώματα από κει. Το μόνο που χρειάστηκε να βρω ήταν μια σύριγγα και, όπως μάντεψε ο Πίτερσεν, να περιμένω υπομονετικά να εμφανιστεί ο πρώτος νεκρός στο δωμάτιο στο τέλος του διαδρόμου. Ήταν μια Κυριακή που η Μπεθ έλειπε σε περιοδεία. Αυτό βόλευε απόλυτα. Είδα την ώρα που είχαν σημειώσει στον καρπό, για να βεβαιωθώ ότι μου έδινε κι εμένα ένα άλλοθι, και κάρφωσα στο μπράτσο του πτώματος μια άδεια σύριγγα, μόνο και μόνο για να αφήσει ένα σημάδι. Αυτό ήταν ό,τι περισσότερο ήμουν διατεθειμένος να κάνω. Είχα διαβάσει στη μικρή μου έρευνα για τους φόνους που δεν έχουν διαλευκανθεί ότι οι ιατροδικαστές υποπτεύονταν εδώ και καιρό πως υπήρχε μια χημική ουσία που διαλυόταν μέσα σε λίγες ώρες, χωρίς να αφήνει ίχνη. Αυτή η υποψία μού ήταν αρκετή. Επίσης υποτίθεται ότι ο δολοφόνος μου έπρεπε να είναι αρκετά καλά προετοιμασμένος ώστε να προκαλεί και την αστυνομία. Είχα ήδη αποφασίσει ότι το δεύτερο σύμβολο θα ήταν το ψάρι και ότι η ακολουθία θα ήταν οι πρώτοι πυθαγόρειοι αριθμοί. Μόλις βγήκα απ' το νοσοκομείο, κόλλησα ένα μήνυμα παρόμοιο με εκείνο που είχα περιγράψει στον Πίτερσεν στην περιστρεφόμενη πόρτα του ινστιτούτου. Ο επιθεωρητής συμπέρανε αυτό το τελευταίο και νομίζω ότι για ένα διάστημα υποπτευόταν εμένα. Από το δεύτερο φόνο και μετά ο Σακς άρχισε να με ακολουθεί παντού».

«Όμως στη συναυλία δεν ήταν δυνατόν να το κάνετε: ήσασταν δίπλα μου!» είπα.

«Η συναυλία... η συναυλία ήταν η πρώτη ένδειξη του μεγαλύτερού μου φόβου. Ο εφιάλτης που με ακολουθεί από τα παιδικά μου χρόνια. Μέσα στο σχέδιό μου ήταν να περιμένω να γίνει ένα τροχαίο δυστύχημα ακριβώς στο σημείο όπου διάλεξε να ρίξει το λεωφορείο ο Τζόνσον. Ήταν το σημείο όπου είχα τρακάρει κι εγώ και η μοναδική ευκαιρία που μπορούσα να σκεφτώ για το τρίτο σύμβολο της ακολουθίας, το τρίγωνο. Σκεφτόμουν να στείλω ένα μήνυμα εκ των υστέρων που να δηλώνει ότι αυτό το συνηθισμένο ατύχημα ήταν φόνος, ένας φόνος πραγματικά τέλειος: δεν είχε αφήσει κανένα ίχνος. Αυτή ήταν η επιλογή μου και αυτός θα ήταν ο τελευταίος θάνατος. Θα γνωστοποιούσα αμέσως μετά τη λύση της ακολουθίας που εγώ ο ίδιος είχα ξεκινήσει. Ο φανταστικός πνευματικός μου αντίπαλος θα παραδεχόταν την ήττα του και θα εξαφανιζόταν αθόρυβα ή ίσως αφήνοντας μερικά ψευδή στοιχεία για να συνεχίσει η αστυνομία να κυνηγάει λίγο καιρό ακόμα ένα φάντασμα. Όμως τότε συνέβη το περιστατικό στη συναυλία. Ήταν ένας θάνατος, κι εγώ έψαχνα για θανάτους. Από το σημείο όπου καθόμασταν φαινόταν πράγματι σαν κάποιος να τον στραγγάλιζε. Δεν ήταν δύσκολο να πιστέψουμε ότι παρακολουθούσαμε μια δολοφονία. Ίσως όμως το πιο παράξενο απ' όλα να ήταν ότι εκείνος ο άντρας που πέθαινε έπαιζε το τρίγωνο. Έμοιαζε οιωνός, σαν να είχε πάρει έγκριση το σχέδιό μου σε μια ανώτερη σφαίρα και η ζωή να μου έστρωνε το δρόμο. Όπως σας είπα, ποτέ μου δεν έμαθα να διαβάζω τα σημάδια του πραγματικού κόσμου. Πίστεψα ότι μπορούσα να χρησιμοποιήσω για το σχέδιό μου εκείνο το θάνατο και, ενώ εσείς τρέχατε μαζί με τους υπόλοιπους προς τη σκηνή, βεβαιώθηκα ότι κανείς δε με έβλεπε και έκοψα από το πρόγραμμα τις δυο λέξεις που χρειαζόμουν για να φτιάξω ένα μήνυμα. Μετά απλώς τις άφησα πάνω στη θέση μου και προχώρησα πίσω σας. Όταν ο επιθεωρητής μάς έκανε νόημα και είδα ότι πλησίαζε από την άλλη άκρη της σειράς προς το μέρος μας, σταμάτησα επίτηδες πριν φτάσω στη θέση μου, σαν να είχα παραλύσει από την έκπληξη, για να είναι εκείνος αυτός που θα τις έπιανε στα χέρια του. Ήταν το δικό μου μικρό ταχυδακτυλουργικό τρικ. Φυσικά, είχα, ή νόμιζα πως είχα, μια τεράστια βοήθεια από την τύχη, γιατί, συν τοις άλλοις, ήταν παρών και ο Πίτερσεν. Ο γιατρός που ανέβηκε στη σκηνή είπε κάτι που για μένα ήταν προφανές: ήταν ένας φυσιολογικός θάνατος από καρδιαναπνευστική ανακοπή, παρά το ότι είχε φανεί τόσο δραματικός. Εγώ θα ήμουν ο πρώτος που θα έμενε έκπληκτος αν η νεκροψία έδειχνε κάτι παράξενο. Μου έμενε τότε μόνο το πρόβλημα, που το είχα ήδη λύσει μια φορά, να μετατρέψω ένα φυσιολογικό θάνατο σε φόνο και να αφήσω να διαρρεύσει μια εικασία που θα έκανε και τον Πίτερσεν να εντάξει αυτό το θάνατο φυσιολογικά στην ακολουθία. Αυτή τη φορά ήταν πιο δύσκολο, γιατί δεν μπορούσα να πλησιάσω το θύμα και, ας πούμε, να σφίξω το λαιμό του με τα χέρια μου. Θυμήθηκα τότε την περίπτωση με την τηλεπάθεια. Το μόνο που μπορούσα να σκεφτώ ήταν κάτι τέτοιο: να αφήσω να εννοηθεί ότι ίσως και να επρόκειτο για μια περίπτωση υπνωτισμού από απόσταση. Ήξερα όμως ότι θα ήταν σχεδόν αδύνατον να πείσω τον Πίτερσεν γι' αυτό, ακόμα διατηρούσε επιφυλάξεις για το φόνο της κυρίας Κράφορντ:

δεν ήταν, ούτως ειπείν, μέσα στο πλαίσιο της αισθητικής της σκέψης του, μέσα στο πλαίσιο των πιθανοτήτων που μπορούσε να πιστέψει. Δεν ήταν για εκείνον ένα πειστικό επιχείρημα, όπως θα λέγαμε στα μαθηματικά. Όμως τελικά δε χρειάστηκε τίποτα απ' αυτά: ο Πίτερσεν δέχτηκε χωρίς πρόβλημα μια εικασία που για μένα ήταν πολύ πιο γελοία, εκείνη της επίθεσης-αστραπή από πίσω. Τη δέχτηκε, παρ' ότι βρισκόταν στη συναυλία και είδε το ίδιο πράγμα που είδαμε κι εμείς: ότι, παρά τη θεατρικότητα του θανάτου, δεν υπήρχε κανένας άλλος εκεί. Τη δέχτηκε για το γνωστό λόγο που θα τη δέχονταν όλοι οι άνθρωποι: γιατί ήθελε να το πιστέψει. Ίσως το πιο παράξενο απ' όλα να είναι ότι ο Πίτερσεν ούτε καν σκέφτηκε το ενδεχόμενο να επρόκειτο για ένα φυσιολογικό θάνατο: πρόσεξα ότι, αν κάποια στιγμή αμφέβαλλε, τώρα πια ήταν εντελώς πεπεισμένος ότι κυνηγούσε έναν κατά συρροήν δολοφόνο και του φαινόταν απόλυτα λογικό να ανακαλύπτει φόνους σε κάθε του βήμα, ακόμα και τη μοναδική βραδιά που είχε βγει για να πάει με την κόρη του σε μια συναυλία.

«Δεν πιστεύετε ότι μπορεί να ήταν ο Τζόνσον αυτός που επιτέθηκε στο μουσικό, όπως πιστεύει ο Πίτερσεν;»

«Όχι, δεν το πιστεύω. Αυτό είναι πιθανό μόνο βάσει του σκεπτικού του Πίτερσεν. Δηλαδή, αν ο Τζόνσον μπορούσε να έχει σχεδιάσει επίσης το θάνατο της κυρίας Ίγκλετον και του Κλαρκ. Όμως, μέχρι το βράδυ της συναυλίας, ήταν πολύ δύσκολο να μπορέσει ο Τζόνσον να κάνει τη σωστή συσχέτιση ανάμεσα στους δύο φόνους. Πιστεύω ότι εκείνο το βράδυ ο Τζόνσον είδε, όπως κι εγώ, μια εσφαλμένη ένδειξη. Μπορεί να μην ήταν καν παρών κατά τη διάρκεια του φόνου: υποτίθεται ότι έπρεπε να περιμένει τα παιδιά στο λεωφορείο. Όμως την επόμενη μέρα σίγουρα διάβασε στην εφημερίδα όλη την ιστορία. Είδε την ακολουθία με τα σύμβολα, μια ακολουθία της οποίας εκείνος ήξερε τη συνέχεια. Διάβαζε με πάθος ό,τι είχε να κάνει με τους πυθαγόρειους και ένιωσε, όπως κι εγώ, ότι από κάποια ανώτερη σφαίρα τού έδιναν τη δυνατότητα να πετύχει το σχέδιό του. Ο αριθμός των παιδιών της ομάδας μπάσκετ ήταν ίδιος με τον αριθμό της τετρακτύος. Η κόρη του είχε μόνο σαράντα οχτώ ώρες ζωής. Όλα έμοιαζαν να του λένε: αυτή είναι η ευκαιρία, και θα είναι η τελευταία. Αυτό προσπαθούσα να σας εξηγήσω στο πάρκο, τον εφιάλτη που με συνοδεύει από τα παιδικά μου χρόνια: τις συνέπειες, τις άπειρες διακλαδώσεις, τα τέρατα που παράγουν τα όνειρα της λογικής. Το μόνο που ήθελα ήταν να αποφύγω το να πάει εκείνη φυλακή και τώρα κουβαλάω έντεκα θανάτους πάνω μου».

Έμεινε για λίγο σιωπηλός, με το βλέμμα χαμένο έξω απ' το παράθυρο.

«Όλον αυτό τον καιρό εσείς ήσασταν το μέτρο σύγκρισης για μένα. Ήξερα ότι, αν κατάφερνα να πείσω εσάς για την ακολουθία, θα έπειθα και τον Πίτερσεν, και ήξερα επίσης ότι, αν κάτι μού διέφευγε, πιθανότατα εσείς θα μου το δείχνατε προκαταβολικά. Όμως ήθελα ταυτόχρονα να είμαι και δίκαιος μαζί σας, αν έχει νόημα αυτή η λέξη, να σας δώσω όλες τις ευκαιρίες για να ανακαλύψετε την αλήθεια... Πώς το καταλάβατε τελικά;» με ρώτησε ξαφνικά.

«Θυμήθηκα αυτό που είπε σήμερα το πρωί ο Πίτερσεν, ότι ποτέ δεν ξέρει κανείς τι θα έκανε ένας πατέρας για την κόρη του. Τη μέρα που σας είδα μαζί εσάς και την Μπεθ στην αγορά, μου φάνηκε ότι διέκρινα μια παράξενη σχέση ανάμεσά σας. Με είχε παραξενέψει περισσότερο το ότι εκείνη σας είχε μιλήσει σαν να ζητούσε την άδειά σας για το γάμο της. Αναρωτήθηκα αν ήταν δυνατόν εσείς να καλύπτατε μια σειρά από φόνους για χάρη ενός ανθρώπου που δεν τον βλέπατε καν αρκετά συχνά».

«Ναι, ακόμα και μέσα στην απελπισία της, ήξερε πολύ καλά ποια πόρτα να χτυπήσει. Δεν ξέρω πραγματικά και δε νομίζω ότι θα το μάθω ποτέ αν είναι αλήθεια αυτό που πιστεύει. Δεν ξέρω τι μπορεί να της είχε πει η μητέρα της για μας. Ποτέ πριν δε μου είχε πει τίποτα γι᾽ αυτό. Ίσως όμως, για να βεβαιωθεί ότι θα τη βοηθούσα, να έπαιξε το δυνατό της χαρτί». Έψαξε στην εσωτερική τσέπη του σακακιού του και μου έδειξε ένα χαρτί διπλωμένο στα τέσσερα. *Έκανα κάτι τρομερό, έλεγε στην πρώτη σειρά, με ένα γραφικό χαρακτήρα που περίεργως έμοιαζε με παιδικό. Στη δεύτερη, που έμοιαζε να έχει προστεθεί πάνω σε μια κρίση απελπισίας, έλεγε με μεγάλα, αραιά γράμματα: Σε παρακαλώ, σε παρακαλώ, πρέπει να με βοηθήσεις, μπαμπά.*

ΕΠΙΛΟΓΟΣ

Οταν κατεβηκα τα σκαλιά του μουσείου, ο ήλιος ήταν ακόμα στον ουρανό, με κείνο το γενναιόδωρο φως που α- πλώνεται αργά τα απογεύματα του καλοκαιριού. Γύρισα με τα πόδια στην Κάνλιφ Κλόουζ, αφήνοντας πίσω μου το χρυσαφένιο τρούλο του Αστεροσκοπείου. Ανέβηκα αργά την ανηφόρα της Μπάνμπερυ Ρόουντ, μην ξέροντας τι έπρεπε να κάνω με την εξομολόγηση που είχα ακούσει. Σε κάποια απ' τα σπίτια είχαν αρχίσει να ανάβουν τα φώ- τα και είδα μέσα απ' τα παράθυρα χάρτινες τσάντες με ψώνια, τηλεοράσεις που άνοιγαν, κομμάτια της καθημε- ρινής ζωής που πίσω απ' τους φράχτες με τα γκι συνεχι- ζόταν αδιατάρακτη. Στο ύψος της Ρόλινσον Ρόουντ ά- κουσα πίσω μου δυο φορές τον κοφτό και χαρούμενο ήχο μιας κόρνας αυτοκινήτου. Γύρισα προς τα πίσω νομίζο- ντας ότι θα έβλεπα τη Λόρνα. Είδα ένα μικρό ολοκαί- νουργο μεταλλικό μπλε κάμπριο, μέσα απ' το οποίο μου έκανε νόημα η Μπεθ. Πλησίασα στην άκρη του πεζοδρο- μίου κι εκείνη έπιασε με το ένα χέρι τα ανακατεμένα μαλ- λιά της και τεντώθηκε στο κάθισμα, μιλώντας μου με ένα πλατύ χαμόγελο.

«Να σε πάω πιο κάτω;»

Φαντάζομαι ότι διέκρινε κάτι παράξενο στο ύφος μου,

γιατί η κίνηση που έκανε για να μου ανοίξει την πόρτα έμεινε στη μέση. Της έδωσα μηχανικά συγχαρητήρια για το καινούριο αυτοκίνητο και μετά την κοίταξα στα μάτια, την κοίταξα σαν να την έβλεπα πάλι για πρώτη φορά και περίμενα να δω κάτι διαφορετικό πάνω της. Όμως ήταν απλώς πιο χαρούμενη, πιο ανέμελη, πιο όμορφη.

«Συμβαίνει κάτι;» με ρώτησε. «Από πού έρχεσαι;»

«Έρχομαι... είχα μια συζήτηση με τον Άρθουρ Σέλντομ».

Ένα πρώτο ίχνος ανησυχίας πέρασε στιγμιαία απ' το βλέμμα της.

«Μαθηματικά;» με ρώτησε.

«Όχι» είπα. «Μιλάγαμε για τους φόνους. Μου τα είπε όλα».

Το πρόσωπό της σκοτείνιασε και τα χέρια της γύρισαν στο τιμόνι. Το σώμα της ξαφνικά σφίχτηκε.

«Όλα; Όχι, δε νομίζω ότι σ' τα είπε όλα» χαμογέλασε νευρικά και ένα παλιό μίσος διαπέρασε το βλέμμα της. «Ποτέ δε θα 'βρισκε το θάρρος να τα πει όλα. Όμως το βλέπω» είπε και με ξανακοίταξε επιφυλακτικά. «Το βλέπω ότι τον πίστεψες. Και τι θα κάνεις τώρα;»

«Τίποτα. Τι θα μπορούσα να κάνω; Σίγουρα θα πήγαινε κι εκείνος φυλακή» είπα. Την κοίταζα και, ανάμεσα σ' όλες τις ερωτήσεις, στην πραγματικότητα μια μόνο ήθελα να της κάνω. Έσκυψα προς το μέρος της για να ξαναδώ το σκληρό γαλάζιο των ματιών της. «Τι σε έκανε να αποφασίσεις να το κάνεις;»

«Τι ήταν αυτό που σε έκανε να έρθεις εδώ;» είπε. «Γιατί δεν ήρθες απλώς για να σπουδάσεις μαθηματικά, έτσι δεν είναι; Γιατί διάλεξες την Οξφόρδη;» Είδα ένα δάκρυ να σχηματίζεται αργά μέσα απ' τις βλεφαρίδες της.

«Εσύ το είχες πει. Τη μέρα που σε είδα να κατεβαίνεις τόσο χαρούμενος με τη ρακέτα σου απ' το αυτοκίνητο. Όταν μιλήσαμε για τις υποτροφίες. *Πρέπει να το δοκιμάσεις, μου είχες πει.* Δεν μπορούσα να σταματήσω να το επαναλαμβάνω στον εαυτό μου: *πρέπει να το δοκιμάσεις.* Πίστευα ότι θα πέθαινε σύντομα και ότι είχα ακόμα μια πιθανότητα να αλλάξω ζωή. Όμως, μερικές μέρες αργότερα, της έδωσαν τα καινούρια αποτελέσματα: ο καρκίνος είχε υποχωρήσει, ο γιατρός τής είχε πει ότι μπορεί να ζούσε άλλα δέκα χρόνια. Δέκα χρόνια ακόμα δεμένη δίπλα σ' αυτή τη γρια-καρακάξα... δε θα το άντεχα».

Το δάκρυ που είχε μείνει μετέωρο κυλούσε τώρα στο μάγουλό της. Το σκούπισε με μια απότομη κίνηση, σαν να ντράπηκε, και άπλωσε το χέρι για να πάρει ένα χαρτομάντιλο απ' το ντουλαπάκι. Ξανάπιασε το τιμόνι και είδα για μια στιγμή το μικροσκοπικό αντίχειρά της.

«Λοιπόν, δε θα μπεις;»

«Μια άλλη φορά» είπα. «Το απόγευμα είναι πολύ όμορφο, θέλω να περπατήσω λίγο».

Το αυτοκίνητο έφυγε και μετά από λίγο το είδα να μικραίνει και να χάνεται στο βάθος, στη στροφή της Κάνλιφ Κλόουζ. Αναρωτήθηκα αν αυτό που η Μπεθ πίστευε ότι δε θα τολμούσε ποτέ να μου πει ο Σέλντομ ήταν αυτό που μου είχε ήδη πει εκείνος ή αν υπήρχε και κάτι ακόμα, κάτι που δεν ήθελα ούτε να το φανταστώ. Αναρωτήθηκα ποιος ήξερε τελικά όλη την αλήθεια και πώς έπρεπε να αρχίσει η δεύτερη έκθεσή μου. Στην είσοδο της Κάνλιφ Κλόουζ κοίταξα προς τα κάτω και δεν μπορούσα πια να διακρίνω πού είχε πέσει το οπόσουμ: το τελευταίο κομμάτι απ' το δέρμα του είχε εξαφανιστεί και ο δρόμος που άνοιγε μπροστά μου, μέχρι εκεί που έφτανε το βλέμμα μου, ήταν και πάλι καθαρός, αθώος, άσπιλος.

ΕΥΧΑΡΙΣΤΙΕΣ

Στο Ίδρυμα ΜακΝτάουελ, στους ανώνυμους ευεργέτες μου και στο ζεύγος Πάτναμ για την παραμονή μου σε αυτόν τον καλλιτεχνικό παράδεισο που είναι η Αποικία ΜακΝτάουελ, όπου γράφτηκε μεγάλο μέρος αυτού του μυθιστορήματος. Στο Διεθνές Συγγραφικό Πρόγραμμα του Πανεπιστημίου της Αϊόβα, για μια υποτροφία διάρκειας δύο μηνών που μου επέτρεψε να το επεξεργαστώ.